# パルウイルス

高嶋哲夫

ハルキ文庫



角川春樹事務所

本書は二〇二三年三月に小社より単行本として刊行されました。

目次

# プロローグ

　極東シベリア、スタロスコエの外れ、午後二時。

　ニックは立ち上がり腰を伸ばした。ギシギシ音を立てそうだ。そろそろ十時間がすぎようとしていた。

　氷点下十五度。身体《からだ》は芯《しん》から冷え切っているはずだ。しかし、寒さは感じない。神経は張りつめ、かつ興奮は隠しきれない。アドレナリンが身体中を駆け巡っている。

「落ち着け。全神経を集中しろ」

　周りの者たちに声をかけた。自分自身に言い聞かせる言葉でもある。

　自分を含めて七人の男女が、洞窟《どうくつ》の壁にへばりつくようにして凍土を削っている。すでに頭部と前足の部分は掘り出している。毛並みはいい。皮膚の状態も今まで掘り出されたものの中では、最高だ。問題は、内臓がどこまで残っているか、それも組織としてだ。

「復元も夢じゃないな。少なくとも、かなり正確な遺伝子情報が期待できる」

　無意識のうちに呟《つぶや》いていた。

　この十時間で口にしたものは、チーズ二切れとチョコレートを五個ほどだ。それにカップ二杯のコーヒーは脳の働きをはっきりさせるためと、体力維持のためだ。このままだと、倒れてしまう。他の者たちも同じだろう。全員、話すこともなく作業に集中している。

黒土が凍り付き鉄のように固い凍土壁を、少しずつ削り取っていく。中に埋まっているモノをわずかでも傷付けてはならない。現状のままで掘り出すのだ。

「あと二時間でヘリが迎えに来る。この機会を逃したら次はいつになるか分からない」

「俺《おれ》はこのまま続ける。ヘリはどのくらい待たせることができる」

「せいぜい一時間だ。彼らには、この発見の重要性がまったく分かってないからな」

「これから温度が急激に下がります。このまま続けるにはムリがあります」

現地で採用した若者が言った。二十代半ばだが発掘には慣れている様子だった。

現在、外は本が読めるくらい明るいが、冬期、極東シベリアの日没は午後三時頃だ。陽《ひ》が沈むと温度は急激に下がる。

「取り出したら直ちに外に運び出して梱包《こんぽう》しろ。少しの傷も付けないようにだ。温度管理には特に注意をするように。私はこのまま作業を続ける」

洞窟に入り、掘り始めてから、初めて会話らしい会話をした。

凍土の中に頭部の一部を見つけた時から、神経は高ぶり、時折声をかけ合いながら、手だけは動いている。手を止めればそのまま動きが止まり、求めているモノが消えてしまいそうな気がしていた。

「ライト」

ニックが叫ぶように言う。光があてられた凍土は黒茶色の岩肌を輝かせた。凍土の中に、成牛ほどの黒っぽい塊が見える。作業はさらに続けられた。

「まだ子供だ。おそらく二歳程度。皮膚の状態は――良好だ」

ヘリの音が聞こえてくる。

「急ぐんだ。あいつらは待ってくれない」

身体をかがめ、外に出た。いつのまにか陽が沈んでいる。腰を伸ばし空を見上げた。北の空に赤、青、緑、黄色……。原色の光のカーテンが祝福するように揺らいでいる。オーロラだ。

ニックたちのチームは、永久凍土の洞窟の中で、約三万年眠っていたマンモスの遺体を発見した。


東京、午後二時。

「このペースで地球温暖化が進めば後戻りできない状況に陥ります。二〇三〇年が大きな区切りになるでしょう。平均気温上昇を一・五度以内に抑えることができなければ、地球温暖化は制御できなくなり、温度は上がり続けるという論文を書いた気象学者もいます」

国連事務総長、スーザン・アボットは、静まり返っている会場を見渡した。

地球温暖化防止会議が、東京で開かれていた。

まだ世界の一部の国では残り火のようにコロナウイルスは存在するが、ワクチンが行き渡り、有効な治療薬が作られると、世界を震撼《しんかん》させたパンデミックの終息は時間の問題となった。地球温暖化防止のワクチンを作ればいいのに。本部の職員が呟いたというこの言葉が標語のように世界に広まっている。

「今、世界は三年以上にわたり続いたコロナの被害から、やっと脱出しようとしています。都市や国がロックダウンされた、あの閉ざされた時から、やっと抜け出すことができました。しかし、残念なことに我々の地球には、次なる危機が迫っています。我々が直面している地球温暖化は、コロナウイルスの恐怖とつながるところがあります。見えないところで暗黒の時代が迫っているのです。氷河の後退、永久凍土の融解は今も続いています。しかもその速度は年々、速くなっています。それに伴い、新種のウイルスが現れることを懸念する科学者の声も上がっています。我々、地球に住む人間として、一致団結し、協力していかなければ、解決できない問題なのです。この会議で決める二酸化炭素削減目標を断固守るべき努力を――」

アボット事務総長は目を閉じた。耳の奥に拍手が響いている。

コロナウイルスの起源を見つけよう。喉元《のどもと》まで出かかった言葉を押しとどめた。言葉を発した途端、拍手のトーンは変わるだろう。日付が変わる深夜まで、各国の代表たちと話し合った。結局、アボットに任されたのだ。

「地球は呻《うめ》き声を上げています。開発は進み、コウモリやネズミなどの森林の小動物たちは行き場をなくして、町に、我々の生活圏に近づいています。ウイルスと共に」

アボットは言葉を止めて、もう一度会場中を見回した。このくらいでやめておこう。一歩一歩、進めばよい。しかし、残された時間は多くはない。

シカゴ、午後十一時。

「なんだこれは」

男は思わず声を上げた。

部屋の壁には一メートル四方の北極圏の地図が貼《は》られている。中央にあるのはベーリング海峡だ。左にロシアの極東シベリア、右にはアメリカ合衆国のアラスカ州とカナダの一部が含まれている。シベリアとアラスカにはそれぞれ三、四カ所、赤丸が記されていた。何もない場所だ。

地図の両側にはA4サイズのカラー写真が十枚貼られている。雪原と山の写真だ。シベリアの崖《がけ》は永久凍土が融《と》け出しているのか。おそらくここ二カ月以内に撮られたものだ。右下の手書きの数字は緯度と経度か。

「スキー旅行の下調べじゃないか。オーロラ観光かもしれない」

冗談のつもりで言ったのだろうが誰《だれ》も笑わない。

「これって、遺伝子の塩基配列じゃないのか」

もう一人の男が声を上げた。

反対側の壁に貼られた横長の用紙を見ている。GATCの連なりだ。塩基配列にはいくつかの部分に、赤いマーカーで印が付いている。

横には、端に三つの小さな輪がついた棒状の物体の写真が貼ってある。全体が染めたような濃紺の生物だ。いや、生物といえるのかどうか。

「エボラウイルスだ」

男がかすれた声を出した。部屋にいた五名の男女が集まってくる。

「似てるけど違うだろ。こんな色はしていないし、『目』も三つある。てっぺんのは小さいけど。専門家に見てもらう必要がある。もしエボラウイルスの新種だったら、バイオテロを企んでるということか」

「部屋のものには、いっさい触らないで。至急、本部に報告して。ただし、これは極秘事項よ。マスコミに知られるとパニックが起こる。コロナがやっと終息しかかっているときに、なんてことなの」

リーダー格の中年女性が指示を出した。

女性は窓際に行き、通りを見た。ＦＢＩのバンが二台止まっている。通りを行き交う者は若者が多く、大部分が学生だ。シカゴ大学近くのアパートの一室だった。郵便受けにはホープ・ホワイトのネームプレートが貼ってあった。

部屋の広さは十メートル四方で寝室とバスルームが別についている。デスクの上に、デスクトップパソコンが二台置かれている。横の棚には本、壁には数枚のカラー写真。いずれも同じような毛虫の先に三つ目の、おそらく生物が写っている。その横に業務用の多機能プリンター。地図と遺伝子配列のデータシート、写真が壁の二面を埋めている。

女性は腕を組んでそれらを眺めた。棚に置いてあるチラシの束の一枚を手に取った。

「地球を護《まも》れ、自然を護れ、動物を護れ。醜い人間の手から」

宇宙から見た青っぽい地球、山々と森林の風景、子供を連れたクマとウサギの写真。中央に、高く上げた両手に銃と斧《おの》を持った人間が仁王立ちしている写真がある。この人間には赤のバツ印が大きくついている。グレート・ネイチャーのロゴだ。自然保護を謳《うた》う過激派集団だ。

二時間ほど前、シカゴのFBI支局に、アパートへ怪しい男が出入りしていると通報があったのだ。爆弾でも作っているのかと踏み込んだら、一見、理学部の大学生風の部屋だった。いや、バイオテロを企てる最悪のテロリストのアジトなのかもしれない。

「私も自然保護には反対はしない。人間も保護対象に入れてほしいけどね」

女性は呟いてそのチラシを元に戻した。

その後、到着したウイルスの専門家を交えて五時間、部屋中を探したがウイルスの痕跡《こんせき》らしきものはなかった。

# 第一章　謎のウイルス

## 1

息ができない。この表現は正確ではない。空気を吸い込むことはできる。しかし、いくら空気を吸っても、必要な酸素を肺が吸収できないのだ。全身が酸素を求めて喘《あえ》いでいる。酸素吸入器はどこだ。必死に腕を伸ばし、つかもうとするが空を切るばかりだ。

全身が熱っぽい。脳はねばつく膜で覆われ、思考が焦点を結ばない。懸命に意識を呼び戻そうとするが、魂が体内から抜け落ちたようだ。その脳の中でドラムを叩《たた》くような音が響き、鼓膜を振動させている。すべてが夢で、鼓膜を揺るがすのはスマホの呼び出し音なのは分かっている。何度同じ夢を見たことか。

放《ほう》っておけ。脳はそう呼び掛けているが腕は伸びていた。

〈一時間後に車で迎えに行く。それまでに、酒臭さだけは消しておけ〉

声を出しかけたが電話は切れていた。スマホのディスプレイには金曜日、午後十時と表示されている。

カールは目を閉じ、声の意味が脳に届くまでスマホを耳に当てたままでいた。

スマホを置いてサイドテーブルに腕を伸ばしたが、空のコップとウイスキーボトルが転がっているだけだ。

時計を見るとすでに十分がすぎている。ベッドを出てバスルームに入った。無精髭《ぶしょうひげ》が伸び、青ざめた顔の男が立っている。頬《ほお》がこけ、目が落ちくぼんだ、ピラミッドから掘り出されたミイラに見つめられている気がして、思わず目をそらせた。母が見たら何というだろう。

コップに水を満たして一気に飲み干し、全身の力を抜いた。便器に顔を近づけ、喉《のど》の奥に指を突っ込む。胃酸を含んだアルコール臭い液体が喉に込み上げてくる。目に涙がにじんだ。同じ動作を二度繰り返した。こんな苦しい行為は二度とごめんだ、と思うが意思通りにはいかない。

トイレを流してから、水を三杯続けて飲んだ。髭を剃《そ》り、水のシャワーを浴びた。アルコールが抜け、全身に水分が行き渡ると、脳の奥に縮んでいた意識が引き出されてくる。まともに考えられるようになったのは何日ぶりか思い出そうとしたが、面倒になってやめた。部屋の隅に脱ぎ捨ててある下着と衣服を身に着けると、一時間五分がすぎている。

マンションの前に立って五分後、角を曲がって現れたキャデラックの黒のスポーツ４WDがカールの前に止まった。

「十分遅れたぞ」

「前は私が三十分待たされた」

助手席に乗り込んだカールの言葉に、運転席の男が答える。

カール・バレンタイン、三十二歳。ドイツ系としては細身で、目も髪もダークブラウン。プリンストン大学、遺伝子研究所の教授だ。医学部を卒業後、遺伝子工学の研究を続けている。しかしここ五年間、休職扱いになっている。二〇二〇年に始まったコロナ禍では、アメリカ疾病予防管理センター、CDCの顧問として去年まで働いていた。以後は国連近くの45丁目に建つマンションの18階にある小さなワンベッドルームにこもって一年がすぎようとしている。18階と言っても窓から見えるのは南側に立つオフィスビルで、無理をして西側を見ればクライスラービルの尖塔《せんとう》部分の照明が見える程度だ。

運転席の男はニック・ハドソン、四十一歳、ナショナルバイオ社の副社長だ。大学の研究室の先輩にあたる研究者だったが、ある時期から経営者に転向した。会社はコロナ期には製薬会社と提携して、ワクチン、抗ウイルス薬の開発に貢献している。コロナが終息に近づいている最近は新しい分野を探している。企画担当の責任者でもあると聞いている。

車は45丁目を西に向かいマンハッタンを横切って行く。昼間は渋滞して進めないが、さすがに深夜はスムーズに走った。タイムズスクエアはコロナ後とはいえ混雑していたが、順調にクロスタウンしてリンカーントンネルに入り、ハドソン川を越えてニュージャージー側にでた。その後州間高速道路95号線、２８０号線を走り一時間弱でニュージャージー州ホイッパニーに到着した。

町にはナショナルバイオ社の研究所がある。車は正門にある警備室の前に止まった。ニックが身分証を見せて、カールに入所証を発行して中に入った。カールは何度か来たことがあるが毎回、同じことの繰り返しだ。研究所は、敷地面積三万平方メートル。職員数五百名と聞いている。セキュリティチェックは厳重で、副社長とはいえ、カールと共に十分近くかけて研究所に入った。バイオ関係企業の研究所は宝の山だ。遺伝子のわずかな情報が数億ドルの利益を生むのも夢ではない。また、その逆もあるのだ。

ニックは事務棟にある自分の部屋には行かず、直接、研究棟に向かった。すでに深夜十二時を回っていて、職員は帰宅しているが、まだ電気のついている部屋もいくつかある。

この研究棟にはＨＩＶやＨ５Ｎ１といった危険なウイルスやバクテリアを扱えるＰ３実験室がある。建設時にはエボラやラッサも扱えるＰ４レベルの実験室を計画していたが、住民の反対でＰ３実験室になった。だが、Ｐ４レベルの研究をやっているという噂《うわさ》は絶えない。

カールはニックに連れられて、実験室の一つに入った。カールの前に置いた冷凍ボックスには、三本の試験管が入っていた。ニックの表情が変わっている。

「この細胞から遺伝子を取り出してほしい」

「その程度なら、あんたらでもできるだろ」

ニックは生命工学の博士号を持っている。才能不足に気付いて、自分の才能でより社会貢献のできるビジネス界に入ったと言っている。それは半分以上は嘘《うそ》だ。単に科学より金に興味があったからだ。

「遺伝子がかなり傷んでいる。修復が必要だ。だからきみに頼んでる」

カールは、遺伝子を切り貼《ば》りできるクリスパー・キャス9という人工酵素を使った遺伝子生成の専門家だ。細胞の核に含まれるDNAを切断して遺伝子の働きを失わせたり、別の遺伝情報を挿入して、新しい遺伝子を作り上げる。彼の論文はネイチャーにも載り、高く評価されている。

「何の遺伝子だ」

「秘密保持契約も振り込んだ金には入ってる。きみは言われたことをやればいい」

昨日、ニックから電話があった。

〈かなり古い肉片がある。そこからDNAを取り出してほしい。不完全な場合は修復してくれ〉

三万ドル出すと言う。翌日にでも、ニックに借りに行くつもりだった金額の十倍だ。

「半分の一万五千ドル、今日中に振り込んでくれれば、引き受ける」

その一時間後には銀行口座に振り込まれていた。

カールは冷凍ボックスを持ったニックに連れられて奥の部屋に進んだ。

「P3ラボなのか」

「黙ってろ。沈黙も三万ドルに含まれている」

ニックがドアのプレートに目を向けた。Ｐ3の表示の下に、入室の注意事項が細かく書いてある。この研究所には何度か来たことがあるが、Ｐ3に入るのは二度目だった。最初は、変異したコロナウイルスの遺伝子解析の時だ。

「三万ドルじゃ安すぎたか」

「黙って着替えろ」

ニックが壁に並べられている防護服を目で指した。Ｐ3ラボは感染力のあるウイルスやバクテリアを扱う実験室だ。入室には完全防護服の着用が義務づけられている。

ウイルスやバクテリアを扱う研究施設では、生物が施設外の大気、水、土などに拡散しないよう封じ込め措置を取らなければならない。その対策レベルは扱う病原体によって、Ｐ1、Ｐ2、Ｐ3、Ｐ4と順を追って高度なものとなる。Ｐ1は人に無害な病原体や生ワクチンなど、Ｐ2は食中毒菌、季節性インフルエンザ、はしか、水痘《すいとう》など、Ｐ3は結核菌、狂犬病、Ｈ5Ｎ1、ＨＩＶなどに対応できる。Ｐ4はエボラウイルスなど致死性の高いものを扱う。Ｐ3ラボは内部が陰圧になっていて、室内の空気はフィルターで処理された後、施設の外に排気される。部屋の出入りの時は二重扉を通る。実験室内は安全キャビネットや排水設備が完備されている。さらに研究員は感染予防のため、フード一体型の「カプセルスーツ」と呼ばれる防護服を着用する。

「念のためだ。危険なものじゃない。扱い慣れているだろう」

ニックも着替えている。彼も入るつもりだ。こんなことは初めてだった。

カールはそれ以上聞かず、防護服に着替え始めた。カプセルスーツを着て、さらに手袋は二重だ。

二人は二重扉の中に入り、P３ラボに進んでいく。実験室内には、光学顕微鏡、レーザー顕微鏡、電子顕微鏡などの機器が並んでいる。さらに最新式のDNAシーケンサーがある。数時間で人の遺伝子も読み取れる。壁際にあるのは試験管や遠心分離機、排気実験台、培養機などで、大学の実験室にも見られる機器だ。

ニックが冷凍ボックスをデスクの上に置いた。カールはさりげなくボックスのシールを探したが、中身や所属を示す情報はない。冷凍ボックスを開けると、試験管に入った凍結肉片があった。人間の肉片かと思ったが、人間のものではないようだ。動物だとしたら、何だ。聞いても答えないだろう。

「気を付けてくれ。貴重なものだ」

「気が散る。出て行ってくれないか」

貴重なものと言ったが、P３ラボを使うからには危険なものなのだ。バクテリアか、ウイルスに感染したものかもしれない。

「危険なものなのか。それも高額報酬に入ってるんだろ」

「沈黙もだと言った」

作業自体はさほど高度なものではない。肉片から遺伝子を抽出して、バラバラになっている複数の遺伝子から、無傷な部分を探し出してつなぎ合わせ、できる限り元の遺伝子に近いものを作り上げる遺伝子合成作業だ。テクニックと共に、根気が必要な作業だ。

「どのくらいかかる」

「かなり古そうで細胞も脆《もろ》い。壊れた箇所がかなり多そうだから修復にも時間がかかる。やってみなければ分からない」

ニックは一瞬考え込んだが出ていった。彼も簡単にはいかないことは分かっているのだ。

試験管の中には、一センチ四方の肉片が入っている。状態はいいとは言えない。水分は保っているが、細胞の損傷はかなりひどいだろう。しかも相当古い。その中の遺伝子も当然、ダメージを受けているはずだ。ニックの様子からして、かなり珍しいものであることは間違いない。考えたが、見当もつかなかった。だが、莫大《ばくだい》な金を生み出すことは確かなのだ。カールには想像もつかない額なのだろう。ニックは悪い奴《やつ》ではないが、頭にあるのは自分と会社の利益だ。しかし、P３ラボで行う遺伝子操作は危険なのだ。カールは考えるのをやめ慎重に作業に入った。肉片を試験管から取り出す。肉片を切り分けて、溶液につける。細胞を溶かして、そこから正常に近い遺伝子を取り出すのだ。

顕微鏡で肉片を調べた。やはり人間のものではない。動物の細胞だが今までに見たことのないものだ。いつの間にか作業に没頭していた。

## 2

気が付くと五時間がすぎていた。

部屋の二カ所にカメラが付いているのには気付いていた。ニックが別の部屋でコーヒーを飲みながら見ているのだ。あるいは寝ている。

P3ラボに入ると、防護服の着脱が容易ではないためと部屋の気密性を保つために飲食はもとよりトイレにも行けない。

〈まだ時間がかかりそうか〉

頭上で声がした。見上げるとスピーカーが付いている。ニックは寝てはいなかった。

「肉片はかなり古いものだろう。細胞のダメージが大きい。正常な遺伝子は見つからない。大部分に修復が必要だ」

〈きみはプロなんだろ。コロナウイルス禍にも献身的に貢献した。変異株を三種類発見している〉

カールは仕事に集中しようとした。徐々に興味も湧《わ》いてきている。これは何の細胞だ。古くてこの状態ということは、長く凍っていたものだ。

身体《からだ》の向きを変えて、カメラに死角を作った。肉片をデジタル顕微鏡にセットした。最新式のレーザー顕微鏡だ。試料を置くだけで拡大映像がディスプレイに映る。

肉片の細胞が映し出された。カールは倍率を上げていく。思っていた以上に古い肉片だ。細胞膜も原形をとどめていない箇所が多い。細胞の中にいくつかの線のような異物が含まれている。さらに倍率を上げると、形がぼやけ始めた。光学顕微鏡なので、一マイクロメートル程度のものが限度だ。

〈遺伝子の抽出はできたか〉

「慌てるな。やってると言っただろ。細胞が相当古いので、崩れやすいし、DNAもダメージが大きい。かなり時間がかかる。何度も言わせないでくれ」

〈午前中には終わらせろ〉

カールはデジタル顕微鏡のモニターの位置を調整して、カメラからは見えなくした。顕微鏡の倍率を上げる指先の動きが遅くなった。同時に動悸《どうき》が速くなる。無意識のうちに身体を移動させて手元をカメラの死角にした。何をやっているか知られたくない。呼吸が浅くなり、指先に神経を集中させる。P3の実験室だ、一つのミスも許されない。

その時、カールの手が止まった。細胞の中に異質のものが含まれている。

「電子顕微鏡を使えないか。DNAの状態をよく見たい」

〈休みの日でも昼には守衛が見回りに来る。時間がない。まず、修復だけを考えろ〉

電子顕微鏡にかけるには時間がかかるのだ。

ウイルスの大きさは、十ナノメートルから二百ナノメートルほどで、電子顕微鏡を使わなければ見ることはできない。バクテリアの大きさは一マイクロメートル程度で、光学顕微鏡でもなんとか観察可能だ。人間の大きさを地球くらいと考えると、バクテリアはゾウほどの大きさ、ウイルスはネズミほどの大きさになる。

カールはディスプレイを調整して、何とか細胞の形を鮮明にしようとした。

頭に血が上るのを感じる。ウイルスだ。ウイルスの形については知り尽くしているが、そのどれとも微妙に違っている。光学顕微鏡で形を識別できるということは、かなり大きい。青みをおびた棒状のもので、見たことのないものだ。エボラウイルスがよぎったが、エボラではない。大きさも倍近くある。形は似ているが、未知のウイルスだ。少なくともカールにとっては初めて見るウイルスだった。だが死んでいる。単なる有機物の破片だ。

「ウイルスがいる」

思わず声を出していた。

〈何をしてる。よけいなことをするな〉

「遺伝子操作に必要なことだ」

〈活性化しているか〉

「おそらく不活性だ。死んでる。だが生きているものもあるかもしれない」

〈適切に保管してくれ。あとでうちのチームが調べる〉

「なんの細胞だ。これは重要なことだ」

〈何度も言わせるな。この仕事は何も聞かないことも条件の一つだ〉

ニックの声が大きくなった。

「用心しろ。未知のウイルスだぞ」

カールはもう一度言うと気を取り直して、遺伝子の抽出を続けた。

ウイルスは現在、約二千八百種が発見されていて、そのうち病気の元となるのは数百種類とされる。ウイルスはＤＮＡまたはＲＮＡのどちらかの遺伝子を微少に保有しているにすぎず、自分だけでは生きられない。だから他の生物の細胞に潜り込む。

〈早く終わらせろ。時間がない〉

苛立《いらだ》ちを含んだニックの声がスピーカーから聞こえてくる。

「正常な細胞を探している。これは何なんだ。言ってくれないと、手の打ちようがない」

〈おまえの役割は、遺伝子の抽出と修復だ。他のことは考えるな。相応の金は払った〉

Ｐ３の実験室、三万ドルの報酬。普通のものではないことは確かだった。肉片の持ち出しはできない。カールはディスプレイのウイルスの姿を頭の中に刻み込んだ。顕微鏡のスイッチを切って、肉片からのＤＮＡの検出に神経を集中した。

さらに五時間がすぎた。遺伝子を抽出し、切り貼りをして可能な修復は終わったが、完全なものはできなかった。ウイルスが気になったが、どうしようもない。Ｐ３の中のものを外部に持ち出すことはできない。

ラボを出るとニックが待っていた。

「残りの一万五千ドルは振り込んでおいた」

「あれは何の細胞だ」

「おまえは知らなくていい」

「あの肉片はかなり昔のものだ。数百年、いや、数千年以上前か。冷凍保存の状態がよければ、それ以上昔のものの可能性もある。すでに絶滅した種のものか」

「恐竜かもしれないな。復活したら見せてやるよ」

ニックの顔には笑みが浮かんでいる。

「ウイルスがいた。すでに死んでいるが、エボラに似たものだ。ただし大きさは倍近い」

ニックの表情が変わった。平静を装っているが、その努力は報われていない。

「電子顕微鏡を使ったのか」

「おまえがダメだと言っただろ。時間もない」

「エボラに似ていると言っただろ。どうやって調べた」

「勘だよ。何となくだ。遺伝子がばらばらで特定のしようがない」

「だったら、放っておくのがいちばんだ。世界はウイルスには敏感だ」

コロナウイルスについて言っているのだ。この数年間、世界はコロナウイルスに翻弄《ほんろう》された。ワクチンの普及と共に終息しつつあるが、いつ感染力、致死率ともにさらに高いウイルスが現れるか分からない。

「この部屋は暑すぎる。額に汗をかいてる。具合が悪いのか」

「長時間待たされたからだ。体調だって悪くなる」

「厄介な仕事を持ってくるからだ。僕でなかったら、倍の時間を費やしても満足なものは出来ない」

単なる寝不足にしてはニックの目は赤く、動きにも切れがない。迫力と行動力が取り柄の男なのだが。くしゃみが出そうになって、ニックはハンカチで鼻と口を押さえた。カールは思わず半歩下がり、息を止めた。コロナ禍で神経質になっている。

ニックが研究所の正面ホールまで送ってきた。ロータリーにはタクシーが止まっている。

「マンションまで送ってくれる。料金はすでに払ってある。チップ込みでね」

ニックが早く帰れというふうにカールの肩を叩《たた》いた。

タクシーの方に歩き始めたが、立ち止まり振り向いた。ニックはすでに背を向けて歩き始めている。

「ウイルスの扱いには気を付けろ。我々は恐さを十分に知ったはずだ」

カールはニックに向かって怒鳴った。ニックは振り向きもせず片手を上げて、急ぎ足で施設内に戻っていく。

ナショナルバイオ社は、ニューヨークに本社と研究所を置くバイオ医薬品企業だ。カリフォルニアのサンバレーには最大の研究所がある。製薬会社としては世界四位にランクされ、約五万人の従業員が働いている。そのうち三万人が研究者で、一万人が博士号を持っている。昨年の売上高は四百六十億ドル。六十五億ドルを研究開発に費やしている。

十九世紀末にビタミン、麻酔薬などの製造で成長、二〇一三年に免疫疾患、ウイルス感染症、C型肝炎、神経系の研究開発型医薬品事業を重点領域として独立する形で設立された。世界七十カ国以上にビジネス拠点を持ち、百七十カ国以上で医薬品が利用されている。カールはタクシーに乗ると、受付から取ってきたナショナルバイオ社のパンフレットを出した。その余白部分にウイルスを描《か》いた。形のバランス、表面感触を含めて、可能な限り正確に描いていく。最後に使用した顕微鏡の種類と倍率を書いて手を止めた。眺めると、やはりエボラウイルスによく似ている。しかし大きすぎる。

ニックはこのウイルスの存在を確認するために、カールに肉片の遺伝子の修復を頼んだのかもしれない。ふっと頭に浮かんだ。目的は細胞の遺伝子の修復ではなく、このウイルスの遺伝子の修復ではないのか。好奇心と不安が入り混じった感情が湧き上がってくる。人類は新型コロナウイルスのパンデミックで、感染症の恐ろしさが身に染みたはずだ。わずか三年余りの間に七億人の感染者と、七百万人近い死者を出している。コロナ禍による自殺者や関連死の者を含めるとその数はさらに増えるだろう。多くの都市や国でロックダウンが行われ、経済と人の精神に大きな影響を与え、貧困層はますます貧困になり、人と国に大きな悲劇をもたらした。経済損失は十兆ドル以上にも及び、あと数年は尾を引くと言われている。立ち直るためには、膨大な時間と努力と資金が必要だ。さらに人の心の再生だ。しかし、損害を被った人と企業がある一方、コロナによって莫大な利益を得た人と企業もあるのが現実だ。さまざまな思いがカールの脳裏をかすめた。

部屋に戻ると、ノートを出してスケッチをさらに精巧なものに仕上げた。一時間近く、そのスケッチを眺めていた。

頭の奥に鈍い痛みが生まれた。この痛みはあと十分もすると、百倍の鋭い痛みとなってカールの脳を刺激する。その前に鎮痛剤を飲めば、半分の痛みに軽減できる。横になってしばらく動きを止めておくと、自然に消えていく。運が良ければの話だ。時に制御できないものとなる。これもコロナ後遺症の一つなのか。それとも精神的な問題が大きいのか。ニックが言った守秘義務が脳裏に浮かんだが、そんなものクソくらえだ。スケッチを眺めながらスマホの番号を押した。

「最近、新しいウイルスについての報告はないか」

〈コロナが終息に向かっている途中よ。世界中がピリピリしている〉

ジェニファーは「終息に向かっている途中」という言葉を使った。WHOも終息という表現はしていない。アフリカと西アジアの発展途上国には、まだ感染者がゼロにはなっていない国がいくつかある。ワクチン接種の途中で、終息は目前ではあるが。

ジェニファー・ナッシュビル博士はCDCのメディカルオフィサーだ。カールの医学部時代の同級生で、成績はジェニファーの方が良かった。しかし教授に評価されたのはカールだった。カールは大学に残り、ジェニファーはCDCに就職した。コロナ禍のときは、ジェニファーがカールをアドバイザーとしてCDCに誘ったのだ。

「ないってことか」

〈コロナだけで十分。今度はもっとうまくやれる。でも、当分はもうたくさん。なにかあ

ったの〉

「ニックを知っているか。ニック・ハドソンだ」

〈研究室の大先輩。ナショナルバイオ社の副社長でしょ。コロナ治療薬の開発のとき紹介された〉

「彼に細胞から遺伝子を抽出する仕事を頼まれた」

〈あなたでなくてもできるでしょ〉

「古い細胞の遺伝子で、完全なものじゃない――」

頭痛がひどくなった。この痛みは脳の中心から始まり、全身に広がっていく。

〈どうかしたの。大丈夫なの〉

異常を感じたのか、声が返ってくるが答えることができない。

「また、電話する」

それだけ言うのがやっとだった。スマホを置いてポケットからピルケースを出す。鎮痛剤と軽い睡眠薬だ。錠剤を呑《の》むとソファに倒れ込んだ。

深く息を吸って、痛みに耐えるために強く目を閉じた。CDCのオフィスでスマホを持って立ち尽くすジェニファーの姿が浮かんだが、次第に意識が消えていく。

CDC、アメリカ疾病予防管理センターは、アメリカ政府の保健福祉省所管で感染症対策の総合研究所であり、本部はジョージア州アトランタにある。本部職員は約七千人、支部職員は合計八千五百人いる。年間予算は七十七億ドルだ。

脅威となる疾病には国内外を問わず駆けつけ、勧告文書は世界の多くの文献やデータの収集結果を元に作成するため影響力は大きい。職種は医療専門家だけでなく、気象学者、統計学者、理学者、微生物学者、細菌学者、事務職、プログラマー、官僚、軍人など広域にわたる。

特にエボラウイルスなど、バイオハザード対策については、世界中がCDCに依存している。さらに、危険なウイルスの保存も行う。地球上では撲滅された天然痘ウイルスを公式に保管する機関は、CDCとロシア国立ウイルス学・生物工学研究センターだけだ。

3

スマホの呼び出し音で目が覚めた。

痛みは消えているが、脳が薄い膜に覆われている感じだ。全身に倦怠感《けんたいかん》が残っている。何度経験しても、慣れることはない。

窓を見るとすでに外は明るい。二十時間近く眠ったことになる。

〈痛みはないの。大丈夫なの〉

ジェニファーの静かで落ち着いた声が聞こえた。彼女はCDC本部のあるアトランタに住んでいる。ニューヨークまで飛行機で二時間半の距離だ。

「いつも心配かけて悪いと思ってる。でも、もう大丈夫だ」

彼女はカールの症状を心得ている。初めて症状が出たときには、意識が戻るとダークブルーの瞳《ひとみ》が覗《のぞ》き込んでいた。ジェニファーだった。カールの電話で緊急性を感じ、その場で飛行機の予約を取り、かけつけたのだ。その時、カールは床に倒れたまま意識を失っていた。マンションの隣人を呼んできて、ベッドまで運んだという。

カールは数カ月に一度程度の頻度で発作を起こしている。頭痛と立ち上がれないほどの倦怠感が襲ってくる。脳にストレスがため込まれて、一定量になると放出される。地震と同じだ、と最初にかかった医師は言った。地震は、地下のプレートに蓄えられているストレスが一定量に達すると、プレートが一気に破壊される現象だ。コロナ後遺症の一つかもしれないと思ったが、確かめる気にもならなかった。今では一つの罰のようなモノだと受け入れている。

ジェニファーの診断は少し違っていた。潜在的な罪悪感によるストレスと不規則な生活。アルコールや不眠、食事と栄養の偏りも挙げた。要するに身体に良くないことをすべてやっている。彼女の専門は感染症だが、心理カウンセラーの資格も持っていると自慢している。

〈もっとリラックスして生活したら〉

「十分してる。生きていることを感謝しながらね」

〈皮肉はやめて。心配してるの〉

電話口の表情が浮かぶほど、真剣な口調の声が返ってくる。

「悪かった。わずかだがよくなってる」

背後で〈ドクター・ナッシュビル。すぐに来てください〉と、ジェニファーを呼ぶ声が聞こえた。

「心配してくれて感謝してる。また、連絡する」

ジェニファーの声が返ってくる前にスマホを切った。

シャワーを浴びると、いくぶん頭がはっきりした。デスクの上に昨日描いたスケッチがある。細胞の中にいたウイルスだ。これは何だ。

ニックの携帯に電話したが、出る気配はない。迷ったがナショナルバイオ社のダイヤルを回した。

「副社長のニック・ハドソンと話せないか」

戸惑う気配が伝わってくる。

「僕はカール・バレンタイン教授。ニックとは友人です。ちょっと気になったことが――」

〈ハドソン副社長は入院しました〉

しゃべり終わらない内に声が返ってきた。カールの頭から次の言葉が消えた。昨日、別れるときのニックの姿が甦《よみがえ》ったのだ。得体のしれない不安が湧き上がってくる。それは恐怖にも通じるものだ。

「病名は分かりますか。あるいは病状は」

〈私の方では分かりません〉

「病院を教えてくれませんか。僕は彼の友人だ。彼が入院する前にも彼と一緒に研究所に行きました。正門警備室の名簿に載っている」

カールは名前を繰り返して、やっと入院している病院を聞き出した。妙な胸騒ぎがする。

上着とコートを着ると外に出た。

ニックはヨーク街と68丁目のニューヨーク・プレスビテリアン／ワイル・コーネル・メディカルセンターに入院している。


病院の受付で聞いた病室に行くと、ニックの妻のエイミーがいる。

「なんともないか。ニックときみの体調についてだ」

カールはエイミーを見るなり聞いた。

「なんともないわけないでしょ。意識が混濁して、熱も四十度近くあったの。今は点滴と薬で下がってるけど」

エイミーはニックに視線を向けて答える。

「きみの方はどうなんだ」

「私――私は元気よ。変なこと聞かないで」

「だったらいいんだ」

　ニックは眠っていた。低いいびきが聞こえる。顔の血色はよく、病人には見えない。

「薬で眠らせてる。いっとき、錯乱状態にもなったの。お医者さんは高熱のためだと言うけど」

「症状をもっと詳しく教えてほしい」

「あなたは医師免許も持ってたわね。昨夜は、発熱、頭痛、腹痛、発汗、下痢、嘔吐《おうと》。病気の症状すべてを集めたような状態。コロナよりひどい」

　その時、ドアが開き医師が入ってきた。アジア系の生真面目《きまじめ》そうな医師だ。

「彼のウイルス検査はやりましたか」

「ウイルス性腸炎だと思って、ウイルス検査を行いました。陽性です」

「他の感染性は？」

「まだ分かりません。もう少し経過を見てからでないと――」

「彼には他の感染症の疑いがある。隔離したほうがいい。エイミーには気の毒だが」

　カールは途中からエイミーに視線を向けた。彼女は不安そうな表情でニックを見ている。

　医師がこいつは誰《だれ》だという顔をしている。

「あなたは誰なんです。医者ですか」

「医師免許は持っている。感染症の患者はコロナで散々見てきた」

「ニック・ハドソン氏はコロナとは違う。ウイルス性腸炎の疑いがあります。発熱に腹痛、下痢――」

「議論する前に、僕の言葉に従ってほしい。この病院から新型感染症の患者、第一号を出したいのか。コロナ以外の感染症だ」

カールは医師の言葉をさえぎり、CDCの身分証を出した。一年ほど前に退職しているが、まだ身分証は返却していなかった。医師はカールと身分証を交互に見ている。

「待ってください、院長に来てもらいます」

医師はポケットからスマホを出した。

カールの脳裏に、コロナ禍の病棟が甦ってくる。病室は患者で溢《あふ》れ、廊下にも簡易ベッドが並べられていた。患者の呻《うめ》き声と消毒液の臭《にお》いが充満し、汚物の臭いさえ漂っている。その隙間《すきま》を医師と看護師たちは命を救うために懸命に行き交った。

「急ぐんだ。この病室じゃだめだ。隔離病室に移せ」

カールは思わず大声を出した。医師が驚いた顔でカールを見ている。

「あれはコロナじゃないですよ。症状が違う」

「ウイルスが発見されたのか」

「死骸《しがい》と言うか、破片と言うか。血液検査でウイルスの一部が発見されました。でも、無害です」

「ウイルスの特定はできてるのか」

「現在行っています。おそらく腸炎でしょう。彼はかつて腸炎にかかっています。抗体があるので重症化しても一過性です」

医師が言い訳のように言う。

ノックと共にドアが開き、スーツ姿の男が入ってくる。

「院長のトマス・マードックです。CDCの方が来ておられるとか」

カールは身分証を出した。マードックは身分証を見て、カールに握手を求めた。

「カール・バレンタイン教授ですか。ワシントンDCで一度お会いしています」

「彼を隔離病室に移していただけませんか。濃厚接触者として彼の奥さんも。その他、感染が疑われる者すべてです」

用心のためです、と付け加えた。マードックは困惑した表情を浮かべている。

「コロナですか。すでにワクチンも抗ウイルス剤も十分に――」

「ニックの血液検査の結果はいつ分かる」

カールはマードックの言葉をさえぎり、医師に聞いた。

「急がせれば明日中には」

「明日の朝だ。もっと急がせろ」

医師がマードックの指示を仰ぐように視線を向けると、マードックは頷《うなず》いた。

「血液検査の結果を見て、今後の方針を決めたいと思います。それまでは、あなたも静観していてください」

「つまり、騒ぐなということですか」

「その通りです。やっと、コロナ終息の目処《めど》が見えてきたところです。これ以上、住民を恐れさせたくない」

マードックがカールをなだめるように言う。

「ただし、血液検査の結果によっては、適切な方法を取ります。それまでも、ニック・ハドソン氏には隔離に準じた対応を取ります」

カールは頷かざるを得なかった。

マードックに連れられて院長室に行った。内密に話したいことがある、と言ったのだ。部屋に入ると、スマホを出して、ナショナルバイオ社のP3ラボで見たウイルスのスケッチを見せた。

「彼の実験室でこのウイルスを見たというんですね。しかもP3ラボで」

「そうです。守秘義務の書類にサインしているので、詳しいことは言えませんが」

すでに言っていると思いながら話した。

「ウイルスは不活性状態だったんですね」

「そうです。でも、すべてを調べたわけじゃない。生きているウイルスもいたかもしれない」

「エボラに似ているが、エボラじゃない。形も微妙に違うし、大きすぎる」

「僕もそう思うが、用心したほうがいい」

カールはどこまで話すべきか考えながら言った。

「とにかく待ちましょう。私にもことの深刻さは分かります」

マードックは再度、スマホのスケッチを見ている。

エボラウイルスが原因のエボラ出血熱は、アフリカ中央部のウガンダやスーダンなどで主に感染が広まった。二〇一四年、アメリカにも上陸し一人の死者が出ている。コウモリが自然宿主と考えられており、人に感染した場合、潜伏期間は二日から二十一日。人への感染はまれだが、感染すれば重症化し、致死率は平均五十パーセントと高い。

症状は発熱、倦怠感、筋肉痛、頭痛、咽頭痛《いんとうつう》などが突然あらわれ、続いて嘔吐、下痢、発疹《はっしん》、腎機能・肝機能障害が起こる。さらに、内出血や歯肉出血、血性便、さらに白血球減少、血小板減少、肝酵素の上昇が見られることもある。現在、ワクチンや治療薬はなく、対症療法のみである。基礎疾患がなく、体力があり、運のいい者が生き残る。カールは病院のレストランに行き、スマホの番号を押した。

「やはりこっちに来てくれないか。気になることがある」

〈相当悪いの、コロナの後遺症。前会ったときは、かなりひどそうだった〉

ジェニファーの真剣な声が返ってくる。

「僕は大丈夫だ。ニックが入院した」

〈彼は一度、コロナにかかったでしょ。異常なほど用心深かったけど〉

カールはニックの症状と医師の診断を説明した。ジェニファーは無言で聞いている。

「僕は隔離病室に移すべきだと主張したが、彼らは懐疑的だ」

〈そっちの医師はウイルス性腸炎だと言ってるんでしょ。しばらく、様子を見た方がいい

と思う〉

「手遅れの怖さは、コロナで十分に学んだ。感染症は時間との戦いだ」

〈それとは違う。まずはそちらの医師の判断に従って――〉

「待っていたら手遅れになる。いや、もう遅いかもしれない」

思わず声が大きくなった。

〈冷静になって。過剰反応はよけい悪い結果を引き起こす。あなたの状況はわかるけど〉

「僕が過剰反応だというのか」

気が付くと電話を切っていた。すぐに鳴り始めたが、スマホの電源を切った。カールの脳裏にニックの姿と、コロナ禍の病院の状況が交錯する。しばらく考えたが、ウイルスのスケッチの写真をジェニファーに送った。

五分後、「これから、そっちに向かう」とメールがあった。

4

ジェニファーは夕方、病院に到着した。問題の深刻さを知っているのだ。

リュックを担ぎ、大型の旅行カバンを引いている。出張のときのジェニファーのスタイルだ。中には「命を護《まも》る神器」と呼んでいる感染症対策のセット、医療用マスク、フェイスガード、ゴム手袋が入っている。ダークブラウンの短髪で、ウォーキングシューズを履いている。医学部進学までは山歩きが趣味だったと聞いた。「患者を護ることは、自分を護ること」彼女の口癖だ。それは、仲間への警告と共に自分への戒めを込めた言葉でもある。まず自分を護れ、それが患者を護ることにつながる。カールの信条とは微妙に違うが、本質は同じだと信じている。

カールはジェニファーを連れてマードック院長の部屋に行った。

「これは緊急事態です。しかし、パニックを避ける最大限の努力はします。病院に隔離エリア、レッドゾーンを作ります。その内部に入る医師と看護師は制限して、感染予防対策を徹底してください。ナショナルバイオ社の研究所のP3ラボは閉鎖です。これはニック・ハドソン氏の血液検査の結果が出るまで継続します」

ジェニファーが一気に言った。

「CDCの他の職員は来るのですか」

「現在、待機しています。状況を見て私が要請すれば一時間以内に到着し、病院を封鎖します」

「なぜ、すぐ来ない」

カールがジェニファーに向かって言う。

「私もそう言った。でもこれは、上の方針なの。これ以上、国民の恐怖心をあおるのは極力避ける。まだコロナの影響は続いているのよ」

「そういう考えが、コロナを世界にまん延させた」

「正しい情報は恐怖を和らげる。今の状態で推測を知らせるとパニックが起こる。そうすれば、感染はますます広がる」

ジェニファーが納得を求めるように、マードックに言う。

「分かりました。病院は全面的に協力します」

ジェニファーは病院のスタッフを集めた。手の空いている医師と看護師だ。

「ニック・ハドソン氏を隔離します。妻のエイミーさんもです。彼に接触した担当医と看護師たちも。彼らで、ハドソン氏を担当してください。他の患者より詳しい経過報告をしてください。わずかでも新型ウイルス感染の兆候が見られれば、病院封鎖を要求します」

「救急外来はどうする。ここはこの地区の基幹病院だ。コロナの時も多くの重症患者を受け入れた」

「感染症の対応には慣れているということね。その経験を十分に生かしてください」

「うかつな行動は取れません。パニックが起こります」

「そうならないように、最大限の注意を払います」

ジェニファーは立ち上がって、院長に手を差し出した。

「私の指示に従ってください。私が指示すれば、今日中にＣＤＣの医師が数名来ます。それまでは、ハドソン氏と接触者の隔離は徹底してください。今日、病院に来た全員の名簿提出をお願いします。ＣＤＣで追跡調査をやります。さらに入院前のハドソン氏の行動履歴を調べて報告してください」

ジェニファーは手際よく指示を出した。

指示が実行され始めたのを確認して、二人で病院を出た。ジェニファーをホテルに送っていくためだ。

車に乗るや否や、ジェニファーがカールに聞いてくる。

「あのスケッチはどこで手に入れたの」

「僕が描いたんだ。ほぼ正確なはずだ」

「ウイルスをどこで見たの。想像だ、なんて言うんじゃないでしょうね」

カールは迷った。守秘義務のサインはした。訴えられれば多くの犠牲を払うことになる。

「命を救うという大義はすべてに優先される。これは、あなたが言った言葉」

「ある研究所のP3ラボだ」

カールが覚悟を決めて言う。

「ナショナルバイオ社ね。ニックが副社長をしている企業でしょ。これは私の想像。あなたが言ったんじゃない。だから守秘義務違反にはあたらない」

カールが答えないでいると、ジェニファーがシートベルトを外した。

「確認に行くのか」

「その前にこの病院と研究所を封鎖する。それに、あなたを私の監視下におく。本当は隔離すべきなんだけど、今はあなたが必要。事態は進展した」

スマホのボタンを押しながら言う。

ＣＤＣメディカルオフィサー、ドクター・ジェニファー・ナッシュビルの指示により、病院とナショナルバイオ社の研究所は封鎖された。

三十分後、カールとジェニファーはナショナルバイオ社の研究所にいた。会議室には、ジェニファーの指示で研究所の幹部たちが集まっていた。全員が困惑した表情だ。

ジェニファーは未知の感染性ウイルスが、研究所に持ち込まれた可能性について話した。

「私たちは何も聞かされていません。ニック・ハドソン副社長は、本社勤務で研究所にはほとんど顔を見せません。Ｐ３ラボの使用申請も出ていません」

研究所の所長がジェニファーに向かって言った。

嘘をついているとは思えない。深夜、カールとニックの二人だけで行った行為だ。

一時間ほどやりあったすえ、カールとジェニファーは防護服に着替えて、Ｐ３ラボに入った。

「この部屋のどこかにあるはずだ」

カールはラボを見回しながら言う。冷凍ボックスは常にニックが持っていた。それをＰ３ラボの中でカールに渡した。

「僕は実験後、残りの肉片を試験管に戻し、冷凍ボックスに入れた。ボックスはデスクの上に置いた」

カールは自分の行動を確認しながら話した。基本的にこの部屋に持ち込んだものは持ち出せない。ウイルスに汚染されている可能性があるからだ。

「ニックが他に移したということはないの」

「どこに移すというんだ。この町でP3ラボがあるのはここだけだ」

「冷凍庫にもキャビネットにも、冷凍ボックスなんてない」

「研究所の封鎖は解除すべきじゃない。ニックの血液検査の結果が出るまでは。ニックが感染していれば、町も封鎖することになる」

カールの言葉にジェニファーが考え込んでいる。

「やはりもう少し待ちましょ。今は時期が悪すぎる。あなたにとっては関係ないでしょうけど」

そう言ったジェニファーがカールを見て眉をひそめた。

「あなた、大丈夫なの。顔色が悪い。汗をかいてるんじゃないの」

「何ともない。きみらの反応が鈍いので腹が立っているだけだ」

「やはり、普通じゃない。満足に寝てないんじゃないの」

二人は病院に戻ったが、ニックの血液検査の結果はまだ出ていなかった。

ジェニファーが無理矢理カールに鎮静剤を飲ませて、ソファに横になるように言った。

カールの脳裏に様々な光景が流れていく。コロナ感染者が廊下にまで溢れる病院、患者の呻き声と、緊急事態を告げる看護師の声、公園に作られたテント張りの臨時診療施設、人の消えた町。そして、呼吸困難で意識を失った患者たち。その中に母の姿もあったはずだ。この時ほど、自分の無力を思い知ったことはない。意識が徐々に消えていく。

コロナが世界に流行する一年前、カールの父親は六十七歳で亡くなった。末期の肺がんだった。三十五年間連れ添ったカールの母親は一人になった。もとから身体の弱かった母親の衰えは目に見えていた。

大学の近くに住んでいたカールは母と一緒に住み始めた。

そんな時、コロナが流行《はや》り始めたのだ。カールは大学からCDCの研究所に出向した。変異の激しいウイルスの特定と、遺伝子解析によってウイルスの性質を把握するためだった。カールはニューヨークの研究所に泊まり込んだ。感染終息のために州と連邦政府に提言をし、その実行のために全力を尽くした。患者からの血液採取と病状の把握のために病院に行き、患者とも積極的に関《かか》わった。「プロが感染するようなことがあってはならない」「ミスがあるから感染する」カールの口癖だった。そんな中でも、週に一度は家に帰った。自宅に閉じこもっている母親の様子を見て、食料や生活必需品を届けるためだ。

一年後、カールは感染した。症状はひどく、生死の境をさ迷ったが、回復した。三週間に及ぶ入院の後、退院した。退院の日に知らされたのは、母の死だった。カールの入院の翌日、母はコロナを発症し、直ちに入院した。六十五歳で病弱だった母は、五日後死亡した。ちょうどカールが生死の境から抜け出した日だった。医師が感染してどうする。言い続けてきた自分が感染し、母を感染させ、死なせてしまった。この事実はカールの自信と自尊心を完全に打ち砕いた。以後、カールはますます仕事にのめり込んでいった。

パンデミックの三年目の夏をすぎてやっとコロナの終息期に入り始めたころ、退院当時からあったコロナ後遺症がひどくなった。不眠と倦怠感。さらに頭痛が加わった。張りつめていた神経が緩んだのと、母は自分の代わりに死んだという思いがカールの精神を苦しめ、眠れない日々が続いた。デスクの引き出しには常にウイスキーのボトルが入っていた。

そうしたある時、してはならないミスを犯してしまった。患者の採取血液を取り違えたのだ。幸い看護師が気付き、事なきを得た。それ以来、現場に立つのが恐ろしくなった。一週間後にはCDCに辞表を出していた。家にこもり、大学に復帰もしていない。ウイスキーのボトルはデスクの引き出しから、デスクの上に移っていた。

## 5

辺りは漆黒の闇《やみ》だ。低い唸《うな》りが聞こえる。

地の底から響いてくるような、心の奥まで突き刺す重い響きだ。闇から伸びた太い腕で、全身が締め付けられる。必死で逃れようとするが絡みつく力はますます強く、執拗《しつよう》に闇の中に引き込もうとする。身体が揺れている。同時に声が聞こえる。誰かが肩をつかんでカールの全身を揺らしているのだ。目を開けると、ジェニファーの顔が目の前にあった。

った。

「すごくうなされてた」

そう言いながらハンカチでカールの額の汗をぬぐった。カールは起き上がりソファに座った。

「起こしてくれればよかったのに」

「だから、起こしたでしょ」

ジェニファーが封筒を出してカールに渡した。

「ニックの血液検査の結果よ。大きな異常は見られなかった」

「ウイルスについては何か言っていたか。僕が描いたスケッチのウイルスだ」

「あなたの言う通りウイルスはいた。ただし、ウイルスの身体の一部で、完全に死んでる。全体の形は分からず、害はない」

「どこから検出された」

「鼻の粘膜から。私がニックの全身を調べさせた」

「肉片から空気中に浮遊したウイルスをニックが吸い込んだ。あるいはウイルスの付いた手で鼻か目か口に触った」

「たぶん、その通りなんでしょ。でも、新種のウイルスだと断定するほどの根拠はない。発見されたのは死んだウイルスのごく小さな断片」

ジェニファーが複雑な表情で言う。彼女にとっては大きな意味を持つのだ。病院も研究所の封鎖もジェニファーの責任で行われている。

「ＣＤＣの医者が来るんだろ」

「キャンセルした。ギリギリセーフだった。私は上司の信用を無くし、嫌味を言われ、同僚に笑われるでしょうけど」

ジェニファーは話しながらもニックのカルテを見ている。

「封鎖したのは最小限のエリアだけ。でも、かなりの風当たりはあるでしょうね」

「病院全体を封鎖すべきだった」

「そんなことやってたら、他の患者はたまらない。この階だけを封鎖したけど、十件以上の手術が延期になった」

「しかし、感染者は出なかった」

カールの言葉にジェニファーはかすかに頷いた。

ドアがノックされて、看護師が入ってきた。

「ニックさんが目を覚ましました。何か質問があれば会ってもいいそうです。院長が伝えるようにと」

カールとジェニファーは、看護師に案内されて部屋に急いだ。

二人が病室に入ると、ニックが身体を起こそうとしている。

「何が起こったんだ」

カールを見ると、怒鳴るように言う。横にいた医師が昨夜からの経過を話した。

「俺《おれ》がウイルスに感染してるって。冗談だろ」

「おまえは自宅で気を失って、ここに搬送された」

ニックは一瞬、考え込む仕草をしたが、すぐにカールに視線を向けた。

「単なる過労だ。ここ半月は国中を飛び回っていた。アラスカやシベリアにまで行ったんだ」

「アラスカとシベリアだと。どういうことだ」

「言葉の綾《あや》だ。地の果てまで飛び回ったと言いたいんだ」

慌てて言い直している。

「あの肉片に関係があるんだな。肉片の中にウイルスを見つけた。あの肉片は何だ」

「知る必要はない。俺は問題ないんだから」

回復を誇示するように両腕を高く上げた。

「棒状のウイルスだ。エボラに似ていたような気がするが、大きさが違う。倍はある」

ニックが動きを止めてカールに視線を移す。カールはスマホを出してスケッチを見せた。

ニックの表情が変わり、無言でスケッチを見つめている。

「エボラウイルスとは違う」

「分かっている。特定しようとしたが、できなかった。未知のウイルスだ」

「すでに死んでいる。無害だ」

「サンプルのすべてを調べたわけじゃない。生きているウイルスがいるかもしれない。もしいるとしたら——。マスコミに発表すべきだと思っている」

「冗談を言うな。俺は一日で回復した。病名はウイルス性腸炎だ」

「マンモスの肉片でしょ。あなたはシベリアでマンモスを手に入れた。遺伝子を取り出し、損傷があれば修復して、マンモスのクローンを作る」

二人の話を聞いていたジェニファーが、突然口を開いた。

「夢みたいな話だ。何の根拠があって——」

「去年、あなたが出たテレビ番組を見た。マンモスのDNAを使ったケナガマンモスの復活。ナショナルバイオ社の特別企画だとあなたは話していた」

「あの肉片はマンモスの肉片だったのか。数万年前のものだったんだな。道理で損傷が激しかった。ウイルスもだ」

「ウイルスは死んでたんだろ。たとえいたとしても」

「これだけの騒ぎになったんだ。みんな、ジェニファーの話を信じる。あの肉片はマンモスのだ。なんなら、ネットに流してもいい」

カールの言葉にニックは考え込んでいたが、覚悟を決めたように顔を上げた。

「あの肉片はマンモスのものだ。二歳程度の子供で、ほぼ完璧《かんぺき》な状態で見つかった。だが、二万七千年前のマンモスだ。遺伝子には損傷があった。だから、おまえに頼んで遺伝子を複製しようとした」

「マンモスの本体はどこにある」

「アラスカの研究所だ。温度管理は完璧にしている。あとはジェニファーの言う通りだ。肉片から遺伝子を取り出し、修復しようとした」

ニックは淡々と、しかし時に情熱を込めて話した。たしかに、夢に満ちた話ではある。

「我々は三年前からマンモスのクローン・プロジェクトをやっている。マンモスとゾウは近縁だ。マンモスの遺伝子情報を取り出し、ゾウの卵子に入れて胚《はい》をつくる。それをゾウの子宮に戻し、クローンを作る計画だ。そのためのスタッフもそろえている。遺伝子操作のエキスパートたちだ」

マンモス研究で現在主流なのは、マンモスから抽出したDNAを使って、マンモスに近い絶滅危惧種《きぐしゅ》のアジアゾウの雑種を作るというものだ。アジアゾウが北極圏で生存、繁殖できるようにするためには遺伝情報を五十あまり改変しなければならない。

「我々は世界中から情報を集めていた。求めていたのは、遺伝子の損傷の少ないマンモスだ。地球温暖化で永久凍土が融《と》け、マンモスが発見されるようになった。だが多くはその一部だ。正常な遺伝情報さえあれば、マンモスの復活もさほど難しいことじゃない」

ニックは軽く息を吐いた。顔を上げて、カールとジェニファーを見ている。

「一週間前にアンカレジのナショナルバイオ社の研究施設から電話があった。至急来るようにと。到着すると、凍結したマンモスの子供を見せられた。状態はかなり良かった。毛並みは艶《つや》やかで、皮膚はまだ瑞々《みずみず》しい。これなら正常な遺伝子を取り出せると信じていた。しかし、ムリだった。そこで修復することにした」

ニックがカールに視線を向けた。

「それで僕を雇ったのか。きみたちのグループにも遺伝子操作のエキスパートがいるんじゃないのか」

「いるさ。しかしきみがいちばんだ。最高の者に頼みたかった」

ニックが肩をすくめた。

「あの肉片はどうした」

「焼却した。我々に必要なのは遺伝子だけだ」

一瞬の沈黙の後、ニックが言った。

嘘であることは分かっている。ニックの頭には次の計画が生まれているはずだ。カールが帰ると同時に、肉片の詳細な調査を指示するニックの姿が浮かんだ。エボラウイルスに似たウイルスを探せ。

「マンモスはどこで発掘された。アラスカか」

「シベリアだ。永久凍土から掘り出されて、アラスカのアンカレジに送られてきた」

「マンモスの体内には、まだウイルスがいるかもしれない」

「三万年近く前のウイルスだ。たとえいたとしても、生きているはずがない」

「マンモスのクローンを作ってどうするつもりだ」

「どこかで展示でもするさ。ジュラシックパークのマンモス版だ。恐竜もマンモスも大の人気者だ」

ニックが能天気な笑みを浮かべている。カールとジェニファーは顔を見合わせた。

# 6

カールとジェニファーは病室を出た。医師が約束した面会時間の十分は一時間近くになっていた。

二人は病院が用意した控室に行った。

「マンモスの肉片だとはね。だが、あれが二万七千年前のものだとは思えなかった」

カールはP3ラボで見た肉片を思い出しながら言った。同時に、エボラウイルスに似た棒状のウイルスの姿が鮮明によみがえってくる。確かに肉片の細胞には青みをおびたウイルスがいた。

「空振りだったわね。私は笑いものよ。でも、病室のある階とP3ラボの一日間の封鎖ですんでラッキーだった。あなたの言葉に従ってたら、首が飛ぶところ」

「ウイルスは確かにいた」

「じゃなぜ、ニックにしか感染しなかったの。あなただって肉片に触れて、ウイルスを見たんでしょ」

ジェニファーが言ってみなさいよ、と挑戦的な視線を向けてくる。

「僕は感染予防はしていた。彼だけがマンモスに直接触れていたのだと思う。それに隔離の対応が迅速で的確だった。僕の言葉で病院は緊急感染予防措置を取った。コロナの経験が生かせた」

ウイルスの感染力もさほど強くない。この言葉はカールには口に出せなかった。だが、心の隅に生まれた不安は大きく膨らんでいく。もう、二度と後悔はしたくない。カールの言葉にジェニファーの表情がわずかに変わっている。

「たとえ二万七千年前にはマンモスの体内にウイルスがいたとしても、その後の長い年月を生き抜いていたと本気で思うの」

「生きていたウイルスもいた」

「モリウイルスね」

正式名「モリウイルス・シベリカム」。三万年前のシベリアの永久凍土層から発見された巨大ウイルスだ。直径は六百ナノメートルで、五百二十三個の遺伝子が推定されたが、六十四パーセントが不明のままだ。現在でも増殖可能なウイルスとされている。

「運がよかったのかもしれない。これだけですんで」

二〇一六年にはシベリア凍土から融け出したトナカイの死体から炭疽菌《たんそきん》が拡散した。このときは二千頭以上のトナカイに感染して、一人の少年の命を奪っている。こうしたことから凍土の融解は「感染症の時限爆弾」とも言われる。

「種が違うのよ。ヒトに感染する確率は、かなり低い」

「感染確率はゼロとは言えない。我々はさらに厳重な処置をすべきだ」

鳥インフルエンザも普通、ヒトには感染しない。しかし、何かの拍子に鳥からヒトの身体に入ったウイルスが、変異を起こしてヒトからヒトへと感染するようになると、パンデミックが起こる。

「長い時間経過でウイルスは死んでいるし、モリウイルスのように増殖可能でも、マンモスのウイルスがヒトに感染することはない」

しかし、変異を繰り返すうちにヒトに感染し、さらに何世代もの変異を経て、ヒト・ヒト感染するウイルスが現れる可能性は十分にある。そのウイルスが強い感染力と高い致死率を持っていれば――。

「僕が扱った肉片はシベリアで発見されたマンモスから採取したものだった。そのマンモスはアンカレジにある」

カールはそれきり黙り込んだ。ジェニファーが沈黙に耐え切れないという様子で聞いてくる。

「何を考えてるの。バカなことじゃないでしょうね。最近、シベリアからアンカレジに運ばれてきたマンモスがいるなんて聞いてない」

「ニックはアンカレジから、マンモスの肉片をニューヨークまで持ってきた。それは事実だ」

「シベリアからマンモスを持ち出すには手続きがいる。ニュースにもなるでしょ」

「マンモスハンターが増えて、問題も多い。手続きで手間取っている間に、マンモスが劣化する可能性がある。ニックはすべてを省いてアラスカに運んだ。おそらく、シベリアに行ったのは彼自身だ。そして、クローンを作る以上の価値に気付いたのかもしれない」

カールは考えながら話した。ニックはまだ多くのことを隠している。

「アンカレジには、CDCの支部があるだろう。アラスカ大学アンカレジ校の南東、ユニバーシティ湖の近くだ」

「大きくはないけど、感染症に対するアメリカ最北の砦《とりで》よ。まさか、行くつもりじゃないでしょ」

「合衆国の最北の州、きみたちにとっては最北の砦なんだろう。行きたくはないのか」

「寒いのは嫌いなの」

ジェニファーが即答し、拳《こぶし》を握って震える真似《まね》をした。

「ニューヨークも十分に寒い。アンカレジはもっと寒いのよ」

ドアのほうに歩きかけたカールが立ち止まり、振り返った。

「二億七千万人、五千六百万人、五千万人。何だか分かるか。ペスト、天然痘、スペイン風邪《かぜ》で死んだ人の数だ。コロナでは六百万人以上が死んでいる。時代は進んでいるが、相変わらずウイルスとの戦いは続いている。次のパンデミックでは何人だ。感染症の対策は早期発見、完全な封じ込めだ」

「何が言いたいの」

ジェニファーがカールを見すえた。

「第一次世界大戦で千五百万人、第二次世界大戦で五千五百万人が死んでいる。スターリンの粛清で二千万人、毛沢東《もうたくとう》時代の飢饉《ききん》では四千万人が犠牲になった。だが、感染症犠牲者の方が多い」

カールは話しながら恐怖に似た不安を感じた。それは見えないウイルスに対する、人間の本能かもしれない。

「次のパンデミックウイルスの宿主はアンカレジにいると言うの」

「それを調べに行く」

「今は冬よ。アンカレジの日の出は午前十時前後。日の入りは午後三時台。日照時間は五時間半あまり。極寒の地よ」

「そんなことウイルスは気にもかけない」

「人間が住んでるんだから、ウイルスだっているかもしれない。でも――」

「僕はＣＤＣの人間じゃない。どこに行こうと自由だ」

カールはジェニファーの言葉を遮って言うと、歩き始めた。

「出発の時間は？」

「きみのスマホにメールで送ってある。チケットのＱＲコードも」

カールは歩みを止めることなく言った。

# 第二章　マンモスの復活

## 1

カールは窓に目を向けた。眼下にアラスカの雪原が続き、陽光を受けてキラキラと輝いている。じっと見ていると目が痛くなりそうだ。

カールとジェニファーはアンカレジに向かう飛行機に乗っていた。ニューヨークからアンカレジへの直行便はない。ニュージャージー州ニューアーク市のニューアーク・リバティー国際空港からシアトル・タコマ国際空港を経由し、テッド・スティーブンス・アンカレジ国際空港に行くことになる。飛行時間、約十一時間の旅だ。

タブレットに目を戻した。ジェニファーがタブレットを覗《のぞ》き込んでくる。

「マンモスとアラスカか。相変わらず勉強家ね。自分の興味があるモノだけだけど」

「改めて人類の起源を考えさせられるね。今から三万年前、シベリアからアラスカへ、マンモスの群れが移動するんだ。それを追って古代人たちも移動していく。ベーリング陸橋を渡ってね」

マンモスは約四百万年前から一万年前頃《ごろ》まで生息した、哺乳綱《ほにゅうこう》長鼻目ゾウ科マンモス属の総称だ。現在すべての種が絶滅している。約六百万年前にインドゾウとマンモスの共通祖先から分岐したもので、アジアゾウの類縁ではあるが直接の祖先ではない。特徴は長さ五メートルにもなる巨大な牙《きば》だ。現在多く発見されているのは、シベリアと北アメリカに生息したケナガマンモスの牙だ。氷河期にアフリカ大陸や南アメリカ大陸に広く生息した。もっとも古い種は南アフリカで化石が出土している。百五十万年前にはユーラシア大陸から陸続きであったベーリング陸橋を渡り、アラスカに到達している。

しかし約一万年前に氷河期が終わり、十度近く気温が上昇した。そのためシベリアに広がっていた乾燥した草原、ステップは針葉樹林へと変わり、多くの大型草食動物と共に絶滅していった。その絶滅の理由は、一度に一頭しか産まない大型動物であるために増えるのが遅く、狩猟しつくされたとする説、また人間が連れてきた家畜から伝染病が広がって死に絶えたとする説などがある。

「シートベルトを締めてください。以後は席を立たないでください。飛行機は十分後にアンカレジ国際空港に着陸します。天候は晴れ、気温はマイナス八度です」

機内放送が始まった。カールはタブレットの電源を切って、リュックに入れた。飛行機が高度を下げ始めると、雪原の中に空港が見え始める。

十二月のアンカレジは、日の出が午前十時すぎ、日の入りは午後四時前。日照時間は五時間半あまりしかない。気温はマイナス四度からマイナス九度の間で、ほぼ曇りの日が続く。十二月は年間で最大の降雪があり、平均降雪量は二百四十四ミリに達する。

到着ゲートを出ると、手を振っている若い男がいる。ＣＤＣのロゴ入りのジャンパーを着ていた。

「彼はドクター・ドミトリー・ロイス。ＣＤＣの職員。去年までアトランタにいた」

「どんなへまをやったんだ。こんなところに飛ばされるなんて」

「彼が自分から望んだの。二十八年間、暑い所にいたから、寒い所に行きたいと。カリフォルニア育ちよ。カルテック出身」

ドミトリーは顔中に笑みを浮かべてジェニファーと抱き合った後、カールに向き直った。

「噂《うわさ》は聞いています。ニューヨークの救世主。マンハッタン島の逆ロックダウンを主張したそうですね。ウイルスを入れないために橋とトンネルを封鎖しろと。でも金持ちは別荘に避難し、オフィスも店舗も閉まってしまった。かわりに、ブロンクスやブルックリン区で外出を制限して、マスク着用とおしゃべり禁止を徹底させた」

「当たり前のことをやっただけだ。誰《だれ》でもできる」

「演説を聞きました。あなただからできた。それで感染者は半分に減った」

「マスク着用とおしゃべり禁止は、当時、感染者が少なかった日本に学んだ。不要な外出の制限にもつながった。ＩＴとＳＮＳ企業を儲けさせたけど。運が良かっただけだ」

「運だけじゃないです。当たり前のことを徹底してやるのも難しいし、勇気と根気がいります」

ニューヨークは全米最多の感染者が出ていた。感染防止に重要なのは、個々の体内にウイルスを取り込まないことだ。これさえ徹底すれば、感染は防げる。強制も大切だが、もっとも効果的な対策は、個人が自覚して感染予防をすること。それには、なぜそうしなければならないかを個人が十分に理解することだ。カールはニューヨーク市民に、コロナウイルスに関する学習をユーチューブを使って行わせた。基本的なことを理解させるのに力を尽くした。

ターミナルビルを出るとカールは思わず防寒服の襟元を押さえた。寒気が全身に染み込み、吐く息が白く舞い上がる。ジェニファーも身体《からだ》を強《こわ》ばらせて立ちすくんでいる。

「力を抜いて一歩を踏み出せ」

カールはジェニファーと自分自身に言った。機内で読んだ「アラスカ案内」の一ページ目に書いてあったのだ。「最初の呼吸は控えめに」これも、そのパンフレットに書いてあった。冷たい空気が肺の細胞を収縮させるからか。

三人は空港を出て、ドミトリーの車でアンカレジ市内のCDCオフィスに向かった。

「市内のすべての病院に、最近、ウイルス性の症状で診察を受けに来た患者がいないか、問い合わせてくれ。次にCDCの医療関係者を集めてほしい」

カールは車が走り出すと、ドミトリーに言った。

「アンカレジ市内の病院から感染症の報告はありません。昨夜、ジェニファーから電話があったので調べておきました。医療関係者を集めるのは何のためですか」

「ナショナルバイオ社の研究施設に行きたい。研究施設の封鎖と、血液採取のためだ。マンモスはそこに保管されている」

「アポは取ってるんですか」

「電話して断られたらどうする」

「そうですね。最近、ＣＤＣの権威も落ちてますから。そろそろ、回復を目指さないと」

ドミトリーは独り言のように言う。コロナ禍ではＣＤＣもＷＨＯも強い指導力は示せなかった。特にＷＨＯの発表は後手後手に回り、混乱を招いたこともあった。

「ＣＤＣの職員が直接行けば、断るわけにはいかないだろ」

カールはそう言うとジェニファーを見た。

「私にそのセリフを言えと言うの」

「それは僕の役目だ。きみは僕の横に黙って立っててくれればいい」

「身分証を持ってね」

「さすが物分かりが早い」

「やはり、ナショナルバイオ社の研究施設には連絡を入れておいて――」

「連絡なしで行く。マンモスを隠されたら意味がない」

「強引すぎる。アポなしで出向いて拒否されたら終わりよ。警察に連絡されるかも」

「その弱腰がコロナでは裏目に出た。もっとも重要なことは、可能な限り初期に感染を封じ込めることだ。そのためなら嘘《うそ》でもいい。空振りであれば、謝れば済む」

「謝るのはあなたってことね。慣れてるでしょ」

言ってから、ジェニファーはしまったという顔をしている。カールは気にする様子もなく聞いた。

「アンカレジのCDCの職員は何人だ」

「二十五人よ。多くはない。でも何か起こると、全米から駆けつける」

三十分ほどでCDCアラスカ支部に着いた。

「至急、医療関係者を含めて十人分の防護服を用意してくれ」

カールは車を降りると、ドミトリーに言った。


建物内に入ると、そのまま支部長室に案内された。

支部長のチェルス・ウィリアムスは五十前後の男だった。

ジェニファーとは個人的にも知り合いらしく、笑みを浮かべニューヨークの様子を聞いている。

「早くナショナルバイオ社の研究施設に行きたい。マンモスが保管されている。我々はそれを見つけ、その体内に未知のウイルスがいるかどうか調べる」

カールは二人の会話にわり込んだ。

「問題は三つある。一つはマンモスが見つからない場合。二つ目はウイルスが見つからない場合」

チェルスが言い、カールに視線を向ける。

「三つ目が一番やっかいだ。ナショナルバイオ社はここでは有名企業だってこと。雇用を生み出し、町の有力者ともつながりが強い。前の二つのどちらかの場合、誰が責任を取る」

「僕が取る。だから――」

「CDCのメディカルオフィサーである私が取ります」

ジェニファーがカールをさえぎると、チェルスが肩をすくめた。

「CDCの職員は十人は欲しい。事務職でも警備員でもいい。全員防護服を着せてくれ」

「半分で十分。小さな研究所です。相手はせいぜい三十人です」

ドミトリーがカールからチェルスに視線を移す。

「こっちが本気だということを見せなければ、ナショナルバイオ社の研究施設には、入れてくれない」

カールはさらに続けた。

「血液採取の器具も用意してほしい。もちろん、行くのは採血の資格のある職員だ。ナショナルバイオ社職員全員の血液を採取したい」

「やりすぎじゃないですか。必ずトラブルが――」

「一気にやりたい。相手に考える時間を与えないためにも。時間がかかって、マンモスを隠されれば何もできない」

カールはドミトリーの言葉をさえぎり、チェルスに向かって言う。

「血液採取は私の一存ではムリだ。本部の許可がいる」

「そんな時間はない」

「私の権限ではそんなことはできない」

チェルスが強い口調で繰り返した。

カールはスマホを出してタップした。しばらく話していたが、スマホをジェニファーに渡した。

ジェニファーは数回イエスを繰り返して電話を切った。

「カールの言う通りにして。責任は彼が取るそうだから。CDCを出てもまだ権力は健在ってわけね」

「誰が出たんですか」

ドミトリーがジェニファーに聞く。

「政府にもたまに、彼と気が合う変人がいるのよ。たとえば、大統領補佐官とかね」

ジェニファーが皮肉を込めて言った。

「時間がない。事務職を含めて総動員してくれ。防護服の着方は、訓練で知ってるだろ」

チェルスが諦《あきら》めたように指示を出すと、出て行けというようにドアの方を指した。

「大げさすぎませんか。マンモスだなんて、我々は何も聞いていません」

ドミトリーがジェニファーに小声で聞いている。

「相手にことの重要性を分からせるんだ」

カールがドミトリーに向かって言う。

「何も出なかったらどうするんですか」

「祝杯を挙げて神さまに感謝するんだな。安心して仕事ができる」

「実は連絡を受けてから、我々もコンタクトを取ろうとしました。しかし、マンモスなどいないと一蹴《いっしゅう》されました」

「シベリアからの移動はチェックしたのか。マンモスの死骸《しがい》だ。国内に入れるには検疫が必要だろう」

「そうですが、抜け道はいくらでもあります」

「だったら、それも視野に入れてやれ。僕たちの仕事には多くの人命がかかっている」

カールは低いが力の籠《こも》った声で言った。

## 2

ＣＤＣの職員は車三台でナショナルバイオ社の研究施設に向かった。

研究施設の前に車が止まると、カールたちを含め白い防護服を着た十二人のＣＤＣの職員が施設に入っていく。

カールが用件を告げると、受付の女性は奥の部屋に飛び込んでいった。

社員たちが数人、正面ホールに飛び出してくる。

「何ごとです。何が起こっているんです」

スーツ姿で長身の男がカールの前に出てきた。

「私はここの所長のジョン・アーサーです」

「ニューヨークのナショナルバイオ社研究所で未知のウイルスが発見されています。エボラに似たウイルスです」

「そんなこと、我々は聞いていません」

しかし所長の顔色が変わっている。

「今、聞いたでしょ。みなさんも感染の疑いがあります。全員の問診と血液サンプルを取りに来ました。血液検査の結果が出るまで、少なくとも二十四時間は施設を封鎖します」

カールは所長に告げると、そのまま押しのけるように入っていく。慌てて後を追ってくる所長に言う。

「どこかの部屋にここにいる全員を集めてほしい」

二十二人の社員が会議室に集まった。

「採血と問診をやってくれ。これから血液検査の結果が出るまで、隔離措置に入ります」

「本社に報告しなければなりません。少し待ってくれませんか」

「最優先でやるつもりです。早ければ今日中。遅くても明日中には結果が出ます」

カールは所長の言葉を無視して告げる。

「こんな勝手なことをやって。弁護士を呼びました。彼が来るまで待ってください」

「しゃべらないでくれ。通常、ウイルスによる感染の多くが飛沫《ひまつ》感染だ。コロナウイルスもそうだった。ラッキーなことに今回も空気感染はしていない。弁護士が来たら、まずそのことを伝えてくれ。スマホでだ。施設内に入ると彼も隔離措置の対象になる」

コロナウイルスの単語を出すと私語が消え、全員の視線がカールに集まる。

ＣＤＣの職員たちは打ち合わせ通り、社員たちの血液採取とともに、各研究室の調査に入った。

「採血をしている間に、施設内を調べる。マンモスを探すんだ」

カールはジェニファーに小声で言う。

地下から調べ始めた。廊下に沿って、実験室と倉庫が並んでいる。

「冷凍施設に入っているはずだ。子供と言っても、かなり大きい。すぐに見つかる」

カールは自分自身に言い聞かせるように言う。

「ウイルスがこれだけ騒がれてる時代だ。ある程度の感染防止設備があるはずだ」

「ニューヨークの施設では、Ｐ３が使われていたんでしょ。ここにそんな施設があるとは聞いてない」

アメリカ本土ではバイオ関係の実験施設の建設には、必ず住民の間に反対運動が起こる。

「アラスカではバイオ企業の誘致に反対運動は起こらないのか」

「ナショナルバイオ社は雇用の創出を前面に打ち出したそうです。関連企業を含めて」

カールの問いにドミトリーが答える。

地下には不審な部屋はなかった。

社員たちは協力的で、採血はスムーズに終わった。採取した血液はＣＤＣアラスカ支部に持ち帰り、アラスカ大学の研究室でウイルス検査が行われる。


一時間がすぎたが、マンモスは発見されなかった。

さほど大きくない施設だ。カールたちは、すべての部屋を調べた。社員たちに聞いても誰も知らないと言う。嘘を言っているとは思えなかった。マンモスの温度調整には細心の注意を払わなければならない。ここにあるなら、誰かが気付いているはずだ。

「クソッ、どこに隠してる」

カールは思わず壁を蹴《け》った。

こうしている間にもウイルスはどこかで増殖している。細胞の中に侵入して、遺伝子のコピーを作り、その細胞を乗っ取っていく。コロナウイルスと同じだ。

「所長を呼んでくれ」

カールはスマホを出して、所長にウイルスのスケッチを見せた。

「ここから送られてきたマンモスの肉片から見つけたウイルスだ」

所長はスケッチに見入っている。

「エボラウイルスに似ているが、大きさは倍近い。もし、このウイルスがヒトへの感染力を持っていたらどうなるか。あなたは分かっているはずだ。経歴を読ませていただきました。感染症、ウイルスには深く関《かか》わっておられる。僕たちはやっとコロナ禍から抜け出した。しかし多くの犠牲を払った。僕はこれ以上の犠牲は耐えられない。ここにはマンモスがいるはずだ」

カールは所長の目を見すえ、説得するように話した。

「あなたの判断で世界が救われるか、再びウイルスの恐怖に晒《さら》されるか。あなたはコロナ禍で大切な人を失っていないのですか。僕は母を——」

所長の顔は次第に青ざめ、視線を下げた。

「マイナス十度以下の温度で保存されているはずです。ここの実験施設でなければ、どこに保存しているのですか」

カールの声が詰問調に変わったが、所長は答えない。

「あなたは歴史に名を残したいのですか。致死率の高い可能性のあるウイルスを放置していた責任者として。感染者が出て、死者の出る前に——」

所長が顔を上げた。表情には恐怖と後悔、悲しみ——様々な感情が混ざりあっている。

「ここの職員たちはどうなりますか。マンモスに関わった者は限られています」

「現在のところ、大きな騒ぎは起きていません。ウイルスがいたとしても、活性化していないのかもしれない。しかし、未来は分からない。重要なのはマンモスを調べることです」

「でも、ニックさんは感染した。ニューヨークの話は聞きました」

「だから僕たちはここに来た。感染者が一人出れば、他の者にも感染した可能性がありま す。感染者は隔離する必要があります。次に、濃厚接触者を探します。家族、友人、その他、接触の可能性のある者。血液検査で問題なければ隔離は解除します」

所長の全身から力が抜けていき、顔には諦め、いや安堵《あんど》に似た表情が浮かんだ。

「ここには置いていません。十分な大きさの冷凍施設がありませんから。近くの港の冷凍倉庫です」

所長は、カールとジェニファー、CDCの職員と共に港に向かった。

港湾近くの冷凍倉庫が並んでいる地区に着いた。

冷凍倉庫には主にアンカレジ港から運ばれる海産物が保管される。一つの倉庫の広さは三百平方メートルあまりで、半分の区域に冷凍魚の箱が天井近くまで積まれている。冷凍庫の隅にコンテナが置かれていた。

カールとジェニファー、数名のCDCの職員が見守る中、所長の指示で職員の一人がコンテナを開けた。中にはビニールシートで厳重に包まれた物体が横たわっている。成牛ほどの大きさだ。防護服を着たCDC職員の手によって、シートの一部が慎重に外された。

「これが三万年近くも前のものなの」

ジェニファーが呻《うめ》くような声を出した。

目の前には子供のマンモスの半身が横たわっている。頭部はそのまま残っているが、腹から後ろ足の部分が千切れている。しかし、残っている部分の保存状態はかなりいい。

「永久凍土に埋もれていた部分です。現在も零下十八度で保存されています。頭部と胸部、前足はほぼ無傷ですが、後ろ足と臀《でん》部《ぶ》はありませんでした。他の野生動物に食べられたか、風雪で千切れてしまったのでしょう。まだ凍土に埋もれる前の話ですが」

所長が説明する。三万年という時の流れは、あらゆる可能性を納得させる。

「あなたも発掘には参加したんですか」

「今回のプロジェクトはニューヨーク本社主導です。私はアンカレジに運ばれてきたマンモスの保管とニック・ハドソン副社長の組織採取に立ち会っただけです」

所長はシベリアからマンモスを運んできた男から聞いたという話をした。

男がヘリでシベリアの発掘現場に到着したときには、マンモスは掘り出された状態で雪原にあったこと。直ちに安全に輸送できるように梱包《こんぽう》し、木箱に入れ、ヘリで近くの空港まで運んだこと。空港で温度管理のできるコンテナに入れて、チャーター機でアンカレジに運んできたことなどだ。

ジェニファーがマンモスの周りをゆっくりと歩いている。しかしカールは気付いていた。平静を装ってはいるが、驚きの表情を必死で隠していることを。

「できるだけ、傷付けないようにお願いします。三万年前の宝です」

「時限爆弾でもある」

カールの呟《つぶや》きに所長が向き直った。

「あなた方が来たということは、毒性の強いウイルスの存在可能性があるのですか」

「規則ですから。万が一、有害なウイルスやバクテリアが発見されればということです」

「我々も十分に注意しています。すでにウイルスやバクテリアの検査は終わっています」

「その結果も見せてください。その上で、我々にも検体が必要です」

カールは所長に言うと、マンモスに視線を移した。

「どこの細胞を採取しますか」

「できるだけ身体全体から。脳、内臓、足の筋肉など。持ち帰って調べます」

P3ラボで調べたのは、どこの筋肉だったか――。劣化は感じさせるが、まだかろうじて生を感じる褐色の組織を思い浮かべた。DNAの復元可能性が高い部位の肉片に違いなかった。

「僕が扱った肉片は、おそらく足と内臓。ウイルスがあったのは内臓だと思う」

カールは話しながらマンモスの身体を調べた。腹部の皮膚が切り開かれている。細胞を切り取った痕《あと》だ。メスで、周辺の肉片を切り取る。その他、脳を含めて十カ所以上の肉片を採取した。所長が食い入るように見つめていたが、何も言わなかった。

「勝手なことをしないで。ウイルスがいるとすると、危険度はかなり高くなる。ここの設備では扱えない」

ジェニファーがカールに小声で言う。

「ウイルスの有無を調べるんだ。他に手はない」

「いくらサンプルを集めても、アンカレジのCDCにはP3ラボなんてない」

「まだウイルスがあると決まったわけじゃない。ここの施設で調べて出る分には――」

「やめてよ。また、規則やぶり。これはすごく重要なこと」

「アラスカ大学に知り合いがいる。以前、CDCに研修に来た、ドクター・サラ・アレンという研究者だ。彼女に頼めるかもしれない」

採取した肉片の入った試験管を冷凍ボックスに入れた。

カールたちは冷凍倉庫を出てナショナルバイオ社に戻った。

「みなさんには、血液検査の結果が出るまで、ここにいてもらいます。家族とは会えません。家族が来ることも遠慮してもらいます。そのむねを知らせてください。外部との電話は自由です。ただ、ウイルスについては話さないでほしい。パニックを起こしたくない」

カールはCDCの職員を残して、ジェニファーとアラスカ大学に向かった。

## 3

三十分ほどでカールとジェニファーはアラスカ大学に着いた。

「やはりだめ。ここでウイルスを調べることはできない。十分な設備はないでしょ。あなたがニューヨークで使ったのはP3レベルの実験室。ニックは危険を感じたからそうしたのよ」

大学を見た途端、ジェニファーが言い始めた。カールはかまわず車を駐車場に止めた。

「彼にそれだけの思慮はない。人に知られたくなかったのと、空いてたからだ。ここでも用心すれば問題ない」

「あなたらしくない。もっと慎重に、時間をかけてもいい」

それで、今も後悔している。慎重さよりも、スピードが優先されるときもある。自分は身をもってそれを体験した。

「もしウイルスが生きていて、感染力が強ければ、すでに僕たちも感染している。あの研究施設の職員も、その家族も、この町全体もね。僕たちが調べることでそれが分かる。急ぐ必要があるんだ」

カールは考え込んでいるジェニファーを促し、車を降りた。

「僕たちに残された時間は二十四時間。それまでに、上が納得するものを見つけなきゃならない」

カールはジェニファーを押しのけて歩き始めた。

サラは用意をして待っていた。

カールは冷凍ボックスをデスクの上に置いた。

「この大学で最高レベルの安全性が確保できる実験室を準備してほしい」

「何を調べたいんですか。バレンタイン教授」

「カールでいいと言っただろ。調べたいのは、このサンプルにウイルスがいるか、いないか。電子顕微鏡で見るだけだ」

カールがウイルスのスケッチを見せると、サラの表情が変わった。

「エボラウイルスですか」

「違う。三万年前のウイルスだ。すでに死んでいる。生きているウイルスはいない、と言いたいが、それを確かめたい」

カールは冷凍ボックスから試験管を取り出した。中には一センチ四方の肉片が入っている。ジェニファーがカールを監視するように見ていた。

エボラウイルスの場合、ウイルス性出血熱が疑われた患者から採取した血液を調べればいい。ウイルスが生きている場合、ウイルスのRNAから合成したDNAを増殖させて、PCR検査で調べることができる。死んでいる場合は、他に生きているウイルスがいないか電子顕微鏡でその有無を調べる。

「サンプルはなんですか。カール」

「ゾウの親戚《しんせき》だ」

サラが困惑した顔でジェニファーに視線を移す。

「マンモスよ」

やはりねと呟き、納得した表情で頷《うなず》く。

「エボラウイルスに似たウイルスに感染しているんですか」

「それを知りたいんだ」

「危険すぎないですか」

「僕たちはエキスパートだ。最高の感染対策をとる。だから――」

ジェニファーが右手でカールの言葉を遮った。

「やはりあなたにも知っていてもらいたい。それだけの危険を冒すのだから」

ジェニファーが現在、アンカレジで起こっていることを話した。自分たちはマンモスの肉片から発見されたエボラウイルスに似た棒状のウイルスを追って、ここに来たこと。そのマンモスはナショナルバイオ社の者が発見し、港の冷凍倉庫に保管されていることを話した。サラは真剣な表情で聞いている。これから調べることの重要性と危険を十分に理解しているのだ。

「分かりました。私に出来る最善を尽くします」

カールとジェニファーはサラに連れられて、実験室に入った。

普通の実験室で、P2程度の感染対策しかとられていない。

「手袋は二重にして、フェイスガードとマスクは必ずつけろ。検査に使った器具の消毒は徹底する。これだけで、大部分の感染は防げる」

電子顕微鏡は試料を真空容器に入れて観察する。電子線を試料表面に照射し、放出された二次電子の強弱を画像化するのだ。

サラは手際よくサンプルを処理して電子顕微鏡にセットした。モニターにはサンプルの拡大映像が映し出されている。サラは拡大縮小を繰り返してサンプルをスキャンしていく。途中でカールがサラに代わった。

顕微鏡を覗き始めて二時間が経過した。

「私たちはないものを探している。もう、諦めましょ」

ジェニファーが言うがカールは答えず、顕微鏡を操作している。

「ニックもただの腸炎ウイルスの感染だった。そうでしょ」

「これを見てください」

サラが顕微鏡と同期しているディスプレイを指した。ひも状のものがいくつか映っている。ウイルスらしいが、いくつかに分かれている。

「千切れていますが、くっつけるとエボラウイルスに似ています。スケッチのウイルスじゃないですか」

「画像を動かすことはできないか。切れている断片をつなぎ合わせる」

カールの言葉でサラがウイルスの断片の移動を始め、三つの断片が並んだ。

「やはりエボラウイルスに似ている。このウイルスがマンモスの中にいたんですか。だったら、かなり危険じゃないですか」

「我々がいいと言うまでは、誰にも話さないでほしい。パニックが起こり、世界に広まる恐れがある。コロナの二の舞は避けたい。約束してほしい」

カールに見つめられ、サラが青ざめた顔で頷いている。

「鳥インフルエンザと同じよ。ウイルスは野鳥を宿主として存在するが、簡単にはヒトに感染しない」

ジェニファーが慰めるように言う。

「それが変異して、ヒトへの感染力を持つウイルスになることもある」

「このウイルスがそうだと言うの」

「あくまで可能性の話だ」

「三つに千切れていた。明らかに死んでいる。他にウイルスは見つかっていない」

ジェニファーがモニターを覗き込んだ。

「このウイルスは二万七千年前には生きていて、増殖していた」

「ただし、マンモスの中でね。私たちは、もっと調べる必要がありそう」

モニターに目を向けたままジェニファーが呟く。

「やっと、その気になってくれたか」

「ナショナルバイオ社の研究施設に戻らなきゃ。マンモスをあのままにしておくのは危険すぎる」

「その前に、これらのウイルスのＤＮＡ配列を調べる必要がある。過去のウイルスと比べれば何か分かるかもしれない」

「写真をＣＤＣに送る。ここでは設備も人も足らないし、下手に騒ぎを起こしたくない」

「やっと意見が一致した」

コロナウイルスのパンデミックが終息に向かいつつある時だ。ちょっとした不安や動揺が大騒ぎを引き起こす可能性は十分にある。

「ニックの症状はひどくない。彼の家族はウイルスに感染していなかった。感染力は弱いはずだ」

「ここの職員もなんの症状も出ていない。でも、安心はできない。結果が出るまでは」

カールに続けてジェニファーが言う。

「ニックはゴム手袋はしていても、マンモスの内臓に触れ、肉片を切り出した。運んだ者は、せいぜい表皮に触れた程度だ」

気休めにすぎないという思いもあった。もし生き残っているウイルスがいたら、永久凍土から解放されて永い眠りから目覚めるかもしれない。

三人はさらに二時間をかけてウイルスを探した。同じように分断されたウイルスが三組発見されたが、生きているウイルスはいなかった。

カールは検体の焼却廃棄をサラに頼んだ。P3レベルの実験室に持ち込んだ物は、持ち出せないことになっている。ここだって同じだ。

カールとジェニファーはアラスカ大学を出て、再度ナショナルバイオ社の研究施設に向かった。

すでに午前八時をすぎているが、まだ暗い。徹夜のはずだが意識ははっきりしていた。自分たちの目の前にある現実の深刻さに神経が張りつめているのだ。

「マンモスには確かにウイルスはいた。でも、それは三万年近く前に死んでいる」

「生きているウイルスがいるかもしれない。僕らは完全には調べきれなかった」

ジェニファーがかすかにため息をついた。

「僕はコロナウイルスを見誤っていた。あれほど感染力、致死力が強いとは思わなかった。もっと早く、適切な手を打つべきだった」

カールは中国からのコロナウイルスの報告を受けて、その感染力と毒性を過小評価していた。中国や韓国が比較的早期にウイルスを抑え込んだので、大したことは起こらないと考えたのだ。ところが、アメリカとヨーロッパでは違っていた。感染は数週間で国中に広がり、死者も指数関数的に増えていった。そして――。

カールの息遣いが荒くなった。発作の前兆だ。ジェニファーがそれに気付いたのか手を握った。

「あなたは精一杯やった。あなたの働きがなかったら、全米の被害はもっと深刻だった」

「母を殺したのは僕だ。おまけに僕まで――」

呻くような声が出た。カールが感染して、入院している間に母が死んだ。母の感染はカールからだ。

「あなたが感染したのは、仕方がなかった。医療従事者の多くが感染し、亡くなった。あなたは多くの患者に接し、ウイルスにもっとも近かった者の一人」

「母は僕が殺した。二度と同じ間違いは犯したくない」

カールはジェニファーを見つめ、言い切った。

「分かった。あなたが納得するまで付き合う」

ジェニファーが握る手に力を入れた。次第にカールの息遣いが落ち着いてくる。

「もう一度、冷凍倉庫に行ってくれないか。ウイルスの存在が分かった。ウイルスの遺伝子解析が必要だ。マンモスのさらに広範な部分から、肉片のサンプルを採取したい」

「それには賛成。でも、今度から検体はアトランタの本部に送らせてもらう。危険はできる限り避けたいし、ここでは精度に限度がある」

倉庫に向かおうとしたとき、ジェニファーのスマホが鳴り始めた。

「分かりました。ナショナルバイオ社の職員は全員、陰性なんですね。これからそっちに向かいます」

ジェニファーはカールにも聞こえるように話し、二人はナショナルバイオ社に戻った。

昼前にナショナルバイオ社の封鎖は解かれた。しかしマンモスについては、さらにウイルス調査が必要であり、もう一度サンプル採取に行くことになった。

「二人とも目が赤いです。サンプル採取は明日にすべきです。今日は帰って休んでください。飛行機じゃ、寝ていないんでしょ。ホテルまで送ります」

ドミトリーが二人に向かって言う。

「これ以上ここにいると、ミスを犯しそう。ホテルで熱いシャワーを浴びて眠るべきね」

ジェニファーがカールに同意を求めると、カールは頷いた。確かに疲れている。ミスを犯す。もう、それだけはしたくない。

# 4

スマホの呼び出し音で起こされた。ジェニファーだ。

「マンモスの保管倉庫が火事になった。フロント前にサラが迎えに来てる」

それだけ言うと電話は切れた。スマホには午前二時十六分の表示が出ている。カールは服を着ると、部屋を飛び出した。人気《ひとけ》のないロビーでジェニファーがサラと話している。

「彼女が知らせてくれたの。倉庫まで車で送ってくれる」

ホテルの前に赤い小型車が止まっている。

「身体はいいの。サラが電話しても出なかったって」

「大丈夫だ。疲れて眠っていた」

ジェニファーはそれ以上聞かなかった。

サラが運転席に座ると、ジェニファーが助手席に乗り込んだ。

「私のアパートは港の近く。すごい音で飛び起きたら、倉庫が火事になってた。爆発が起こったらしい。三号倉庫って、マンモスが入っている倉庫じゃないの」

車が動き出すとサラがしゃべり始めた。

「窓から見ると、港の方が赤く染まっている。数分して、二度目の爆発。ガラスがビリビリ鳴った。割れはしなかったけど」

「倉庫で爆発なんて。なにか爆発しそうなものはあるの」

「私は知らない。でも、あなた方に知らせておいた方がいいと思って」

十分ほどで港に着いた。前方に火柱が見える。赤く染まった空と黒い煙が爆発と延焼の激しさを物語っている。真夜中にもかかわらず、数十人の港湾労働者らしい野次馬がいた。車を止めて見物している者もいる。

カールとジェニファーは車を降りて、倉庫に向かった。近づくにつれて人が多くなっている。消防車とパトカーが十台近く止まっていた。

「火事はここからワンブロック港側だ。百メートルほど先に立入禁止テープが張られている。誰もいない倉庫で火が出たんだ。ホームレスの火の不始末か、ライバル会社が火をつけたか」

「ライバル会社って何だ。ここには倉庫しかないだろ」

「倉庫の中には荷が入っている。冷凍魚の市場は競争が厳しいからな。良くないことを考える奴《やつ》もいる」

数人の男たちが話している。ジェニファーが近づき、話しかけた。

「でも、爆発や火事なんて普通は起こらないでしょ」

「俺はここに三十年いるが爆発は初めてだ」

「じゃ、火事は昔もあったってこと」

「タバコの火の不始末で倉庫の壁が燃えた程度だ。消防車が飛んで来て、十分で消したよ」

「その火事は誰が見つけたんですか」

「火災報知器だ。火の手が上がると同時に鳴り出した。火はすぐに消され、後で防犯カメラを調べると、数人の男がタバコを吸いながら立ち話をしていた」

「今回は火災報知器は作動しなかったんですか」

「火は倉庫の中から、爆発と同時に出たって言ってた。漏電かもしれないな」

「でも、あの倉庫はそんなに古くないし、漏電で爆発はしないでしょ」

　ジェニファーの隣で黙っていたカールが聞いた。

「築五年ってところ。しかし、冷凍庫に可燃性ガスなんてあるのか。マイナス十八度の冷凍倉庫が燃えるなんて皮肉だな。熱いのと冷たいのだ。火と氷」

　男は首をかしげている。カールは辺りを見回した。時間とともに野次馬が増え、おそらく百人を超えている。

「どうかしたの」

「何でもない」

　違和感を覚えたのだ。誰かに見られている。その思いを振り払うように、燃えさかる倉庫に視線を戻した。暗い空に吸い込まれるように炎が上がっている。時折り、炎が大きく揺らいだ。

カールは立入禁止テープの前に立っている警察官の所に行った。

「爆発の原因はなんです」

「調査は火事が収まってからです」

無愛想に答える。ジェニファーがカールを押しのけて前に出た。

「私の会社の荷物が入っているのは三号倉庫。爆発した倉庫はどれですか」

警察官はジェニファーを見て、気の毒そうな表情をした。

「爆発は三号倉庫で起こった。かなりひどい爆発だ。おまけに火事も誘発してる。冷凍庫で火事なんてね。なにか違法なものがあったんだろう」

「中の荷物については、何か分かっていませんか」

「現場検証はいつになるか分からない。あのありさまだから」

倉庫からはまだ黒煙が上がっている。消防車がかける水が強風にあおられて、霧状になって流れてくる。それとともに強い異臭も広がり始めた。

見覚えのある顔に気付いた。ジェニファーを見ると彼女の視線も男の方を向いている。男は呆然《ぼうぜん》とした表情で屋根と壁が崩れかけた倉庫を見ていた。二人は男に近づいていった。

「アーサー所長。倉庫が爆発、炎上しました」

「私も驚いています。連絡を受けて飛んできました」

二人に気付いたナショナルバイオ社のアラスカ研究施設所長が我に返ったように言う。

「爆発は三号倉庫、マンモスが保存されている倉庫です」

所長は答えない。身体が小刻みに震えている。すでに知っているのだ。

マスコミが増え始めた。カメラを持ったテレビ関係のクルーが多い。

一時間ほどいたが、倉庫には近づけそうになかった。現場検証で火事の原因を含めて状況が把握できるのは午後になると聞いて、カールたちはホテルに戻った。

別れるとき、サラが二人に向かって頭を下げた。

「先生たちが調べていた肉片は、ラボを出るとき焼却廃棄しました。もう少し保管していれば」

「きみは悪くない。当然のことをしただけだ。研究者として優れている証拠だ」

「でもあのサンプルが唯一残っている――」

「あなたが心配することじゃない。あなたのおかげで電子顕微鏡の写真を撮ることができた。写真はすでにCDCに送った。火事のこと、知らせてくれて有り難う」

ジェニファーがサラの肩を優しく抱いた。

カールは服のままベッドに横になったが、眠れそうにない。

ノックの音にドアを開けると、ポットとカップを二つ持ったジェニファーが立っている。

「どうせ眠れないでしょ。今後のことについて話した方がいいと思って」

今夜は私も飲みたい気分、と言って、ポットとカップをテーブルに置いた。

ポットの液体をカップに注ぐと甘い香りの湯気が立ち上った。スビテンだ。蜂蜜《はちみつ》を溶かした湯に様々なスパイスで味付けをしたロシアの冬の飲み物だが、ホテルの売店で売っていたのを思い出した。

「ただし、あなたはアルコール抜きだけどね」

ジェニファーは自分のカップにポケットから出したウイスキーを注いだ。

「偶然じゃない気がする。マンモスを調べられたくない奴らがいるんだ。あるいは――」

消し去ってしまいたい、と言おうとしたのだ。とすると、マンモスにはやはりウイルスがいたのか。

「ウイルスがらみね。やはり、あのウイルスは危険なのかしら。だから、焼却した」

ジェニファーも同じことを考えている。

「爆発と炎上だ。素人じゃできない。ナショナルバイオ社が絡んでいるのか。ＣＤＣが乗り出してきたので慌てて処分した」

「アーサー所長は爆発に驚いてた。知っているようには見えなかった」

「ニックはマンモスの細胞から遺伝子を抽出して、クローンマンモスを作るつもりだった」

「マンモスのクローンを作るのは違法じゃない。むしろ会社の宣伝になる。爆破して燃やす理由にはならない」

「シベリアの永久凍土から掘り出して、アメリカまで運んできた。通常なら、複数の役所で手続きが必要だ。掘り出したままの状態を保つには、すぐに相応の施設のある場所に移す必要がある。だからパスした。その他にも、多くの違法行為があるのは間違いない」

ニックは企画力と行動力はあるが、すべてに大まかで急ぎすぎる。

二人は通りを人が行き来し、車が走り回る頃まで飲み続けた。しかし、この北の土地では陽《ひ》が昇るのはまだ数時間後だ。

朝のテレビニュースでは、倉庫の爆発と炎上は大きく報じられた。

〈漏電による火事が、爆発物に引火か。アンカレジ港の倉庫での爆発炎上は多くの謎《なぞ》を残しています。今後警察と消防は協力して捜査を続ける予定です〉

マイクを持った女性レポーターが、半分崩れ、まだくすぶっている倉庫を背景に話している。

## 5

ノックの音が聞こえる。カールはドアの覗き穴から廊下を見た。

ナショナルバイオ社のアーサー所長が周囲を気にしながら立っている。

カールがドアを開けると、躊躇《ちゅうちょ》しながらも入ってきた。箱のようなものを抱え、全身に怯《おび》えた様子がうかがわれた。ジェニファーに気付き一瞬身体を強ばらせた。

「私が来たことは内緒にしてほしい」

所長はテーブルの上に冷凍ボックスを置いた。

「マンモスの肉片です。内臓と脳です。私も昔は研究者でした。ニック副社長が試料採取した後に、冷凍庫に移す前に取っておきました。マンモスはいずれニューヨークに運ばれると聞いていたので」

「なぜ僕に――」

「私が持っていても今の状況では何もできません。それに冷凍庫の爆発と炎上、危険だし怖くなりました。ただし、このことはくれぐれも内密に」

その時、ジェニファーのスマホが鳴り始めた。所長の顔が強ばる。

「分かった。詳しいことが分かれば教えて」

スマホを切ったジェニファーはカールを見て、その視線を所長に移す。

「カリフォルニアのサンバレーって知ってるでしょ」

「うちの社の研究施設がある」

サンバレーは、カリフォルニア州のサンフランシスコとロサンゼルスの中間地点にある人口四十万人あまりの中核都市だ。バイオ関連の企業が集中している。かつては農業地帯として発展し、乾燥フルーツや果物の缶詰加工で知られたが、シリコンバレーに近いという地理的優位性により、一九八〇年頃からバイオ企業が集まり始めた。今では全米有数のバイオ都市となっている。

「ナショナルバイオ社の研究所と病院が封鎖されました。発熱、頭痛、倦怠感《けんたいかん》、関節痛、嘔吐、下痢。ウイルス感染症の疑いがある患者が多数出ています」

ジェニファーの言葉に所長は天井を仰ぐように見上げた。

「一時間ほど前だと言っていました。報告があって、すぐに私に知らせてくれました。マスコミはまだ報道していないはず。でも、時間の問題」

まだ世界には、コロナ・パンデミックの影響が色濃く残っている。ウイルス、感染、パンデミックなどの言葉に、世界中が敏感だ。新しいウイルス、今度はエボラに似たウイルスが現れたとなると、パニックが起こる。

ジェニファーのスマホが再び鳴り始めた。しばらく頷きながら聞いていた。

「ここにはカール・バレンタイン教授もいます。スピーカーにしてもいいですか」

途中からスピーカーに切り替えてテーブルに置いた。

「CDC本部の私の上司から。サンバレーの詳しい報告よ」

〈研究所関係者三十八名が病院に搬送された。現在判明している感染者は、二十九名。残りは検査中。その家族、百五十名をホテルに隔離した。現在、接触者を追っている。おそらく、一時間以内に千名以上に隔離措置が取られる〉

「ウイルスは確定されましたか」

〈エボラウイルスに似た棒状のウイルスだが、エボラとも違う。まったくの新種か、エボ

ラウイルスの変異したものか。あとで写真を送る〉

「毒性は分かっていますか」

〈死者が二名。重症者が十二名だ。後は現在のところ軽症だが、どうなるか分からない。突然、悪化する場合もある。エボラの再来だ。しかも、どこ由来かはっきりしていない。現在のところ患者はサンバレーだけだ〉

スマホを見つめる所長の顔が強ばっている。

「私たちが写真を送ったウイルスの件はどうなっていますか」

〈エボラに似たウイルスだったたな。明日の午前中には報告が来る。サンバレーの件で、急ぐように言ってある〉

「分かり次第、連絡をください。アンカレジは、感染者は出ていません。ナショナルバイオ社の者は全員、陰性です」

〈何かあれば連絡しろ。今後しばらくは二十四時間態勢だ〉

スマホが切れて数分後、ウイルスの写真が送られてきた。エボラウイルスに似ているが微妙に違いがある。カールのスケッチにより近い。

「ナショナルバイオ社のサンバレー研究所とアンカレジ研究所の関係はどうなんですか」

カールは所長に聞いた。

「規模は五十対一。いや百対一です。サンバレー研究所の方が遥《はる》かに大きい。人的交流はありますが」

「エボラウイルスに似た棒状ウイルスが発見された。マンモスのウイルスと同じものだ」

「マンモスが運び込まれてから、アンカレジとサンバレー、二つの研究所を行き来した者はいますか」

カールの言葉に所長が考え込んでいる。

「私の知る限りいません。ニューヨーク経由だと分かりませんが」

シベリア、アンカレジ、ニューヨーク、サンバレー。カールの脳裏に四つの地点が交錯している。

「マンモスはシベリアから運ばれてきた。サンバレーの研究者がシベリアで発掘に参加し、感染したとは考えられないか」

「十分考えられます。ニック副社長はその四つの場所、すべてに行っています。掘り出されたマンモスは皮膚にいくらかダメージを受けていました。現地でサンプルを採った痕かもしれません。サンバレーの研究者がシベリアで発掘されたマンモスから現地で組織片を切り取って、すぐに研究所に持って帰ることも十分に考えられます」

「あなたは発掘の様子は知らないのですか。メンバーのポジションや人数とか」

「このプロジェクトについては、ニック副社長がすべてを仕切っていました。私たちは彼の指示に従うだけです。シベリアに行った者はいません。マンモスが運ばれてきて、ニック副社長から次の指示があるまで保管する。それだけです」

「誰が運んできたのです」

「ニック副社長と部下たちです。三人いました。全員初めて会う人です。おそらくはニューヨークの所員でしょう。細胞組織のサンプルを採ると、翌日にはここを発ちました」

「マンモスを引き取りに来る時期は言わなかったのですか」

「秘密裏に運ぼうとすると、チャーター機がいります。貨物用のものです。冷凍装置付きのコンテナを運びますから」

国境を越える荷物チェックはコロナ・パンデミック以後、厳重になっている。正規の手続きを取るには時間がかかりすぎる。国内移動であれば、検疫は必要ない。プライベートジェットを使えば、面倒な手続きはすべてスルーすることができる。

「シベリアから運んだとすると、アンカレジの輸送業者を使っているはずです。シベリアからアンカレジ空港まで飛行機を使ったとすると、心当たりはありませんか」

カールは所長に視線を向けた。

「貨物輸送は正規の輸送ルートを使うと時間もかかり、手続きも面倒です。特にこういう荷物は。使いやすい業者を使います。ここ数年は増えています」

マンモスの牙の採掘のためだろう。

「チャーター便というわけか。ナショナルバイオ社が使うことはありますか」

「こういうことは初めてです。でもニック副社長なら――」

所長が言いよどんでいると、ジェニファーが二人の前にタブレットを突き出した。

「ナショナルバイオ社が保有する自家用ジェット機よ」

双発ジェット機の美しい写真が映っている。

「これだと、ベーリング海峡を渡ることができる。六人乗りで最大速度が時速六百三十キロ、最大高度一万二千メートル、最大航続距離が二千百三十キロ。機体内部は客席が四名の対面シート。シベリアとアンカレジ間はおよそ三時間の飛行」

ジェニファーが読み上げた。カールはタブレットの写真に目をやった。

## 6

カールとジェニファーはアーサー所長が帰った後も話し合った。

ニックたちはシベリアでかなり状態のいい子供のマンモスを見つけた。そのマンモスを発掘現場からヘリで近くの空港まで送る。そこからはナショナルバイオ社のジェット機でベーリング海峡を越えて、アラスカのテッド・スティーブンス・アンカレジ国際空港まで運んだ。アンカレジ研究所に運んだマンモスの体内からサンプルの肉片を取り出し、ニューヨークの研究所まで送った。

カールはテーブルにタブレットを置き、ロシアとアメリカの地図を出し空路をたどった。

「おそらく、そうだと思う。でも、もっと具体的な情報が必要だ。シベリアのどこでマンモスを見つけ、どうやってジェット機が離発着できる空港に運び、国外に運び出したか。普通、マンモスの氷漬けなんて税関ですんなり通してはくれない。牙だってロシアとアメリカの検疫所と税関を通さなきゃ移動はできない」

ジェニファーはロシアの地図を拡大した。

シベリアはロシアのウラル山脈から東、アジア北部の大部分を占める地域を指す。その行政区分として、大きく三つに分かれている。西シベリア、東シベリア、極東だ。面積は千二百八十万平方キロ、これはロシア連邦全土の七十五パーセントにあたる。大部分は山や針葉樹林で覆われ、限られた場所に三千六百万人が生活している。自然は雄大で荒々しい。シベリアは天然資源が豊富なことでも知られている。石油は世界の確認埋蔵量の八パーセント、天然ガスは世界の埋蔵量の三十五パーセントを占める。その他に、希少金属もまだ未開発のまま残されている。

マンモスの牙の発掘が行われるようになったのは極東のサハ共和国の辺りだ。永久凍土の融《と》け出しによって牙が見つかるようになった。

「空港に行くしかないか」

カールは呟いて立ち上がった。ジェニファーが渋々という顔で従う。

カールとジェニファーは、ドミトリーに借りた車で港に隣接する空港近くのパブに行った。ジェニファーがサラに頼んで、マンモスハンターと彼らを手伝っている者たちについて調べてもらったのだ。この時期のこの時間、彼らは飲み屋にたむろしているという。

二人は店に入って立ち止まった。アルコールと肉の臭《にお》い、男たちの笑い声と怒鳴り声が入り混じっている。ほとんどが空港と港湾の労働者だ。二人は彼らの中では異質だった。全員が二人を胡散臭《うさんくさ》そうに見ている。

カールは奥のテーブルで仲間と飲んでいる男に近づいていった。サラに調べてもらったシベリアの案内人、ボブ・スミスだ。

「先月、シベリアからマンモスを運んだのはきみか」

ボブはグラスをテーブルに置いて、カールを見上げた。その目をジェニファーに移す。

「おまえら、警察官か。いや、そうは見えないな」

「マンモスに興味があるんだ。牙だけじゃなくて、身体の方にもね」

「俺たちは忙しいんだ。飲んで騒ぐのにな」

「ビールでも飲みながら話したいが、あとでゆっくり飲んでくれ」

カールは二十ドル札を二枚テーブルに置いた。

「それじゃ、足らないな」

ジェニファーがさらに二枚出した。

「俺はセスナのパイロットだ。あんたの興味がある物をシベリアからここまで運んだ」

「アンカレジから極東のアナディル空港までセスナ機で約八時間かかる。通常のセスナの航続距離は約千二百キロ。アンカレジからアナディルまでは直線距離で約千七百キロある。通常のセスナ機では航続距離が足りない」

カールが言うとボブはグラスを一気に飲み干し、テーブルに置いた。

「ド素人が考えることだ。セスナに燃料を積んでいればどこまでだって飛べる」

「どこで給油するんだ。飛びながらか」

「下を見れば滑走路はどこにでもある。平原、凍った川、シベリアは広いんだ。あとはパイロットの腕次第だ」

「国境はどうやって越える」

ボブたちがいっせいに笑い始めた。

「あんたは国境線を見たことがあるのか。ここはアメリカ、あっちはロシアって、線でも引いてあるのか。空は両方の国に続いてるんだ」

ボブは天井を指差して言う。

「昔はシベリアとアラスカはつながっていた。だからマンモスもアラスカにやってきた。それを追って人間もだ。ほんの三万年ほど前の話だ。氷河が融けて、ベーリング海峡ができた。ベーリング海峡を渡ってきた人間は、俺たちの先祖だ。だから俺たちは故郷に帰る。自由に行き来できるんだ」

ボブの話に仲間たちが笑って相槌《あいづち》をうっている。

「空はつながってる。故郷に帰るのにパスポートなんていらない。納得だ」

ボブの顔から笑みが消え、真顔になってカールを見つめる。

「あんた、分かってるね。国境なんてバカな人間が勝手に作り上げたものだ。しかし、シベリアからアラスカ、セスナでひとっ飛びってわけにはいかない。給油が必要だって言っただろ。雪原への着陸だって誰もができるってわけじゃない。経験と腕次第だ」

「牙の発掘場所はとてもセスナが降りられそうにない場所だと聞いた。発掘場所からはヘリで運ぶ。だが、ヘリだとアラスカまでは無理だ。航続距離が足らないし、時間もかかる。一度どこかに降ろして、そこからはジェット機を使うというのはどうだ。ベーリング海峡を越えてアラスカまで運んでくる」

「想像力があるな。見てきたようだ」

ボブが手を叩《たた》きながら笑っている。しかし、その目は笑ってはいない。

「実際にマンモスを掘り出した男を知らないか。直接話を聞きたい」

ボブたちは顔を見合わせている。

「あんたら何者なんだ。警察の者には見えないが」

「その男は体調を崩してはいなかったか。周りで病気になった者はいないか」

カールはボブから、周りの男たち一人一人に視線を向けていった。その目の真剣さに、男たちの表情が変わってきた。ボブの顔からも笑いは消えている。

「何かあったのか」

「何もないよ、今のところは。マンモスが発掘された時の状況を教えてほしいだけだ」

「マンモスが埋まっているのは永久凍土の中だ。その凍土が融け始めているところだ。川の近くの崖《がけ》とか、川の泥の中からも牙や骨が発見される」

「あんたも発掘現場にいたのか」

「俺は輸送機の操縦士だ。頼まれたところに行って、頼まれた荷を、頼まれたところに運ぶ。そして金をもらう。それだけだ」

「マンモスの状態はどうだった」

「ヘリで運ぶ時は粗い梱包だ。まだ凍っていた。輸送機に積み替える時は、冷凍コンテナに入れる。生ものだからな。鮮度がいちばんだそうだ」

周りの男たちが再び笑みを浮かべて頷いている。

「ロシアからアラスカまで検疫なしで運べるのか」

「三万年前のゾウだ。マンモスはパスポートを持ってないしな」

「それが違法行為だとしたら。運んでいるモノが危険なものだとしたら」

「俺には関係ない。金を運んでいると思えばいい」

ボブの顔には笑みはない。

「マンモスと言っても、子供だ。そんなに重量はないだろ」

「二体だからな。発掘場所からヘリで五キロほどの空港まで二度に分けて運んだ。それからはセスナでなくて中型輸送機だ。これだと給油なしで飛べる」

カールとジェニファーは顔を見合わせた。ジェニファーが何か言おうとしたが、カールがそれを制した。

「二体って言ったな。もっと詳しく話してくれ」

カールは二十ドル札を三枚テーブルに置いた。ポケットを探って、これですべてだと知らせた。

「子供のマンモスが二体重なって埋まってた。しかし、一体は下半分がなかった。凍土が融けて、何かに食われたんだろう。それとも、洪水でもあって引きちぎられたか。もう一体は、全身がそろっていた。保存状態は今まで見た中でいちばんよかった。まるで今にも歩き出しそうだった」

「その他にマンモスはいなかったのか。ヘラジカとか、他の動物とかも」

「いちばん金になるのは、なんと言ってもマンモスだ」

「マンモスはどこに運んだ」

ボブがカールの前にグラスを置いてこちらを見ている。カールが腕を伸ばしかけたとき、ジェニファーがグラスを取って一気に飲んだ。途端に、むせ始めた。周りの男たちが笑いをこらえている。

「俺はロシア人は好きじゃないが、ウォッカだけは気に入ってる」

「彼は私の運転手。私はまだ死にたくないからね」

ジェニファーがボブを睨みつける。

「ここだよ」

ボブは窓に視線を向けた。外には空港が見える。

「空港に運んできたマンモスはどうした」

「男たちが待っていて、二頭を別々の冷凍コンテナに移し、運んでいった。一頭は車で、もう一頭は輸送機だ。プライベートジェットだ」

ボブはこれで終わりというように肩をすくめた。

「運んでいった場所はどこか分からないか」

「俺たちの仕事はシベリアからこの空港まで運んでくることだ。その後は知らんね」

それ以上は聞き出せなかった。他の者たちも知らないと言う。おそらく本当だろう。


三十分ほど話して、カールとジェニファーは店を出た。

車に乗った途端にジェニファーが怒りを含んだ声で話し始めた。

「二体だなんて聞いてなかった。ニックはまだ多くのことを隠している」

「もう一頭残っているということだ。その輸送経路が重要だ」

「ニックたちは発掘現場からヘリで経由地点に運んでいる。給油もできるシベリアの空港。そこで、マンモスを冷凍コンテナに入れ、輸送機に積み替えてベーリング海峡を渡った」

「ボブは嘘を言ったのかもしれない。マンモスを運んだのはナショナルバイオ社のプライベートジェット機」

ジェニファーがタブレットを出して、地図を調べている。

「近くの比較的大きな町はチェレムレフカ。飛行場は――分からない」

「凍った川や湖があれば、小型の輸送機なら、離着陸できるかもしれない」

「それにしても二体だなんて。ナショナルバイオ社の者は誰も信用できない」

ジェニファーが再度吐き捨てるように言う。よほど頭に来ているのだ。

「他の者は知らないのかもしれない。下半身がない方はアラスカの冷凍倉庫にあった。もう一体はどこにある」

「ボブが言ってた、より完全な方ね。ここの施設にはなかった」

「ニューヨークにもなかった。と、すると――」

「サンバレー」

二人が同時に言った。アンカレジからいちばん近いナショナルバイオ社の研究所だ。ニックはプライベートジェットで、もう一頭のマンモスをサンバレーに運んだ。

「明日いちばんの飛行機でサンバレーに飛ぶ。ＣＤＣに連絡する必要がある」

「僕も行っていいか。きみとは離れたくなくなった」

ジェニファーの言葉にカールが言う。

「ダメだと言っても来るでしょ」

カールはアクセルを踏み込む。車はスピードを増し、真夜中のアンカレジの街を走った。

# 第三章　パンデミック

## 1

カールとジェニファーは、朝いちばんの飛行機でサンフランシスコに飛んだ。アンカレジからサンバレーまでの直行便はないのだ。サンフランシスコ空港で乗り換え、二時間の飛行でサンバレー空港に着いた。

「あなた方はラッキーでした。サンバレーではロックダウンが始まっています。一時間遅れてたら、飛行機はサンバレーではなく、ロサンゼルスに着陸してました」

飛行機を降りるとき、客室乗務員に言われた。

空港は戒厳令並みの厳戒態勢が敷かれていた。銃を持った州兵と警察官が至る所に立っている。全員がマスクをしていて、コロナ禍に戻った気分になった。政府と州はそれほど感染症を恐れているのか。それとも感染症がさらに広がっているのか。国内線なので入国審査はいらないが、機内では問診表と連絡先、行き先を書くカードが手渡された。さらに、到着ゲートを出るときには赤外線による体温チェックが行われていた。

空港ロビーは人で溢《あふ》れていた。町を出ようとする人と、家族に会うために戻ってきた人が入り乱れている。新聞の一面には、エボラに似たウイルスの出現か、とあった。写真も載っている。テレビでも、ネットでもサンバレーの感染が大きく取り上げられていた。テレビでは町がロックダウンしたことが告げられている。

「人だらけじゃないか。これのどこがロックダウンだ」

カールは思わず呟《つぶや》いていた。ロックダウンのイメージは、店が閉まり人の消えた通りと町なのだ。

サンバレーには南北にフリーウェイ、ルート五号線が通っている。しかし現在、車は町の両側で止められ、大きく迂回させられて通っている。町の出入り口の道路には車止めが置かれ、数十人の州兵が立っている様子が映されていた。その背後にはパトカーと軍用車両が並んでいる。

二人は空港を出るとタクシーに乗った。カールが口を開く前に、ジェニファーがホテルの名前を告げた。

「あんたら、どこから来た」

タクシーの運転手が聞いてくる。

「アンカレジよ。観光で行ってたの。寒かったわ」

答えようとしたカールを遮るようにジェニファーが言う。

「カナダの西だよな。いくら寒くても俺《おれ》も行きたい。ここは最悪だ。コロナが終わったと思ったら、次はエボラだそうだ。目のでかいミミズのようなウイルスだ。球体ウイルスと棒状ウイルスと新聞は書いていた」

「目のでかいミミズのようなウイルスか。上手いことを言うわね」

まだアラスカ、マンモスなどの単語は出ていないようだ。しかし、さらにひどくなると、いずれは出ささるを得ない。ナショナルバイオ社の名前も出るだろう。

市内に入っても、いくつかの検問所があった。警察官が中心になって、住人の検査を行っている。体温を測っているのだ。ジェニファーは真剣な表情で町と検問所を見ている。

「よく黙っているな、住民は。コロナのとき以上だ」

「エボラは致死率、平均五十パーセント。今度はエボラに似た未知のウイルス。神経質にならざるを得ないんじゃないの」

二人は声を潜めて話した。運転手が聞いたらパニックを起こしそうな話だ。

彼は目の大きなミミズのようなウイルスと言った。的を射た表現ではあるが、感染力、致死率については全く分かっていない。エボラよりひどいかもしれない。住民は、冷静に警察官の指示に従っている。コロナで感染症の恐ろしさが骨身にしみているからか。

ＣＤＣのカリフォルニア支部はサンノゼにある。サンバレーの感染症対策を行うのは、カリフォルニア州公衆衛生局と市の衛生局だ。ＣＤＣは全米の支部から総勢二百名以上の医師と感染症の専門家、ウイルス学者、事務職員を送り込んで、感染対策全般に対して助言を与え、州と市の職員と医師をバックアップしている。臨時事務所がカリフォルニア大学サンバレー校、通称ＵＣサンバレーの体育館に設置されている。ここにはカリフォルニア州公衆衛生局の事務所も置かれていた。

「僕はホテルより先にCDCの臨時事務所に行きたい。UCサンバレーに寄ってくれ」

「私も一緒に行った方がいい。あなたは何を言い出すか分からないから」

「黙ってりゃいいんだろ。町で起こっていることを早く知りたいんだ」

「このウイルスについていちばんよく知ってるのは、おそらくあなた。とても黙ってなんていられないはず」

「多少のアドバイスはするつもりだ」

「それが困るの。ここの指揮を執っているのはスティーブよ」

カールは黙った。スティーブ・ハントとはCDCで一緒に働いていた時期がある。

「それにあなたはCDCを二度失望させた。一度目は一年前に突然消えてしまったこと。これで築き上げた業績はゼロになった」

「コロナについては、すべて片付いたからだ。感染者、死者ともに著しく減り、スティーブでも後始末はできた。二度目は何だ」

「今回のニューヨークでの隔離騒動。あなたは研究所と病院を封鎖しかけた。もう少しで町までロックダウンするところだった」

「後悔なんてしていない。もう一度あの場面に遭遇すれば同じことをやる」

「私は賛同するけど、よく思わない人の方が多い。ホテルに荷物を置いて、シャワーを浴びたら私も行く。一時間待って。その間にクールになりなさい」

ジェニファーがさとすように言う。

「二十分だ。ロビーで待っている」

車が止まった。ＣＤＣが予約していたホテルに着いたのだ。

ホテルは混んでいた。ロックダウンで町から出られなくなった者たちで溢れているのだ。二人は荷物を部屋に置いて、三十分後にロビーで待ち合わせた。折衷案になったのだ。

ロビーはその間にも人が増えている。ジェニファーを探すと、フロントの前でスマホを耳に当て、ホテルの出入り口を見ていた。迎えの車が来るのだ。

「死者が三十二人になった。重症者は五十九人。感染者は二百二十五人」

カールに気付くと、ジェニファーが復唱するように言う。

「シベリアのマンモスとの関係は分かっていないのか」

「マンモスのことはまだ多くの人は知らない。パニックを招くだけなので、発表はもっと情報がそろってから」

「アーサー所長が持ってきてくれた冷凍ボックスはどうした」

「ホテルに呼んであったＣＤＣの職員に渡して、次の飛行機でアトランタの研究所に送るよう頼んだ」

カールは軽いため息をついたが、気を取り直すように言った。

「ＣＤＣで人手を集めて、すぐにナショナルバイオ社の研究所に行きたい。マンモスについて調べたい」

「臨時事務所からはまだ何も言ってこない。マンモスはまだ見つかってはいないと思う」

「危険性は知らせたのか」

「可能性としてね。先入観を持たせたくないので、強くは言ってない」

「それじゃだめだ。僕のスケッチとアンカレジのウイルスの写真をすぐに見せるんだ。患者から同じようなウイルスが検出されているんだろ」

カールは空港からのタクシーの運転手の言葉を思い出しながら言う。

「スケッチはすでに送ってる。でも、ナショナルバイオ社の研究所では、多くのウイルスと細菌の研究をやっている。まずしっかり脇《わき》を固めたい」

「すぐに研究所に行くべきだ。大事なのはこれ以上感染を広めないことだ」

ジェニファーが時計を見た。

「あと一分でＣＤＣから迎えが来る。ホテルの出入り口でピックアップしてくれる」

ジェニファーがカールの腕をつかんで、人混みをかき分けながら出入り口に進んだ。

「あなたのポジションは、私の助手という形を取っている。これから行くところは、かなり制限されたエリアなのは分かってるでしょ。いくら有名で有能な遺伝子学者でも、部外者は入れない。でも、ＣＤＣ関係者は入れざるを得ない。イヤなら、ホテルでテレビでも見てることね」

カールは反論できなかった。間違いなく、今は部外者なのだ。

「僕の防護服は――」

「サイズも知らせてある。事務所に到着したら直ちに着替えられる」

二人がホテルを出ると同時に、白いバンが滑り込んできた。

「早く乗って。ホテルに迷惑がかかるでしょ。こんな車が止まっていると」

ジェニファーがカールの耳元で囁《ささや》き、背中を押した。

白の車体にＣＤＣの文字とロゴが書かれ、運転している男は、白い防護服にフェイスガードを付けている。通りを行き交う人が立ち止まって車を見ている。ホテルにしてみれば大迷惑だ。

ＣＤＣの臨時事務所に行き、防護服に着替えてから、ナショナルバイオ社のサンバレー研究所に向かった。

研究所の前の通りは黄色の立入禁止テープが張られ、その前に州兵と警官が立っていた。近づく車はすべて戻るよう言われている。

バンは警官に誘導されて立入禁止テープの内側に入った。研究所の駐車場には、ＣＤＣの大型バンが五台止められていた。横には大型テントが三張り設営され、防護服を着た人が行き交っている。カールの脳裏に重苦しいモノが広がってくる。ニューヨークのセントラルパークに作られた、簡易病院を思い出したのだ。ジェニファーに気付かれないように、何度も深く息を吸った。

「どうかしたの。顔色が悪い」

「疲れてるだけだ。昨夜、あまり寝ていない」

信じてはいないようだったが、それ以上は言わなかった。

中央の大型テントの前でバンは止まった。

「エボラはコロナよりも感染力は低く、空気感染や飛沫《ひまつ》感染はしない。接触感染が中心。致死率は数十倍。でも今度の新種ウイルスがどうなのか不明。すでに三十二人が亡くなっている」

ジェニファーが自分自身に言い聞かせるように繰り返す。

「町のロックダウンをもっと急ぐべきだった。それにもっと厳しくすべきだ」

カールの言葉にジェニファーは答えずバンを降りていく。

テントに入るとすぐに、密閉室に通された。

「ここで待っていて」

ジェニファーが一人でテントの奥に入っていく。

戻ってきた時には、防護服を着た一人の男を連れていた。

「カールか。二年ぶりだな」

防護服の男が覗《のぞ》き込んでくる。コロナ禍の時に一緒に働いたCDCのメディカルオフィサー、ドクター・スティーブ・ハントだ。三人で研究所に入った。

研究所には数十名のCDCの職員と市の保健局、州の保健省の役人と医師たちが慌ただしく行き交っていた。研究所内の消毒を行い、感染源を調べている。

研究所内は、汚染区域レッドゾーンと非汚染区域グリーンゾーンに色分けしてある。

ジェニファーはすでにCDCにアンカレジのマンモスの話をしていた。

「感染はほぼ抑えられたと思っている。感染源はこの研究所。ウイルスの宿主は、まだ分かっていない。いくつか検体を送っているので、本部の結果待ちだ。きみたちが運んできたマンモスの組織検査も行っている」

スティーブが声を潜めて言うと、ジェニファーに視線を向けた。

「昨夜、電話を受けてから研究所内を探したが、マンモスなんて、どこにも見当たらない。動物園にでも行ってみるか」

「ウイルスのスケッチを送ったでしょ。ニューヨークのナショナルバイオ社のP3ラボのウイルスよ。アンカレジで発見されたのと似てるでしょ」

「描《か》いたのはカールだろ」

疑惑を含んだ視線を向けてくる。

「ニューヨークのナショナルバイオ社の研究施設で見つけたウイルスだったな。しかし、あの程度の絵なら子供でも描ける」

「だったら、きみが描いてみろ。怖くて描けないんじゃないか」

カールの言葉にスティーブは視線を背けた。スティーブはコロナ禍の時、現場に出るのを拒んでいたのだ。

「サンバレーの感染症が、このウイルスの可能性があることは公表したのか」

「もう少し情報がそろってからと思っている。やっと、コロナ禍が収まってきたばかりだ。市民に不安を与えたくない」

「そんなことを言ってる場合か。気が付いたら、州全体に感染が広まっている。次は全米だ。来週には全世界にこの新しいウイルスが溢れている」

「だから、サンバレーでロックダウンを行っている」

「抜け道、例外だらけだ。コロナ並みの感染力があれば、とっくに全米に広がっている。ロックダウンが機能してるなら、僕らは空港から外には出られなかった」

スティーブの顔に不安が現れ始めた。

「マスコミを利用すべきだ。呼びつけて、正直に話すんだ。あとは彼らがやってくれる。広めて不安を煽《あお》ることが彼らの仕事だ」

カールの語気が強くなった。

「マンモスを探しましょ。どこにでも隠せるようなものじゃないんだから」

ジェニファーがデスクに研究所の図面を広げると、その上に屈み込んだ。

「冷凍設備のある三十平方メートル以上の部屋を探して。あるいは、冷凍コンテナが置ける倉庫。この研究所内は調べたの。多くはないでしょ」

「すべて調べた。冷凍コンテナなんてなかった」

スティーブは図面の部屋に×印をつけていった。

「マンモスはいなくても、肉片の検査を行ったはずよ」

「実験室は調べたか。細胞組織を取り出して遺伝子解析をしているはずだ。ここにはＰ３ラボもある」

スティーブは無言で一つの区画を丸で囲んだ。

「もし、エボラウイルス並みの致死率を持つウイルスならば、Ｐ４ラボが必要だ。調べたが見当たらない」

「ここのパソコンにはデータが残ってないのか」

「調べるには人も時間も足らない。ここは封鎖地区だ。なにも持ち出せない」

ＣＤＣの規則だ。すべてウイルスに汚染されている可能性がある。

「なんであんな大きなものが見つからないの。もう一度調べ直しましょ」

ジェニファーが研究所内部の図面を見ながら言う。感染者の名簿を見ていたカールの手が止まった。

「ニック・ハドソン。この男はナショナルバイオ社の副社長のハドソン博士か」

横にいた研究所の職員に聞いた。

「普段はニューヨークの本社にいるんですが、たまたまサンバレーに来ていて、濃厚接触者として隔離されました」

「なぜ彼がここにいる。彼はニューヨークで入院してたはずだ。ウイルス性腸炎だ」

「関係している特別プロジェクトのためにサンバレーに来て、濃厚接触者のリストに載ったと聞いています。強制隔離です」

「彼と話したい。きみらはここの研究者と話してくれ。何か分かるはずだ」

カールはジェニファーとスティーブに言う。

「感染者は完全に隔離され、肉親すら会うのが難しい。きみには入る資格がない。十分に知っているはずだ」

「大事なことなんだ。感染者の半分の症状は軽いと聞いている」

「いつの情報だ。現在はすべての感染者が中等症か重症だ」

カールはもう一度名簿を見た。ニックが入院したのは今日の早朝だ。

「ニックのニューヨークからのルートを調べろ」

「ハドソン副社長は、ニューヨークからナショナルバイオ社のプライベートジェット機でサンバレーに来られました。翌日には濃厚接触者として隔離されています。軽い腹痛を訴えましたが、現在は回復していると聞いています」

マンモスの肉片がらみでここまで来たのだ。想定外だったのは自分が隔離されたことだろう。

「ニックの病状を詳しく知りたい」

「調べるが、時間がかかる。いま、病院は大混乱だ」

スティーブが職員の代わりに答えた。カールの脳裏にコロナ禍での病院の光景が浮かんでくる。

「発症者の治療法はどうしてる」

「対症療法しかできてない。抗ウイルス薬を探してる。エボラの例を勉強し直してね。だが有効なのは見つかってない」

「エボラウイルスじゃない。もっと、別の可能性を探すよう指示しろ」

カールは思わず大声を出した。周りの者が手を止めてカールたちに視線を向ける。

頭が痛み始めた。ジェニファーが心配そうに見ている。

2

研究所内のすべての部屋を調べ直したが、マンモスは出てこなかった。

「どこにいるんだ。マンモスは」

思わずカールは壁を蹴《け》った。ジェニファーがカールを憐れむように見ている。

「落ち着いてよ。壁に聞いても答えてはくれない」

「誰《だれ》も知らないというのはおかしい。子供のマンモスと言っても成牛並みの大きさだ。研究所に運ばれてきたのなら誰か見てる」

カールは落ち着きを取り戻そうと何度も深く息を吸った。アンカレジの冷凍庫で見たマンモスを思い浮かべた。次第に身体《からだ》と精神から力が抜けていく。

「マンモスは、ここじゃない。ここは細胞サンプルを検査しているだけだ。アンカレジと同じだ。近くの冷凍倉庫を探すんだ」

カールはパソコンを立ち上げ、研究所近くの冷凍設備を持つ倉庫をリストアップしていく。食品倉庫の大部分は冷凍設備を持っていた。研究所から半径二十キロ以内に冷凍設備を持つ倉庫は五つある。

「この中でナショナルバイオ社と関係がありそうなものはどれだ」

ジェニファーは施設内に隔離されている事務員の一人を呼んだ。

「この研究所と関係がある冷凍設備を持つ倉庫を探している。マイナス十八度まで下げることが可能な倉庫です」

「私は思いつきません。今回の感染と何か関係があるんですか」

考え込んでいた事務員が答える。カールは立ち上がった。

「五つのうちの一つだ。全部回った方が早い」

ジェニファーをリーダーに、CDC職員十人のグループですべての倉庫を調べ始めた。

CDCの力は抜群だった。ジェニファーの身分証を見せるだけで、倉庫の管理者が飛んでくる。

二軒目の倉庫にそれらしい冷凍コンテナが運び込まれたことが分かった。十日前、空港から大型トラックで持ち込んできた。敷地内に五棟の倉庫が並んでいる。そのうちの二棟が冷凍倉庫だ。

管理人に案内されて、倉庫の一つに行った。中に入ると、冷やりとした空気が全身を包む。外気温度は十八度。倉庫の中はマイナス二十五度の表示が出ている。隅に三メートル四方のコンテナが置かれていた。倉庫の半分に冷凍海産物の箱が高く積み上げられている。カールたちは簡易の防護服しか身に着けていない。ナイロン服と手袋、サージカルマスクとフェイスガードだ。二人は頷《うなず》き合うと、コンテナに近づいていった。

「やはり本部に報告してからにしましょ。これじゃあまりにも無防備」

コンテナの前に来た時、ジェニファーがカールの腕をつかんだ。

「時間がない。なにが入っているかを調べるだけだ。ウイルスがいても感染力は強くない。直接、マンモスに触らなければ大丈夫だ」

「あなたは、極端に慎重になったり、無神経になったり。一貫性がなさすぎる」

「臨機応変にやってる。検体用の組織片を取るだけだ」

カールはコンテナに近づいていった。ジェニファーも諦《あきら》めたように従う。

コンテナを開けると、そこにいる全員が息を呑《の》んだ。マンモスの子供が横たわっている。大きさはアンカレジの倉庫で見たマンモスよりも一回り大きい。しかし後足もついている完璧《かんぺき》な形だ。ニックが興奮するのも当然だ。

カールは組織採取用のメスを取り出した。

「ここで採取するというの。完全にＣＤＣの規定違反よ」

「この状態で三万年も埋もれていたんだ。今さら騒いでも仕方がない」

「でも町では感染が広がっている。このマンモスから取り出したウイルスの可能性が高い」

「それを調べるんだ。脳と心臓、内臓の検体を取る」

カールは慎重にメスをマンモスの皮膚に差し込んでいく。

「手足からも取っておいて。全身のウイルスの広がり具合を知りたい。もし、ウイルスがいればの話だけど」

三十分ほどかけて検体を採取し、輸送用の冷凍ボックスに入れた。

「結果はいつ出る」

「最優先でやってもらう。と言っても、P4ラボを使う必要がある。ロスまで輸送しなければならない。まずはウイルスの有無。ウイルスがいれば電子顕微鏡写真と遺伝子解析が必要。明日いっぱいはかかる」

ジェニファーが考えながら言う。

冷凍ボックスをUCサンバレーのCDC臨時事務所に送り出してから、カールはもう一度、マンモスを見た。三万年前には母親に連れられて、シベリアの雪原を歩いていたのだ。

「生後二、三年というところか」

「よほどしっかりと、凍土が護《まも》ってくれたのね」

「ママはどうしたんだ。おまえを置いて行ってしまったのか。もう一頭のマンモスはおまえの友達か。ずっと一緒にいたんだろ」

カールはマンモスに語り掛けた。

「ここは封鎖する。警官とCDCの警備を付ける」

カールは倉庫の管理人に告げた。

「他に移したほうがいいんじゃない」

ジェニファーが言う。アンカレジの倉庫の爆発と炎上を思い出しているのだ。

「焼却がベストだ。しかし、もっと調べてからだ。どんなウイルスやバクテリアがいるか分からない」

「学術的にはすごく大事なもの。もっと安全なところに移せばいい」

「安全なところってどこだ。どうやって移す。移動中に何が起こるか分からない。ウイルスの有無の検査を待ちたい。ただし、アンカレジの倉庫のように燃えてしまっては、取り返しがつかない。CDCで責任を持って管理してくれ」

カールの言葉にジェニファーは黙った。

ロサンゼルスのCDC支部から電子顕微鏡写真と遺伝子解析の結果が届いたのは、翌日の夕方だった。

カールはCDCの臨時オフィスでパソコンを見ていた。ディスプレイにはエボラウイルスに似た棒状のウイルスが映っている。サンバレー市のマンモスの子供から採取したウイルスの電子顕微鏡写真だ。

「いつまで見てるつもりなの。宿主が特定された。感染者のウイルスと同じだった」

声に振り向くとジェニファーが立っている。カールは慌てて画像を消した。ジェニファーの手が伸びてキーを押すと、ディスプレイにはウイルスが現れる。

「このままでは、いずれウイルスはサンバレーから全米、世界に広がる」

「市の防疫体制がダメだと言うのね」

「我々は三年以上続いたコロナ禍から多くのことを学んだ。しかしこの数年の間に、白紙に戻っている」

「そういう言い方はサンバレー市に気の毒よ。彼らは頑張ってる」

「頑張るだけでは意味がない。封じ込めなければ、我々は再度ウイルスに負ける」

負ける、とカールが言い切るとジェニファーの顔に焦りの表情が浮かんだ。

「二百五十人と八十人。今日の感染者と死者。増えている。どこがダメなの。感染者は即刻隔離している。その家族や友人、接触者は要注意リストに入れて隔離している。空港も幹線道路も州兵と警察で封鎖している。市民だって、我々に協力的。医療従事者だって自己犠牲をいとわない」

「かろうじて、町の封鎖はできている。他の地域で感染者は出てない。しかしその他はすべてに甘いんだ。百パーセントでなければダメだ。たとえ〇・〇一パーセントのほころびでも、ウイルスはそれを見逃さない。わずかな隙《すき》をついて、人にもぐり込み、仲間を増やそうと狙っている。一度破れた堰は一気に穴を広げ、崩壊する」

「あなたの言う通り。このままだと感染者は爆発的に増える。じゃ、どうすればいいの」

「それを考え、実行するのがきみたち、CDCの仕事だろう。僕は前に失敗している。CDCを追われた人間だ」

「それは違う。あなたはCDCを追われたわけでも、仕事に失敗したわけでもない。あなた自身が自分に負けたから。アルコールに逃げた。私たちは、少なくとも私はあなたに手を差し伸べた。でも、あなたはそれを見ようともしなかった」

「僕が母をコロナに感染させ、母が入院したことも死んだことも知らなかった」

「あなたもコロナに感染して戦っていた。知らせなかったのは、お母さんの意思だと聞いている」

カールは耳をふさぎたい衝動にかられた。何度も聞かされてきた言葉だ。だが許される理由にはならない。

「あなたのおかげで、アメリカのコロナの終息は数カ月は早まった。これはCDC職員全員の意見よ。あなたが救った命は数万人に及ぶ」

「しかし僕は母一人の命さえ救えなかった。それどころか、僕が母を感染させ、殺した」

「止《や》めるのよ、そんな言葉を使うのは。お母さんが亡くなったのは、あなたのせいじゃない」

ジェニファーがカールの手を握った。カールはその手から逃れるように立ち上がると、ドアの方に歩いた。

## 3

サンバレー市の感染者は連日増え続け、その半数が死んでいく。病状は二極化していた。急激に悪化して死に至る者と、微熱と倦怠感《けんたいかん》を感じる程度の者だ。

カールはジェニファーと、臨時隔離施設にした、サンバレー高校の体育館にいた。目の前には百床のベッドが並べられ、そのすべてが埋まっている。

「感染力が強くないのが幸いしている。接触感染が主流だ。手洗いと消毒を徹底すれば、感染はかなり防げる。マスク着用と手洗いは続けろ。コロナウイルスの時と同じだ」

カールは市の医療職員を見回しながら言う。全員が静まり返って聞いている。

コロナウイルスは飛沫感染、インフルエンザはそれに空気感染が加わる。そのため、一人感染者が出ると急激に感染は広がる。今回の場合は、接触感染が主だ。

「感染を止めるのはコロナよりずっと楽なはずだ。住民たちにエボラウイルスの恐ろしさを教えて対策を徹底させろ」

カールの強い口調の声が響くと、周囲にはさらなる緊張が生まれた。

ジェニファーがカールを押しのけ前に出た。これ以上、カールにしゃべらせるとマズいと判断したのだ。

「バレンタイン教授の言うことは分かったでしょ。すでにウイルスは特定されている。解析結果を過去のウイルスと比べれば、ウイルスの弱点が分かる。思い込みはすべて捨てて白紙に戻して取り掛かるの。ウイルスをP４ラボを持っている全米、世界の大学、研究機関、企業に送るのよ。どこかの施設がひと月以内に抗ウイルス剤を作り上げる。早く仕事に戻って。私たちがのんびりしてる間も、ウイルスは増殖を続け、命を奪おうとしている」

ジェニファーの言葉で凍り付いていた空気がわずかに融けた。

「みんな、必死なのよ。もっと彼らの気持ちを考えてあげて」

カールの耳元でジェニファーが声を潜める。

「分かっているのは、感染して発症までに約三日。その後、八十パーセントの者が重症化して、致死率は現在のところ五十パーセント。平均二日で死んでる。これだと、ウイルスの培養はかなり難しい。培養過程でほとんどの細胞は死んでしまう」

カールは呟きながら、体育館に並べられたベッドの列に目を移した。

対策本部に戻ると、ＣＤＣのメンバーが壁際に置かれた大型モニターの前に集まっている。画面にはウイルスの電子顕微鏡写真と遺伝子解析の結果が映されていた。カールは前列に出て画面を凝視した。

「ウイルスの数が非常に少ないのに感染力、毒性が強い理由は、ウイルスの大きさかもしれない。コロナウイルスの数倍ある。エボラウイルスの倍近くだ。光学顕微鏡でも形をとらえることができる。こんなのが細胞に入り込むと、直ちに破壊されてしまう」

独り言のように言うが、全員が聞き耳を立てているのは分かっている。さらに続けた。

「遺伝子情報によると、毒性も強くなっている可能性がある。致死率が高くなっている。発症までの期間は三日だ。その後、二日で重症化して死んでいく患者が多い。性別、年齢、生活環境、過去の病歴、基礎疾患の有無。患者の症状は時間を追って詳しく記録するんだ。全患者の情報をすべて洗い出せ。いつまでにできる」

カールは立ち上がり、部屋中を見回しながら大声を出した。部屋は静まりかえっている。隣に立っていたＣＤＣの女性職員に目を留め、怒鳴った。

「一時間でやってくれ。今までの遅れを取り戻せ」

ＣＤＣの職員はあわてて出て行った。

「男のヒステリーは最低。あなたが怒鳴りつけた女性はアトランタから志願してきた優秀な研究員。彼女には子どもが二人。彼らを実家に預けてここにいるのよ」

「男のヒステリーと女の献身的頑張りが、最終的に子供たちを守る」

「エボラウイルスの変異株なら大ごとよ。すでにこれだけの感染者と死者が出てる」

ジェニファーが話題を変えるように言う。今のカールには何を言っても通じないことを悟ったのだ。

カールは、アメリカでエボラ出血熱の感染者が初めて出た時のことを思い出していた。

二〇一四年、アフリカ、ザイールからの帰国者が感染者だった。彼の治療に関《かか》わった女性看護師が感染したのだ。エボラウイルスは接触感染で広がる。宿主の小動物や感染して死亡した野生動物の血液、分泌液などの体液や臓器に触れ、皮膚の傷や粘膜を通して感染する。四名が感染して一名が亡くなった。それだけで抑えることができたのは、徹底的な感染予防と封じ込めを行ったからだ。

「まず必要なのは町の完全なロックダウンだ。外出禁止を徹底し、州とアメリカ政府はそれを支援する。町の外に感染が広がると、収拾がつかなくなる。ひと月で全米に広まり、後は世界だ。コロナ以上の惨劇が起こる。しかし、町から出ようとする者も増えている。いずれロックダウンも破られる」

カールは職員と自分自身を鼓舞するように声を出した。

カールは部屋を出て、屋上に上がった。一人になりたかったのだ。サンバレーは、サンフランシスコ、ロサンゼルスと違って、平面的な街だ。高層ビルはダウンタウンにわずかに見える程度だ。五階建てのホテルも高い建物の部類に入っている。なぜバレーという名がついた。ふっと頭に浮かんだ。

西に見えるのは太平洋だ。陽《ひ》の光を受けてざわめくように輝いている。カールはシベリアの雪原を思い浮かべた。あの地の冬は、長い夜とマイナス三十度以下にもなる極寒の大気だ。

正面に白い建物が見える。市立病院だ。そこに現在八十二名の感染者が入院している。今朝の報告では、三十六名が重症と聞いた。すでに四十一名が死亡している。

「どうしたの、あんなに興奮して」

気が付くとジェニファーが横に立っている。

「自分でも抑えようがないことがある。もう一年以上もたっているというのに」

「やはり、カウンセリングを受けるべきよ。あなたにはもっと休息が必要。コロナの時は十年分働いた」

「世界は立ち直りつつある。今また、あの状況になれば絶望的だ」

「人間は強い。コロナで証明された。あなたも本音ではそう信じているはず」

ニューヨークは一時、病院では廊下にまで感染者が溢れ、近くの学校の体育館には、死体袋が並んだ。しかし今は観光客が押し寄せ、笑いとおしゃべりの声が町に溢れている。

ジェニファーの言葉はカールの心に響いた。だが、それに反発する自分を抑えることができない。コロナの後遺症、PTSDと色々言われている。

「今度のウイルスはさらに強力だ。致死率という点において」

「人間も強力になってる。コロナ禍で多くを学んだ。新しいワクチンの製造、抗ウイルス剤の製造。過去の何十倍も速くなっている。私たちは逆境で多くを経験した。これこそ人間の特権よ」

「ウイルスも進化している。変異だって早い」

「人間だって進化している。忍耐と努力を学んだ。おまけに、過去の悪夢も経験と知恵に変えることができる。これに勝る力ってあると思う」

ジェニファーがカールを見つめた。カールも分かっている。しかし素直に喜べない何かがある。

「きみは楽観的すぎる。しかし、一緒にいると元気が出てくる。なんにでも立ち向かう勇気と未来を信じることができる」

カールは一瞬何かを考え込むようにジェニファーから目をそらし、再度見つめた。

その時、ジェニファーのスマホが鳴り始めた。何度か頷いてから電話を切った。

「市長から電話よ。私たちに会いたいって」

カールはもう一度、海の方に目をやった。カリフォルニアの青い海と空が視野いっぱいに広がっている。

## 4

カールとジェニファーは秘書に案内されて市長執務室に入った。

室内には市長をはじめ十人ほどの職員と町の有力者らしい人たちがいた。全員の視線が二人に注がれている。まるで拍手でもしそうな顔をしていた。

「あなたたちが今回のウイルスの宿主を見つけてくれたのね」

笑みを浮かべたサンドラ・クーパー市長が執務机から立ち上がり、二人に歩み寄った。

彼女は三十八歳、サンバレー初の黒人女性市長、しかも最年少市長だ。サンバレーを世界一のバイオ・IT都市にするという政策を掲げて、当選した。大手IT企業の創業者の一人として、AI開発の責任者を辞めての政界進出だった。

「戦いはこれからです。浮かれていると――」

話し始めたカールを押しのけ、ジェニファーがサンドラ市長に現状を説明した。

「感染者、死者が共に増え、市民は恐れと疲れで疲弊しています。この調子だと、封鎖は近いうちに破られます」

市長の顔から笑みが消え、表情が変わった。感染症の怖さは十分に理解しているのだ。

「あなたたちは、今回のパンデミックを終息させる最高の方法は何だと考えているの」

「コロナ対策と同じです。体内にウイルスを入れないこと。そのためには地道な対策しかありません。マスク、手洗いなど当たり前のことをやり続ける。もっとも重要なことは感染者の隔離です」

「すでにやっています。それでも、感染者は増え続ける」

「市長のやり方は、すべてに甘い。ウイルスはその甘さを見逃さない」

ジェニファーの背後にいたカールが前に出た。

「あなたがカール・バレンタイン教授ですね。お会いできて光栄です」

「しかもウイルスの感染力は初期に比べて高くなっている。このままでは感染はさらに拡大します」

カールは差し出された手を無視して言う。市長の顔が強《こわ》ばり、ジェニファーが顔をしかめている。

「現在、町はすでにロックダウンしています。これからクリスマスシーズンです。これ以上の対策は、経済的なダメージがきわめて大きい」

「サンフランシスコとロサンゼルスに感染が広まれば、全米が感染者で溢れるのに一週間とかからないでしょう」

「空港と町から出る幹線道路は州兵と警官で封鎖しています。住民にも極力外出しないように呼びかけています」

「コロナ禍の時を思い出してください。多くの町では薬局、スーパーなど生活必需品以外の店は閉まっていました。通りからは人が消え、住民は自宅に閉じこもり耐えていました。あなたは町の出入りは禁じたが、町の内部はまだ十分とは言えません」

カールは強い口調で言うと室内を見回した。全員が緊張した表情で聞いている。

「しかし感染対策をしっかりして、最大の注意を払っていれば、決して恐れることはありません。エイズウイルスは最初は恐れられました。話すだけ、握手するだけで感染するのではないか。現在では、それが間違いであることはみんな知っています。普通に接する分には恐れることはない。要はウイルスを体内に入れなければいいのです」

カールはコロナが流行し始めてから、何百回も繰り返した話をした。

「クリスマス休暇に入れば、町には今以上に人が増えるでしょう。町の住民にさらに自粛を求めるべきです。あなた方は自らウイルスを広めていると。コロナウイルスの恐ろしさを思い出すように訴えるべきです」

「市民が大反発します」

「あなたはその名を、コロナよりもひどい感染症を全米に広めた最悪の市長として歴史に残すか、感染を止めた有能な市長として歴史に刻むか。あなたの決断一つです」

市長はカールの言葉に一瞬、怯《おび》えの表情すら浮かべた。

「サンバレーは経済活動を維持しつつ、感染症を抑え込む方法を取ります。あなた方はあなた方の義務を果たしてください。現状のままで、この忌まわしいウイルスを抑え込んでください。すべての責任は私が取ります」

市長は毅《き》然《ぜん》とした口調で言い放った。

そのとき突然、ドアが開き、副市長が入ってきた。カールたちを見て戸惑った顔を市長に向ける。

「構いません。言ってください」

「デモ隊が市庁舎を目指して押し寄せてきます」

窓を開けると、通りのざわめきが市長室まで聞こえてくる。

「市長が家族と側近を連れて町を出た、という噂《うわさ》がＳＮＳで広まっています。その抗議でしょう。直ちに州兵を市庁舎の周辺に配置させます」

「やめなさい。彼らは暴徒ではありません。ただ怯えているだけです」

カールが大声を出した。部屋中の視線がカールに向く。

「敵はウイルスと恐怖です。コロナ禍を思い出してください。全世界が見えない敵に怯えていました。彼らも怯えているのです。人は見えないものに対して必要以上の恐怖を感じ、過剰な行動に出ます」

「私が彼らと会います」

市長がカールと副市長を押しのけると、ドアに向かった。カールたちは慌てて後を追う。

市庁舎の前は百人近い市民で埋まっていた。彼らの声が怒号のように響いている。

市長が彼らの前に立つと、一瞬声が弱まったが、すぐにさらに大きく変わる。

「我々はアメリカ市民だ。国内のどこにでも行く自由と権利がある。今すぐに町のロックダウンを解いてほしい。州兵にも引き上げの指示を出してくれ」

アメリカ国旗を持った初老の男が市長の前に出て言う。周りから、賛同の声が上がった。

市長は男を見て、その後ろの市民たちに視線を移した。背後に立つカールにも市長の緊張が伝わってくる。

「私もアメリカ市民です。そしてサンバレーの市長です。それを誇りに思っている。だから私は町のロックダウンの道を選びました。これ以上、感染を広めたくはありません。まして、町の外に広げるべきではない。市長としては市民の命と生活を守り、アメリカ国民としては、国民としての義務を果たし、国の安全を守りたい。ロックダウンは続けます。サンバレー市民の皆さんを多くの困難に直面させ、犠牲を払ってもらうかもしれません。しかし、それは最小限に止《とど》めます。私は最大の努力をすることを約束します」

「あんたは逃げたんじゃないのか。逃げるのはこれからなのか」

「私は市長就任式の時、常に市民と共にあることを約束しました。あなた方とこの町に留《とど》まります。私は市民とサンバレーを愛しています」

市長は男と背後に集まっている市民たちに訴えるように呼び掛けた。

「どうか、このまま帰ってください。コロナと同様、人が集まり、大声で話すこと、触れ合うことこそがこのウイルスの策略なのです。家で家族と静かにすごすこと、電話で語り合うことがこの感染を早く終息させる手段なのです。どうかみなさんに神のご加護を」

市長は人々に視線を向けると深々と頭を下げた。うねりのように響いていた市民の声も次第に低くなっていく。

「市長は我々と共にいてくれる。もう少し待ってみようじゃないか」

男が振り向いて群衆に呼びかけた。

「アメリカ万歳、サンバレー万歳」

どこからか声が上がり、さざ波のように群衆に広がっていく。

部屋に戻ると、市長がカールに向き直った。

「カール・バレンタイン博士、あなたの言葉は正しい。市民は怯えている。私の役目は彼らの怯えを軽減し、希望を与えること。そのための私が取るべき方法を考えてください」

「サンバレー市はかつてないほどの厳しいロックダウンを行うべきです。そのためにはまず市民の信頼を得ることが第一です」

カールは迷わず言った。ジェニファーが何か言いたそうな表情をしたが、何も言わなかった。

「私は自分の無力さを今ほど無念に思うことはありません」

「あなたは正直で率直な人だ。それもすばらしい能力の一つです。市民たちはあなたを信じ引き上げました。それに報いればいい」

横でジェニファーが驚いた顔で見ている。政治家にカールが賛辞を送ることは珍しい。

「まずはテレビで呼びかけたらどうでしょう。あなたは正直に現状を伝えればいい。情報がないと人は恐怖と不安を感じる。人は未知なものに対しては恐れが先に立ち、暴力に駆り立てられる。恐怖が人から正しい判断を奪います。正確な現状が分かれば、希望も見えてきます」

「私はITについては詳しいが、感染症については素人です。私にできることは限られている」

「あなたは常に市民のそばにいる。良い時も悪い時も。そして最善を尽くす。それを市民に伝えるだけで十分です」

カールの助言に従い、市長は一時間後に会見を開くことをマスコミに告げた。市長室にテレビクルーを呼んで、サンバレー市の全市民に向けて呼びかけるのだ。

市長は市長室の執務デスクに座っていた。三台のカメラが市長に向けられている。

「これらのカメラにより撮られた映像は、リアルタイムでサンバレー市のすべてのテレビ局で流され、サンバレーの各家庭に届けられます。テレビ局からは全米へ、さらには全世界に流されます」

テレビ局各社を代表したCNNのディレクターの説明のあと、中継が始まった。

「私はサンバレー市の市長サンドラ・クーパーです。私は市長室から全市民の皆さんに話しています。まず、私は常に皆さんと一緒だと、申し上げます。いかなる時も、いかなる場所においてもです」

市長のテレビカメラに向ける目には緊張が感じられ、声は強ばっている。

「現在、私たちは大いなる危機に直面しています。コロナに続く新しい感染症の流行が起こっています。二〇一九年、中国武漢《ぶかん》で現れた一つのウイルスがひと月あまりで世界に広まり、三年間で七億人以上の感染者を出し、六百万人以上の死者を出しました。しかし、世界中の勇敢な市民、医療従事者の方々の勇気と献身によってこの戦いに打ち勝ちました。私たちは次なる戦いにも勝利せねばなりません。それには、皆さんの力が必要です。皆さんの勇気ある行動と決断が必要です」

話すにつれて、市長の声には自信が蘇《よみがえ》ってきた。テレビカメラに向ける眼差《まなざ》しには、強い決意が感じられる。そう、それでいい。カールは市長に向かって無言で語りかけた。

「現在サンバレーは、エボラウイルスに似た未知のウイルスによって引き起こされる感染症と戦っています。市民の皆さんには多くの不自由と困難を強いています。そのおかげでウイルスは封じ込められています。ウイルスに関しても、多くの研究者と医療従事者の献身的な努力により、多くが解明され、治療法の確立にも近づいています。幸いにしてこのウイルスはコロナウイルスほど感染力が強くなく、主に接触感染によって広まります。今後、ウイルスと感染者に関するすべてのデータを世界に公表します。いい情報も、悪い情報もです。これ以上のパニックを起こさないためです。我々は世界の英知から、アドバイスが得られます。どうか、この困難に耐えてください。それには、カリフォルニア州、全米、全世界の皆さんの力が必要です。市民を護り、アメリカを護り、世界を護るために皆さんの協力が必要なのです」

市長は息を吐いて、カメラに語りかけた。

「私たちはこの新しい感染症にも必ず打ち勝ちます。私はいつも、皆さんとともにいます。神のご加護を―」

室内に拍手が溢れた。テレビクルーたちも拍手をしている。

「市長、市民はあなたについていきます。もちろん私もです」

クルーたちが市長に握手を求めてきた。市長は笑みを浮かべながら、コロナ禍と同様に接触を控える動作を繰り返している。だがカールはその顔が強ばっているのを感じていた。

一段落着いた時、市長がカールの前に来てさし出した手を慌てて引っこめた。

「あなたに、感染症対策の私のアドバイザーになってほしい」

「ニューヨークでの私の評価を知っていますか。私はすぐにロックダウンをしたがる臆病《おくびよう》者《もの》、厄介者と言われています」

「しかしあなたは、ニューヨークを救ったCDC職員です。たとえ『元』がついてもね。神は、ただの臆病者、厄介者を送っては来ない。コロナ禍のあとです。用心しすぎるくらいがいい。あなたの処置は正しいと信じています」

「暫定的というのであればお引き受けします。この感染に終息の目処《めど》が立つまで」

市長の顔にホッとした表情が現れた。

「始まりはこれからです。どうか皆さん、市長にしばしの休息を与えて下さい」

副市長が市長のそばに行き、大声を出した。

その日のうちにサンバレー市はより厳格にロックダウンされた。サンバレー空港は完全に封鎖され、飛行機の離発着はゼロになった。町の外に通じる道は、幹線道路だけではなくすべての道路に、軍と警察の車両が並べられ、自動小銃を持った完全武装の州兵と警官たちによって封鎖された。住民たちも不要な外出は禁止され、食品や日用品以外の店は自主的な休業を求められた。サンバレーの通りからは人が消えた。日に三回、市長から市民に向けての最新の報告が行われることが告げられた。

この状況は全米はもちろん、全世界にテレビやSNSによって流された。サンバレーには全米からマスコミ関係者が押し寄せたが、州兵と警官たちによって町に入る前に止められた。それでも、市内の様子は市内のマスコミとSNSによって、外部に伝えられた。

## 5

CDCの主導のもとに具体的な感染症対策が始まった。市長を本部長に、市役所内に対策本部が設置された。

市長室に市と州の感染症対策の専門家たちが集まっていた。さらに連邦政府からは、CDCの上級職員が数人派遣されている。ジェニファーはメディカルオフィサーとして指揮を執っていた。

今まで通りロックダウンを続けることが決められた。感染者は全員、隔離する。汚染区域と非汚染区域をそれぞれ、レッドゾーンとグリーンゾーンで色分けし、その出入りは厳重にチェックする。マスク、手袋、防護ガウンは出入りの都度替える。出入り口には消毒液のマットを敷いて、靴の消毒を行うことが確認された。

「相手は目には見えないウイルスだ。しかし、必ず存在する。そのことを心に焼き付けておけ。ここにいる者は今から全員がウイルス対策のエキスパートだ。感染したら、自分が負けたことになる」

カールは部屋中の者に向かって強い口調で呼びかけた。

「市立病院はすでに感染者でいっぱいです。医療崩壊が起きています。感染者全員の隔離なんてとてもできません」

「一般の患者を他の施設に移せ。市立病院はウイルス感染者の重症者だけを収容する」

「バカを言わないで。そんな余裕はどこにあるの。ドクターも看護師も足らない」

ジェニファーがもう耐えられないという表情で口を出した。

「コロナの二の舞になりたいのか。ムリであっても、完全な隔離を実行するしかない」

市内の複数の学校の体育館に、ウイルス感染患者専用の隔離病棟を作り、百以上のベッドをおいて、病状の度合いで分けて患者を収容する。カールたちは市庁舎に泊まり込んで対策に追われた。夕方に、その日の感染者と死亡者数が報告され、その後会議が開かれ、データの分析を行い、対策が決められる。

新体制を取ってから三日がすぎた。感染者と死者の数は急激な増加は抑えられているが、依然として増え続けている。幸いなのは、市の外に感染者が出ていないことだ。ロックダウンは機能している。

「感染者の隔離はできている。なぜ感染者が減らない」

カールは苛立《いらだ》ちを含んだ声を出した。

「我々にできることは、効きもしない抗ウイルス薬を試すだけか。そんな気休めしかできないなら、祈禱師《きとうし》と同じだ。違うのはスーパーコンピュータを使って過去の薬の効果を調べるのか、鶏の頭と豚の骨を転がすのかという点だけだ」

「なにをそんなに苛ついているの。ヒステリーを起こしている猿みたい。あなたのお母さんが言ってた。自分の思い通りにいかないときはいつもそうだって」

ジェニファーが皮肉を込めて言う。彼女は大学時代、頻繁にカールの家に来ていた時期がある。実家がカリフォルニアにあるジェニファーが寂しいだろうとの気遣いからだ。彼女とカールの母親は妙に気が合い、二人で料理を作っていることもあった。大学院に進み勉強が忙しくなってからは、そんな機会も少なくなった。時折りジェニファーのことを聞かれたが、元気にやってるとしか答えていなかった。

「我々がやってるのは、単純なことだ。ウイルスを体内に入れないこと。接触感染さえ防げばいい。なぜそれができない」

「単純なことだけど、それがいちばん難しい。誰の言葉か覚えてる。あなたよ。コロナ禍のときにね」

「それがなぜできない。マスクとフェイスガード、手袋をして患者に接するだけで防げるはずだ」

カールは再び苛立ちの混ざる声を出した。

深夜、十二時をすぎていた。対策本部にはまだ半数以上の職員が残っている。カールは市内の感染者リストに見入っていた。地区ごとの死者数を記したものだ。

「重症者と軽症者が地区によって明確に分かれている」

カールの呟きに、ジェニファーが覗き込んでくる。デスクに広げた地図に、赤と青のマーカーで感染者は多いが死者の少ない地区と感染者は少ないが死者の多い地区に印をつけた。

「医療レベルが同じの場合、感染者が多ければ、死者が多く、感染者が少なければ、死者も少ない。しかし、必ずしもそうじゃない。地域によって致死率が大きく違っている。何か原因があるはず。違っているモノは何なの。サンバレーの住人として、何か気が付くことはないの」

ジェニファーの声で、二人の周りに職員たちが集まってくる。

「経済格差、医療格差、住んでいる年齢層の違い、人種の違い、何か考えられることはないか」

「市全体の統計しか見ていなかったので気が付きませんでした。関連性は――思いつきません」

中年の職員が地図に目を向けて言う。

「過去の病歴。使っている薬。過去に受けた治療。何か症状に違いが出るようなものはないか。性別、年齢、生活環境、何でもいい」

「急に言われても無理よ。感染者には様々な人がいる。意識がある人、ない人。本人確認すらできないんだから。死者からも聞くことができない。さらにプライバシー保護の問題もある」

いつもは冷静なジェニファーが苛立った声を出している。

「感染者と死亡者のリストを作れ。名前、性別、年齢、住所、過去の病歴、職歴、現在の仕事、病状、家族構成、ここ数週間の行動、すべてが分かるリストだ。完全なものでなくてもいい。空白があれば分かり次第、埋めていけばいい。とりあえずは名前と性別、年齢、住所、病状が欲しい。至急、地域ごとに分けて調べるんだ。ＡＩで処理すれば感染者と死亡者の傾向が分かる。今日休んでいる者も全員集めてくれ」

カールは大声で指示を出した。

「一時間で作ります」

「三十分だ」

カールの声と表情には有無を言わせぬ決意が感じられる。職員たちは直ちに作業に入った。

その夜、カールは電話で呼び出された。ニックの容態が急変して、重体になったのだ。

病院に駆けつけると、ＩＣＵの前にジェニファーが立っている。

「二時間前に突然悪化して、血を吐いた。典型的なサイトカインストーム。内臓がかなりやられているらしい。明らかにエボラ出血熱の症状」

カールの耳元で、ジェニファーが囁《ささや》く。

「彼は単に濃厚接触者じゃなかったのか。経過観察のために入院していると聞いていた」

「入院中に再度感染して重症化したのかもしれない」

「彼は一度ニューヨークで感染している。抗体ができていて、重症化しないはずだ。ニックはサンバレーに来て、再びウイルスに感染した。今度は重症化して死に直面している」

カールはICUのガラス越しに、複数の管につながれベッドに横たわるニックの姿を見つめた。今、彼の体内ではウイルスが細胞を破壊している。そのウイルスを排除するためにサイトカインが作られるが、それが暴走を起こし細胞が傷付けられているのだ。

「行きましょ。ここにいても何もできない。私たちにはやらなきゃならないことがある」

ジェニファーがカールの腕を取った。

ニックが死亡したと報告があったのは、一時間後だった。

カールの脳裏にニックの顔が浮かんだ。知り合ってから十五年余がすぎている。好きなタイプではなかったが、どこか憎めない男だった。助けられたことも何度かある。

ニューヨークで彼は高熱と嘔吐《おうと》、発汗、錯乱も起こしたと聞いた。おそらく、ウイルスに感染していた。しかし一晩でほぼ回復している。ニューヨークでは他に感染者は出ていない。いや、我々が気付かなかっただけなのかもしれない。彼らは軽症か無症状だったのだ。ニューヨークのウイルスとサンバレーのウイルスは違うということなのか。コロナウイルスにも同様なことがあった。特に、パンデミック初期の二〇二〇年と終息期の二〇二三年では感染者の病状はまったく違っていた。後期は、風邪《かぜ》程度か無症状の者が多い。カールはパソコンを立ち上げた。思った通り、サンバレーでウイルス性腸炎の患者が増えている時期がある。おそらく、腸炎ではない。

「ウイルスが違うのかもしれない」

カールが呟く。何げなく言った言葉だが、重い響きで精神の内部に突き刺さる。

「ウイルスの遺伝子を調べろ。まずニック・ハドソン、ナショナルバイオ社の副社長だ。二種類のウイルスがあるのかもしれない。彼はアンカレジとサンバレーの二頭のマンモスに触れている」

室内は騒がしくなった。

会議室はひっそりとしていた。

カールは窓際の椅子《いす》に座り、二時間も前から電子顕微鏡写真と遺伝子解析の結果を見ていた。ニックの血液中のウイルスの写真と遺伝子データだ。

カールの前にコーヒーカップが置かれた。意識を目覚めさせる芳醇な香りが広がる。ジェニファーが自分のコーヒーカップを持ってカールの横に座り、写真を自分の方に向けた。

「あなたの言葉は当たってた。二種類のウイルスがいた」

棒状ウイルスの頭の突起がわずかに違っている。言われなければ分からない程度の違いだ。同様に、遺伝子にもわずかな違いがあった。そのわずかな違いが大きな結果の違いを生み出すのだ。ウイルスの場合、感染力と毒性だ。それは生と死につながる。

「ニューヨークのウイルスが変異して、サンバレーのウイルスになった」

「それはない。シベリアでマンモスが発見されて、半月もたっていない。変異は感染を繰り返すことによる遺伝子のコピーミスだ。感染はそんなに繰り返されてはいない」

無言だったカールがジェニファーの言葉に口を開いた。

「ウイルスは二種類いたがそれは変異によってじゃない。もっと過去にさかのぼって分かれたものだ。弱毒性のウイルスと強毒性のウイルス。ニックはその両方に感染していた」

「でも、誰も信じてはくれないわよ」

「僕は信じるさ。なんでも起こる世の中なんだろ」

カールはウイルスの写真を見つめた。ウイルスが話しかけてくるような錯覚に陥る。同時に、言葉では言い表せない恐怖が湧《わ》き上がってくる。何とかその恐怖を弱めようと、コーヒーを喉《のど》に流し込んだ。気が付くと、ニューヨークを出てからアルコールを口にしていない。発作も起きていない。

## 6

ＵＣサンバレーに設置されたＣＤＣ臨時事務所の会議室には、職員たちが集まっていた。

カール・バレンタイン教授から重大な発表があるから、全員必ず出席するようにとの連絡があったのだ。ホワイトボードには、今までに分かっている感染経路が書かれている。

部屋は静まり返っていた。あの傲慢《ごうまん》な男が、今度は何を言い出すのだという緊張感溢れる顔でカールを見ている。カールがホワイトボードを片付け、大型モニターをセットするように指示した。全員疲れ切った顔をしているが、真剣な視線をカールに向けている。カールはゆっくりと室内を見回した。

大型モニターには、二組の顕微鏡写真と遺伝子解析の結果が映し出されている。ニックの血液から分離して得られたウイルスの写真と遺伝子データだ。

「同じ感染者から採取したウイルスのデータだ。微妙に違っている。この違いが重症者と軽症者を生み出している。おそらくウイルスは二種類あると考えられる」

会議室に静かな動揺が広まった。カールはニックがシベリアでマンモスを見つけ、その遺伝子を抽出してクローンを製造しようとしていた経緯について話した。

「アンカレジにあったマンモスのウイルスをAウイルス、サンバレーのマンモスのウイルスをSウイルスと呼ぶことにする。Aウイルスは感染力は強いが弱毒性だ。発症してもウイルス性腸炎程度の症状だ。Sウイルスは感染力は強くはないが強毒性だ。今後我々はウイルスの有無だけを調べるのではなく、どちらのウイルスに感染しているのかを調べる必要がある」

「同じ病棟に隔離すると、全員がSウイルスに感染して亡くなる可能性もあるということですね」

「最優先にすべきは、この事実をもとにして現在の感染対策を立て直し、感染を抑え込むことだ」

最前列で聞いていたジェニファーは手元のデータを見つめたまま無言だった。

カールの指示で大型モニターの画面が切り替わった。市内の病院と隔離施設の位置が出ている。

「感染者数、死者数が地域によって明らかに違っている。感染者は多いが死者が少ない地域、感染者は少ないが死者の多い地域に分かれている。前地域はＡウイルス、後地域はＳウイルスだと思われる。その二つが重なるエリアもある」

カールは再度、ＣＤＣの職員たちに目を向けた。部屋には異様な雰囲気が漂っている。

「ウイルスの変異のことを言っているのですか。だったら元のウイルスは――」

「変異を起こすには時間が足らない。まだ、データも出そろってない。遺伝子の比較も十分にやってはいない。ある研究者は致死率の低いＡウイルスに目がいき、他の研究者はＳウイルスに目がいっている。総合的にデータを見直す必要がある」

反論はなく、カールが示したデータにＣＤＣ職員たちの目は貼《は》りついている。

「ウイルスの起源は同じかもしれない。しかし、長い時間をかけて変異を繰り返し、枝分かれして、Ａウイルスとなり、Ｓウイルスとなって、サンバレーに現れた。僕はそう考えている」

静まり返っていた部屋に、さざめきのような声が広がり始めた。

「さらに詳しい情報がほしい。今述べたことを考えながら情報を集めてほしい」

カールの声で全員が作業に入った。

翌日の朝、各地域ごとにサンプリングされたウイルスの遺伝子情報が出てきた。全員が徹夜したのだ。

市長も参加した定例の朝の会議で、データを見ていたカールが顔を上げた。あくまで個人的な意見だが、と前置きして話し始めた。

「重症者のウイルスは、サンバレーに保管されているマンモスから採取されたウイルスと同じだ。軽症者のウイルスは、重症者のウイルスとはDNAの一部に違いがある」

カールはDNA配列の一部を指しながら説明を続けた。

「ニューヨークのウイルス、これはアンカレジに保管されていたマンモスからのAウイルスだ。致死率は低い。もう一つはサンバレーのマンモスからのSウイルスだ。これは致死率が六十パーセントを超えている強毒性のウイルスだ。ニックは最初、Aウイルスに感染し回復したが、サンバレーでSウイルスに感染した。今後、ヒトからヒトへと感染していく経緯で、より強力に変異する可能性がある」

カールは淡々と話した。話しているうちに、カールの中でウイルスがより具体性を増しながら成長していく。おそらくニックは、自分がウイルスに感染したことを知っていた。

そのため、体調不良を押してまでサンバレーにやってきた。保管しているマンモスを調べるためだ。あるいは秘密裏に処分するために。想定外だったのは、自分自身が隔離されたことだ。そこで、毒性の強いSウイルスに感染した。推測にすぎないが、確信に近い思いがカールに湧き起こった。

「重症者と軽症者の違いは地域差や個人差で出ているんじゃない。ウイルスの遺伝情報の違いから出ている。異なるウイルスが存在している」

カールはDNA情報のチャートをディスプレイに映し、違いを説明した。ジェニファーも食い入るように見つめている。

「我々がやらなければならないことは、まずAウイルスに感染している者とSウイルスに感染している者に分ける。両方に感染している者はSウイルスの感染者とする。それらのグループをさらに、重症者と軽症者に分ける。この四つのグループに対して、最適な治療法を探すんだ。異論のある者はいるか」

カールは部屋中を見回した。

「病棟の確保が難しい。現在でも病床が足らない状態です」

カールはディスプレイにサンバレーの地図を映した。

「町の西側には牧場がある。そこに新しい隔離病棟を建設する」

「何週間もかかります。その頃《ころ》には、町は感染者で溢れている」

カールは市長に視線を向けた。

「兵舎に簡易ベッドを並べるだけでいい。二百床規模の病棟を四棟作ります。軽症者は全員、病院からそっちに移します。感染をサンバレーに封じ込めます。そのために、医師と看護師のボランティアを全米から集めてほしい。全米でサンバレーを支えてくれと、呼びかけてほしい」

「全米を騒がすことになる」

「現在のベストの方法だと断言します。責任は私が取ります」

「バレンタイン教授の方針に従いましょう。ただし、責任の所在はすべて私にあります」

市長は信頼の眼差しをカールに向けると、強い意志を込めて言った。

カールはサンバレーに派遣されている州兵の指揮官、マクベイン大佐を市の西にある牧場に連れ出した。兵舎用のプレハブ建設を頼むためだ。目の前にはなだらかに続く冬の牧場が広がっている。

「この町にはウイルス感染者の隔離施設が必要です。収容人数は八百人。明日中に作ってもらいたい」

大佐はカールが出した図面を見ている。一棟に二百人分のベッドを並べる計画だ。その病棟を計四棟。状況によって増やす計画だった。

「大型の兵舎を四棟と言うと、四日は必要です」

「コロナの時、中国は一週間で二千人収容の病棟を建てた。医療設備が整った病棟です。

我々が必要としているのは、ただベッドの並んだ病棟です。数もその半分以下です。あなた方なら、必ずできる」

「医療器具はどうする。かなりな数が必要だろう」

「用意しています」

「医師と看護師は十分なのか。合わせて二百人以上が必要だと聞いている」

「全米から志願者が来ています。町の外に医師百名、看護師三百名が待機しています。全員が感染症には十分な経験を積んでいる。コロナ禍に感染症病棟で働いていた人たちです。ウイルスを拡散させないという強い意志を持っています」

さらにカールはウイルスの種類が違う現状を述べて、感染者を厳密に選別する計画を話した。

大佐は牧場に目を向けたまま頷きながら聞いている。

「病棟は明日の夜までにはできる。市長から相談を受け、すでに機材は取り寄せてある。問題は場所とそこで働く医療従事者の確保だと思っていた。きみがゴーサインを出せば、今からでも工事にかかれる」

「感謝します。直ちに建設に取り掛かってください。隔離は早ければ早いほどいい。隔離病棟ができるまでに、患者の選別をしておきます」

カールは大佐に感謝の視線を向けた。

「市はインフラの用意をしてほしい。電気と水はすぐにでも必要だ」

直ちに感染者の血液が採取されて、遺伝子検査に回された。ＡウイルスとＳウイルスの判別のためだ。

次の日の夕方、牧場の東半分に体育館ほどの真新しい建物が四棟完成した。中には簡易ベッドが一棟に二百床入っている。同時に医療器具を搬入した。各棟にはウイルスと症状別に患者が入った。

新しいウイルス対策が行われるようになって、感染者は急激に減っていった。特に致死率の高いＳウイルスの感染者には、医療が集中され特別の対応策がとられた。

カールがホテルに戻り部屋に入ってコートを脱いだところでスマホが鳴り始めた。

〈カール、あなた宛《あ》ての特別便がＣＤＣに届いてる〉

ジェニファーの声が飛び込んでくる。

〈ダン・ウェルチから。あなたたち、まだ連絡を取り合ってるの。喧嘩《けんか》別れしたって聞いてた。彼は今、何してるの。私が知ってるのは大学からいなくなったところまで〉

矢継ぎ早に聞いてくる声には、驚きと共に興味津々の響きがある。

「僕もきみと同じ、テレビのニュースで見た程度だ。連絡を取り合ってはいない」

ダンはカールの大学時代の友人だ。二人は生化学研究室の学生だった。ルームメートとして一年間をすごしたこともある。

いつも同じ猫の顔がプリントされたＴシャツを着て、本を抱えて早足で歩いていた。授業では必ず、最後列の窓際の席に座っていた。考え込むと髪をつかんで引っ張る癖がある。いつもは無口だが、しゃべりだすと止まらなかった。地球温暖化、自然保護、動物愛護、クリーンエネルギーといった言葉が次々に出てきた。教授の前でも学生たちと話すときでも同じだった。「また、壊れたテープレコーダーが回り始めた」学生たちはそう言って、ダンの存在を無視するようになった。しかしカールは知っていた。ダンは研究室のどの学生よりも優れた頭脳の持ち主だと。

彼は自然保護団体、グレート・ネイチャーに入会した。グレート・ネイチャーは自然・環境保護を謳《うた》う国際規模の過激派集団だ。そして、いつの間にかダンの姿は大学から消えていた。

次にダンを見たのはテレビだった。実験動物の販売会社をダイナマイトで爆破した容疑でFBIに逮捕されたのだ。この時は、証拠不十分で起訴は免れている。

ルームメートだった時、妹がいたと聞いたことがある。ダンには内緒でネットで調べた。五歳違いの妹で、名はアナベル。十二歳で亡くなっている。死因は多臓器不全。アラスカのシェールオイル発掘に伴う公害裁判で和解に持ち込み、両親は数十万ドルの和解金を得ている。その金で自分は大学で勉強をしていると、自虐的に語っていた。ダンは十五歳までアラスカに住んでいたと聞いた。

「その荷物、何だか分かるか」

〈一辺三十センチの立方体の箱。かなり重い。私の想像だと冷凍ボックス〉

「何で僕宛てに送ってくる。それもCDC経由で。開けてくれ。いや、待ってくれ。すぐにそっちに行く。CDCの車をよこしてくれないか」

町にはタクシーはほとんど走っていない。見かけるのは軍用車両か警察車両だ。ほぼ十分おきに救急車が通っていく。カールは脱いだばかりのコートを着た。妙な胸騒ぎがしたのだ。

ホテルの前の通りに立った時、クラクションの音がしてCDCのバンがカールの前に止まった。運転しているのはジェニファーだ。

「CDC宛ての特別便が気になってね。私にも見せてくれるでしょ。なぜ、ダンがわざわざCDCに送ってくるの。それもあなた宛てに」

助手席のドアを開けると、箱が置いてある。助手席に座り、慎重に箱を調べた。おそらく中はジェニファーの予想通り冷凍ボックスだ。だとすると——。

「大学の研究所に行く。開けるとき、私も立ち会いたい」

ジェニファーが言うと車が走り出した。

「ここじゃダメだ。アンカレジから送られている。重要資料って書いてある」

「なぜダメなの。ダンのプレゼントなんでしょ」

「ここの大学にはP４ラボはないだろう」

「P３ラボに予約を入れといた。着けばすぐに使える」

「P４ラボが必要だ。どうせ、ウイルスかバクテリアだ。僕に調べろと言ってる」

「箱を開けなさいよ。手紙は入ってないの」

中には予想通り冷凍ボックスが入っている。上面に手書きで「パルウイルス」と書いたラベルが貼《は》ってある。パルとは仲間のことだ。ラベルの横にはＰ４と書かれていた。

「パルウイルス。何なのそれって」

「文字通りなんじゃないのか。仲間のウイルス」

「なんの仲間だって言うの。ウイルスの仲間ってこと。他に意味はないの」

「ダンは昔飼っていた熱帯魚の話をしたことがある。パルという名前だ。僕の仲間、孤独な仲間パルフィッシュと呼んでいた。美しいブルーのグッピーで、何時間も話しかけてたそうだ」

「今度はパルウイルスってわけね。バカ言わないで。真面目《まじめ》に考えてよ」

ダンは冗談が通じる男じゃない。彼の笑った顔は見たこともない。カールは考え込んだ後、口に出した。

「マンモスが宿主のウイルスは二種類。ＡウイルスとＳウイルスだ。その仲間ってことじゃないか」

カールはラベルの横のＰ４を指した。

「だから、Ｐ４ラボで調べたい」

「あなたなら大丈夫。Ｐ３であろうと、Ｐ４であろうと。自信を持ちなさい。私もついているし」

ジェニファーの言葉に矛盾を感じつつも、カールは何も言わなかった。

十分でカリフォルニア大学、サンバレー校に到着した。二人は防護服に着替えて、Ｐ３ラボに入った。

冷凍ボックスを開けると、中には二本の試験管が入っている。両方とも細胞と書かれたラベルが貼ってあり、数ミリ四方の肉片が入っていた。おそらくマンモスの肉片だろうが、微妙な違いは切り取った部位からか。

「やはりＰ４ラボにすべきだったか」

二本の試験管を見ながら、カールが言う。

「両方とも電子顕微鏡写真を撮って、遺伝子配列が知りたい。遺伝子配列の解析はＣＤＣに回してほしい。その時、毒性の検査も頼みたい」

「ここでやればいいのに。変なところで潔癖なのね」

「危険だ。ダンはわざわざＰ４ラボと書いてきている。それに、毒性検査はここではできない」

二人は手分けして、二つのサンプルを電子顕微鏡にかけるために処理していった。

二時間後には、すべての作業は終わった。電子顕微鏡の写真はＰ３を出て、隣室のテレビモニターで見ることができる。

モニターには肉片の電子顕微鏡写真が映っている。ギョロ目のミミズのようなウイルスだ。やはり三つ目の突起がある。

「これもマンモス由来のウイルスらしい。ダンもニックのマンモスに関係しているのか」

カールの口から無意識の声が漏れた。自分自身に問いかける言葉だ。

「AウイルスともSウイルスとも違う。変異したものか。いや、もっと検査が必要だ」

ジェニファーも顔を近づけてくる。

「体長はエボラウイルスの倍近くあり、目のような突起も三つある。これがパルウイルスなの」

ジェニファーが呟く。パルウイルスという言葉が、不気味な響きを伴ってカールの精神に刺さった。

「まだ分からない。今までのマンモス由来のウイルスとも微妙に違ってる」

「変異株なんかじゃない。私には微妙というより、かなり大きく違って見える。ダンは何を考えているの。変人だとは聞いてたけど」

カールは横の光学顕微鏡のモニターキーを押して、倍率を上げていく。濃紺で線状のものが現れる。輪郭は鮮明ではないが、電子顕微鏡写真と同じウイルスだ。

「なにこれ。ダークブルーのウイルスなの」

「電子顕微鏡じゃ色が分からないと思って光学顕微鏡にもセットしておいた。普通のウイルスの数倍はあるので形くらいは見えると思った」

見ていると動き出しそうだ。二人は無言で青いウイルスを見ていた。

「彼は変人だけど、最高に優秀な遺伝子学者だ。何か意味があるはずだ。意味もなく、こんなヤバそうなウイルスを送ってくるはずがない」

「変人だから我々には理解できないことをやるのよ。昔と同じ」

そのとき、ふっとカールの頭に、はにかんだようなダンの顔が浮かんだ。

「食物連鎖だ。たとえば海を考えろ。頂点が大型の捕食動物、マグロやイルカなど。次が小型の動物、イワシなどの小魚。次が動物性プランクトンだ。その下が植物性プランクトン。このピラミッド型の生態系を壊さないように自然は成り立っている。どこかのバランスが崩れると、ピラミッド自体が崩壊する」

「そんなことは、もっと落ち着いてから考えてよ。私はここの感染を抑えることで頭がいっぱい」

カールはジェニファーにかまわず話し続けた。

「植物性プランクトンが増えすぎると、海水は酸素や栄養素が減り、その上のグループに大きなダメージを与える。逆に大型捕食動物が増えて、小型の動物を食い尽くすと、底辺のプランクトンが増えすぎて、海は汚染される。だから、プランクトンの下には、莫大《ばくだい》な数のウイルスがいると考えられている。このウイルスが増えすぎた生物を減らす役割を担っている」

「ウイルスが自然のバランスを保つ神だというの」

「人間は増えすぎているとは思わないか。だから――」

「やめてよ、気味が悪い」

ジェニファーの声は真剣だった。カールは続けた。

「人間側から見ればコロナウイルスは大敵だけど、他の動物や地球から見れば救世主かもしれない。人間こそ、ピラミッドの頂点に立つ虐殺者であり破壊者。その人間が増えすぎている。地球や他の多くの動物にとって、いなくなった方がいい存在かもしれない」

「本気でそう考えてるの」

「大学時代、ダンがみんなの前で言った言葉だ。コロナの代わりにペストとスペイン風邪を例に出してね。教室は静まりかえり、以後みんなダンを拒絶した。そして彼はベジタリアンになった。以来、変わり者で通ってる。しかし最近になって、彼の言動には納得することも多い」

ダンがグレート・ネイチャーに入り、大学から消えたのはその一年後だ。

「そんなの詭弁《きべん》。あなたのお母さんだって――」

途中で言葉を止めた。

「やめよう、答えの出ない問題を議論するのは」

しかしいつか、人類全体が真剣に考えなければならない問題だ。遠くない未来に。

二人はパルウイルスを冷凍ボックスに入れ直すと、CDC臨時事務所に戻りアトランタの本部に送る手続きをした。

# 7

新しい隔離施設ができてから、感染者数は減り続けていた。それに伴い死者の数も減っている。

市庁舎の対策本部では、市長も参加した定例の朝の会議が行われていた。

「アトランタのCDC本部から新しい報告です」

入ってきたジェニファーの言葉で、全員の目が彼女に集中する。

「この調子で行くと、我々の方が祈禱師よりもちょっとだけ賢かったという結論になる」

ジェニファーはタブレットを操作して、ディスプレイに資料を映した。

「感染者があと少しでピーク時の十分の一になる。新しい封じ込めが効いてるのよ」

劇的な治療薬はまだないが、対症療法で持ち直す感染者もいる。薬の組み合わせが上手《うま》く行っているのだ。

「市内の病院は一部の重症患者用病棟を残して、一般病棟に戻しても大丈夫だ。今後は重症患者を中心に治療を続けよう」

データシートから顔を上げたカールが言う。

「これほど早く終息に向かっているのは、カール博士、あなたのおかげです」

市長がカールに出した手をあわてて引っ込めた。接触感染防止はカールの口ぐせだ。

「コロナで十分な経験があったことと、全米から支援があったことも大きい。これは市長、あなたの力だ」

サンバレーのロックダウンは一週間以内に解除されることになった。


その日の夕方、カールは市庁舎の屋上で街並みを見ていた。西側に広がる町の彼方《かなた》には太平洋が見える。町と海が赤く染まっている。朱色の大気が視野いっぱいに広がり、次第にその輝きが消えていく。

今回は運がよかった。一つの町でウイルスを封じ込めることができた。ウイルスが一個でも外に出ていれば、コロナと同じように世界にまん延したかもしれない。それでも、感染者三千三百名を出し、死者は千百二十五人に及んでいる。今も生死の境をさまよっている者もいる。

「なにを考えてるの。もっと喜びなさいよ。キーワードは二種類のウイルス。あなたがサンバレーを救ったんだから」

背後からの声と共に、ジェニファーが横に立った。

「もっと早く気付くべきだった。最初から関わっていたんだから」

「いい加減に自分を解放したら。あなたはサンバレーのウイルスが二種類あることを突き止めた。町を封鎖して、適切な隔離で感染拡大を止め、ウイルスを封じ込めた。この町の人だけじゃなく、アメリカ、世界中の人を救ったの」

「まだ終わっちゃいない。ウイルスはまだ我々を狙っている。隙があれば入り込もうと」

カールは視線を海に向けたまま呟くと、ジェニファーが軽いため息をついた。

「ダンから送られてきたウイルス、何だったの。メモが入ってたでしょ。見たのよ。私にも知る権利がある」

ジェニファーが思い出したように聞いてくる。

「細胞サンプルの検査依頼のメモだ。CDCには十分な装置があるのをダンは知ってる」

「あなたは嘘《うそ》がつけないと言ったでしょ。ただの検査なら、あなたに頼まない。CDCに直接送ればいい。あるいは大学の研究所でもできる」

ジェニファーがカールを見つめている。

「きみもパルウイルスを見ただろう。青いウイルスだ。CDCからの報告はまだなのか」

「Aウイルスでも Sウイルスでもない、パルウイルスね。あんなに大きなウイルスは初めて」

「あんな青のウイルスも初めてだ。遺伝子のわずかな違いで、大きさ、形などすべてが変わる。人間に対する致死率、感染力ともに、格段に強くなっているかもしれない。すでにヒト・ヒト感染も可能かもしれない。そうでなければダンは送ってはこない。P4の指示もあった」

「ダンには連絡してみたの。メモには他に書いてなかったの。どこで手に入れたか。なんのためにあなたに送ったか」

「あったのは、すぐに廃棄しろというメモだけだ」

「検査依頼は嘘なの。ダンはあなたに、廃棄してもらいたかっただけ。だったらあなたは何のために検査したの」

ジェニファーの声と表情には真剣さが滲《にじ》み出ている。

「僕はゴミ箱じゃない。送られてきた以上、調べたくなるのが科学者の本能だ。彼も僕が調べるのが分かっていた。きみだってそうしたはずだ」

ジェニファーはそれ以上何も言わず、視線を町に移した。

「で、もう検査結果は出たんだろ。パルウイルスの」

「サンバレーが落ち着いたらやるそうよ。それまでCDCが厳重に保管している」

カールの精神に得体のしれない不安が湧き起こってきた。CDCの対応としては普通ではない。それとも、本当にサンバレーの感染対応で手一杯なのか。ダンはカールに何かしてほしいのではないか。無言のメッセージを送ってきたのではないか。

カールの脳裏には三つ目のウイルスが膨れ上がってくる。このウイルスは今まで見たものより遥かに危険なものかもしれない。だからダンはカール宛に送ってきた。「ウイルスはもっとも強力な兵器ともなりうる。それは歴史が物語っている」これもダンの言葉だ。

「ダンはどこであのウイルスを手に入れたのかしら」

「頼みがある。明日の朝、サンバレー空港からCDCの専用機がシアトルまで出る。その飛行機に僕が乗れるように手配してくれ」

カールはジェニファーの問いに答えず言った。

「ダンはシアトルにいるの」

「シアトルからアンカレジ経由でシベリアに行く。ダンはシベリアにいた」

カールは確信を込めて言った。

「なんで分かるの」

「すべての始まりはマンモスだ。マンモスはシベリアで眠っていたが、ニックたちがその眠りを覚ました。僕はもう一度、アンカレジに行ってみる。マンモス接触者の抗体を調べたい」

「アンカレジでは、感染者がもっといたはずだというの。無症状者が」

「分からない。大事なことは、ウイルスを特定し、宿主とウイルスの関係を探り出して根元を絶つことだ」

「サンバレーはどうなるの。感染はまだ続いている」

「終息は近いと言ったのはきみだ。市や州の衛生局の職員がいる。ＣＤＣのメンバーだっている。全員優秀で、熱意を持っている」

「私はここに残って、もう少し様子を見る」

カールは開きかけた口を閉じた。一緒に来てほしい。しかし、ここにはまだジェニファーが必要だ。

もう一度海に目を向けると、カールは階段に向かった。

# 第四章　太古のウイルス

## 1

翌朝、カールはＣＤＣの専用機に間に合うように、まだ暗いうちにホテルのロビーに降りた。ソファから人影が立ち上がった。ジェニファーだ。

「ＣＤＣの本部から新しいチームが到着した。ここの仕事は私でなくてもできる」

「アンカレジでは危険な仕事になる。きみには必ず報告する」

「ＣＤＣの専用機が、私をシアトルからアンカレジの支部まで送ることになっている。私が行かなければ、飛行機はそのままニューヨークに行く。アンカレジには半日は早く着けるんだけど」

カールは黙ってジェニファーの荷物を担ぎ上げた。

ホテルの前の道路にはＣＤＣの車が止まっていて、スティーブ・ハントが運転席から顔を出した。

「ここは任せてくれ。我々の努力でウイルスの封じ込めは成功している。終息までは時間の問題だ。抗ウイルス薬の開発も進んでいる。今はワクチンまでは考えなくていいというのが上の結論だ」

二人が車に乗ると、スティーブが言う。我々という言葉に力を込めている。

「アンカレジ経由でシベリアに行くつもりでしょ。何を調べるの」

カールの反論を封じるようにジェニファーが話し始めた。

「ダンはシベリアで何かを見つけた」

これはすでにカールの中で確信になっている。しかしその先が分からない。

「マンモスが掘り出された場所に行くってことね。場所が分かったとしても、どうやって調査隊を組織するの。二人じゃ――」

「掘り出しに行くんじゃない。調査に行くんだ。掘り出された場所に行って、土壌や状態を調べる」

「マンモスを調べるなら、わざわざシベリアまで行くことはない。シベリアはロシア、外国だ。サンバレーのマンモスを調べればいい。Sウイルスの宿主だ」

二人の話を聞いていたスティーブが言う。

「もう調べた。遺伝子配列まで分かってる。二種類のウイルスについてはね」

「別のウイルスがいるということか。聞いてないぞ」

カールは答えない。パルウイルスがどんなものか分からない。しかし、本能的に感じるのだ。何としてもパルウイルスが広がることは阻止しなければならない。おそらくダンもそう感じたのでカールに送ってきた。

「好きにしろ。こっちは僕に任せろ。連絡は怠《おこた》るな」

スティーブの能天気な声が返ってくる。

CDCの専用機は、サンバレー空港からシアトル経由のニューヨーク行きだった。それをジェニファーがCDCアンカレジ支部にサンバレーの資料を届けるという理由で、アンカレジにも行くことになったのだ。

飛行機はすでに荷物の積み込みが終わっていた。ジェニファーたちが乗り込むとすぐに離陸した。サンバレー空港からシアトルまでは二時間半かかる。シアトルで荷物を下ろして一時間後にアンカレジに向けて出発した。三時間半のフライトだ。

飛行機の中でカールがタブレットを見ていると、ジェニファーが覗《のぞ》き込んでくる。

「マンモスはサハ川の近くで発掘されたと聞いている。行き方を調べてる」

「サハ川と言っても、長いでしょ。どの辺りなの」

「正確な場所はまだつかんでない」

「そんなことも分からないのに、私を連れてきたの」

勝手についてきたんだ、と言いかけたが我慢した。

「知ってるのか。シベリアのマンモスの遺体が出そうな所」

「ニックたちを運んだパイロットに聞くしかないんじゃないの」

「僕もボブを探すのが一番だと考えている」

シアトルを離陸した飛行機はカナダの海岸線を飛んで、アンカレジに向かった。アラスカ湾に入ると、眼下には白い景色が目立ち始める。

飛行機はアンカレジ市内の北にあるエルメンドルフ・エアー・フォース基地の飛行場に着陸した。

「テッド・スティーブンス・アンカレジ国際空港じゃないのか」

「贅沢《ぜいたく》言わないで、同じ市内なんだから。民間飛行場だと離着陸が自由にならないのよ」

二人は空軍の飛行場からタクシーでホテルに向かった。

カールとジェニファーはホテルに荷物を置くと、テッド・スティーブンス・アンカレジ空港に向かった。酒場に行って、ボブに会うためだ。ボブは前と同じ席に座って、仲間たちとウォッカを飲んでいた。

「また、探し物か」

「今度は頼みごとだ。シベリアのマンモスを掘り出した所に行きたい」

ボブは飲みかけたグラスをテーブルに置いて、カールを改めて見た。

「冗談だろう。俺《おれ》の話を聞いても、飲み代しかくれなかっただろう」

ボブはカールを睨《にら》むように見ている。

「マンモスはどこで見つけた」

カールはタブレットをテーブルに置くと、マップを開いてシベリアを表示した。タブレットをボブに向けると、彼は地図の一点を指した。

「正確な場所なのか」

ボブがスマホを出して写真を見せた。シベリアの航空写真と凍土壁の写真だ。一枚の写真には凍土の崖《がけ》からマンモスの牙《きば》が見えている。

「正確な場所はどこだ」

ボブがスマホを操作すると緯度と経度が現れる。

「その写真を僕のタブレットに転送してくれないか」

ボブは黙っている。ジェニファーが二十ドル札を二枚テーブルに置くと、ボブがカールを見た。その上にカールがさらに二枚置くと、ボブがスマホを操作した。カールのタブレットに写真と位置情報が現れる。

「ここに連れて行ってほしい」

「あんた、気は確かか。自分が何を言ってるか分かってるのか」

ボブがカールを覗き込んでくる。アルコール臭い息にカールは思わず息を止めた。

「あんたはマンモスハンターのガイドなんだろ。僕たちはマンモスが発掘された現場に行きたい」

「簡単に言うな。正規ルートだと、アンカレジの空港から極東シベリアのアナディル空港に飛んで、そこからセスナでジュグジュル山脈を越えて、レナ川に沿って飛ぶ。歩くと何日もかかる。天候によっては遭難する危険もある」

「あんたは何度も行ったんだろう。最短ルートを知ってるはずだ」

「国境はどうする。あんたら、ビザは持ってるのか。密入国になるぞ。捕まれば、国際問題だ。シベリアの刑務所はつらいぞ」

「空に国境線は引いてなかったんじゃないのか」

「極東シベリアまで飛ぶとなると、百ドル、二百ドルの話じゃない。その十倍は必要だ」

男の言葉にカールは小切手帳を出した。

「今どき、そんなものを使ってるのか。俺たちは現金しか受け取らない」

「CDCの小切手じゃダメなの。私のサインで決済ができる」

「ここはまだまだ田舎なんだ。キャッシュの力は大きい」

カールはリュックの底から封筒を出し、ボブの前に置いた。

「三千ドル入っている。これで全部だ」

ボブはあわてた様子で手で覆い隠すようにして紙幣を数えた。ポケットに入れると顔を上げてカールを見た。

「装備はどうする。スニーカーとパーカーにコートじゃ、いくら厚めのものでも五分と持たないね。彼らは何日も用意をして、現場に向かうんだ。着いたらテントを張ってベースキャンプを作る。そこから永久凍土が融《と》け出している場所を探す。いちばん探しやすいのは崖になって、凍土壁がむき出しになった場所だ。マンモスの牙が飛び出してる。ただし、運が良けりゃあの話だ」

「悪ければどうなるの」

ジェニファーの声にボブは視線を彼女に向ける。

「マンモスの代わりに、凍ったあんたたちが見つかるわけだ。あんたら、二人で心中しに行くわけでもないんだろ」

「今日、装備はそろえる。必要なモノを教えてくれ」

ボブは仲間たちに目を向けた。みんな笑いをかみ殺している。

「極地用の防寒着と靴だ。テントは用意しておく。食料は三日分用意する」

「二日分にしてくれ。僕たちは小食なんだ。それに、この近くには町があるだろ」

ボブはカールの指した先を見て、大げさに肩をすくめた。

「それで計画は?」

「まずレナ川の流域に連れて行ってくれ。きみたちがここまで運んだマンモスが出た場所だ。僕たちと荷物を下ろし、帰っていい」

「帰りはどうする。この季節、シベリアの夜は白クマだって凍死するぞ」

「電話する。待機していてくれ」

「スマホは通じなかったぜ。前に行ったときはな」

カールはテーブルに携帯電話を置いた。衛星電話だ。ボブの顔から笑みが消えた。

「あんたら何者だ。ヤバい奴《やつ》らじゃないだろうな」

「カール・バレンタイン。マンモスハンターじゃないが、興味を持ってる。帰ってきたときにまた同じ額を払う」

カールがジェニファーを見ると、彼女があわてて頷《うなず》く。

「契約成立。出発は明日の朝六時だ」

ボブが手を出した。カールはその手を握った。氷河のように冷たく硬い手だ。


「相変わらず、行き当たりばったりね」

帰りの車の中でジェニファーが言った。

「怖いのか。だったら残ってもいいぞ」

「あの衛星電話、CDCのものでしょ。黙って持ってきたの。それって、窃盗に当たる」

「リュックに入ってたんだ。返すのを忘れてた。今度、行ったときに返す」

「サンバレーのCDCでは、今ごろ大騒ぎよ」

「衛星電話どころじゃないだろ。僕が消え、ジェニファーも消えてしまった。感染対策で大忙しだ」

「あれでよかったのかしら。確かに感染終息の道筋は付けたけど」

「CDCをもっと信頼すべきだ。スティーブの顔を見ただろ。さっさと消えろと言ってた」

「彼、自信に溢《あふ》れていた。最終報告書を読むのが楽しみ。自画自賛に溢れてるんでしょうね。でもいちばん無責任なのはあなた。私は一週間の休暇届を出してきた」

ジェニファーが軽いため息をついた。

「帰りにボブが来なかったらどうするの。シベリアで助けを求めても、アメリカ海兵隊は来てくれないわよ」

「ロシアの連邦保健省に友人がいる。ニューヨークの学会で知り合った。一緒に飲んで、自由の女神を案内した。ロシアに来た時は、必ず連絡してほしいと言ってた」

「少しは成長したのね」

ジェニファーの顔にホッとした表情が現れた。

「でも夜はどうするの。シベリアはこの季節、マイナス三十度。昼間でよ」

「近くでガスポルト社の天然ガス田の開発が進んでいる。その作業員が全ロシアから集まって、二千人あまりの町ができている」

カールはタブレットで、極東シベリアの地図を開いた。ボブが指した地点から四十キロほどの所にチェレムレフカという町がある。

「あなた、意外と金持ちなのね。ボブに渡した現金」

ジェニファーが思い出したように言う。

「ニックから受け取った遺伝子合成の謝礼の一部だ。損傷の激しい遺伝子だった」

「芸は身を助けるか。いくらもらったの。額によっては、私も転職を考える」

「三万ドルだ。それでも少ないくらいだ。十時間の拘束だ。だがかなりオーバーした」

ジェニファーが大げさに両腕を広げた。

「ニックは何をやりたかったんだろ。それほどの大金を使って」

改まった表情で考え込んでいる。

「マンモスの復活だ。それ自体は悪くはない。しかし、もっと用心すべきだった」

カールが強い口調で言った。

半日かけて防寒着と靴をそろえた。

ホテルへの帰りに、アンカレジの中心にある〈アラスカ自然博物館〉に行った。シベリアとアラスカについてできる限り知っておきたかった。

アラスカ州の歴史と地理を紹介する博物館だ。アンカレジなどの都市、州の多くを占める針葉樹林、永久凍土、まだ残る氷河、そして先住民の歴史と現在を紹介している。さらに、シベリアからアラスカへベーリング陸橋を渡ってきたマンモスの骨や牙、マンモスを追い、狩猟していた古代人の遺跡や、生活様式が展示されていた。ヘラジカやクマの剝製《はくせい》、クジラの骨格標本もあった。

博物館はひっそりとしていた。冬のアンカレジを訪れる観光客は少ない。来館者はカールとジェニファーの他、数人だけだった。二人は時間をかけてゆっくりと見て回った。永久凍土から掘り出された全長四メートルもあるマンモスの牙が展示されている。

「最近は永久凍土が融け出して、大地深く埋まっていたマンモスの牙や骨が大量に出てきています。すべては地球温暖化のせいです」

声に振り向くと初老の男が立っている。

「アラスカに興味がありますか。それともマンモスの方ですか」

「両方です。私たち、シベリア旅行が夢なんです。シベリアの大地でオーロラを見たい」

ジェニファーが笑みを浮かべて答える。

「はるか昔、シベリアとアラスカは陸続きでした。やがて大陸が移動し海ができました。ベーリング海峡です。三万年前には氷河期がきて海水面が下がり、シベリアとアラスカは再び歩いて渡れるようになりました。しかし、今では氷が融けてまた海になった。我々人間には想像できない時間をかけて、大地は変化しています。地球は生きているのです」

初老の男はサミュエルと名乗った。博物館の元学芸員で、退職してからはボランティアとして毎日来ていると話した。

「現在、問題となっているのは、地球温暖化です。年を追うごとに温暖化は激しさを増し、アラスカとシベリアから雪と氷を奪っていく」

地図を示しながら説明した。

「永久凍土やマンモスに興味を持つアメリカ人は、あまり多くいないというのが現状でしてね。ただ、永久凍土の融解でマンモスの牙の発掘が騒がれ始めてからは、この博物館に興味を持つ人も増えてきました。来館者も増えつつある。ただし、冬場は日に十人ほどですがね。来てくれた方にはアラスカをもっと知ってもらいたい」

カールはふと思いついて、スマホの写真をサミュエルに見せた。

「彼は僕の友人です。マンモスに興味を持っているのでここに来ませんでしたか」

サミュエルはメガネを外して顔を近づけ、写真を拡大したり元に戻したりしている。

「十年近く前の写真です。ずいぶん変わっていると思います」

「彼だと思います。髭《ひげ》を生やしていましたが、目の辺りが――間違いなく彼です。私の話を熱心に聞いてくれた人は覚えているんです」

サミュエルは確信するように大きく頷いている。

「来たのはいつですか」

「かなり前から何度も来てますよ。最近は――」

サミュエルは考え込んでいたが顔を上げて二人を見た。

「もう、ひと月近く前になります。港の倉庫が燃えた日だったから」

カールは思わずジェニファーを見た。彼女も驚きを隠せない表情をしている。あの日、ダンもアンカレジにいた。カールの脳裏に炎と煙を上げる倉庫が甦《よみがえ》った。あの中には子供のマンモスがいた。

「何に興味を持ってましたか。やはりマンモスですか」

「どの時代にどのくらいの期間、生息したのか。どこで生まれ、何を食べ、どのように生活していたのか。最後はどうなったのか。かなり知識はあったようですが、あえて私に聞いている感じでした。自分の知識を確認していたのかもしれません」

「彼はなぜマンモスについて調べているか言ってませんでしたか」

「最初は質問が主でした。私もかなり緊張して答えました。いいかげんなことは言えない。

そういう雰囲気の方でした。でも何度も会っていると、次第に打ち解けてきました。しかし、プライベートなことは話していませんね」

「ウイルスについては、なにか言ってませんでしたか」

「モリウイルスですか」

サミュエルは即座に口に出し、カールを見つめた。

「それも含めてです」

サミュエルは視線を落とし考え込んでいたが、顔を上げた。

「直接には言っていません。ただ、二〇一六年にはシベリア凍土から溶けだしたトナカイの死体から、炭疽菌《たんそきん》が拡散した話をしていました。二千頭以上のトナカイに感染して一人の少年の命を奪いました。凍土の融解は、まさに感染症の時限爆弾なんです、と彼は言ってました」

カールは息を吐いた。ダンが学生時代から言い続けている言葉だ。

「だから人間はもっと慎重になるべきだ、とも言ってました。技術革新は人間の知性を超えて進んでいる。これから地球は大きく変わっていく。その過程で、今まで出会ったことのない問題も起こる。コロナがいい例だとも」

これもダンらしい言葉だ。サミュエルはさらに続けた。

「氷河の話もしていました。最近、世界的に氷河の後退が進んでいます。年間数メートルの後退ですが、年月が重なれば無視できない距離になります。アラスカ北部、特に山岳部の氷河の融ける速度が上がっています。アラスカ、シベリアの先住民、エスキモーについても、彼はずいぶん気にしていました。私にも昔と違ったことがあれば教えてほしいと」

「昔と違うことはありますか」

「すべてです。ここ数年、その違いはますます激しくなっています。特に平均気温の上昇、冬場の降雪量と北極海の流氷の減少、湖の氷の厚さや凍り始める時期もです。彼は熱心に聞いていました。質問もしました。アラスカとシベリアの永久凍土の状態、マンモスについての最新研究、それに、アラスカやシベリアの氷河の後退状態についてです」

サミュエルは一語一語、嚙《か》み締めるように話した。やはりダンはマンモスを追っている。その過程でパルウイルスを見つけたのか。カールの動悸《どうき》が早くなった。冷たい汗が滲《にじ》むのが分かる。ジェニファーが不安そうな顔で見つめている。

「彼が今、どこにいるかご存じありませんか」

サミュエルはカールの様子を見て驚いた表情をしている。

「彼は旅行者のようでした。大きめのデイパックを持ち、ウォーキングシューズを履いていました。どちらも、かなり泥に汚れていました」

「どこに行ったか、あるいは行くか言っていませんでしたか」

サミュエルは首を横に振った。カールのスマホが鳴り始めた。

〈明日の朝、午前五時出発だ。一時間早める。空港まで来てくれ。時間厳守だ〉

それだけ言うと電話は切れた。カールはボブの言葉をジェニファーに告げた。

二人はサミュエルに礼を言って博物館を出た。

「ダンも博物館に行った。その後、シベリアのマンモスの発掘現場に行ったんだ」

「そこで、あのウイルスを手に入れた」

ホテル近くのレストランで早めに食事を済ませると、ホテルに帰った。

## 2

眼下には荒涼としたシベリアの大地が広がっている。

カールとジェニファーは、ボブが操縦するセスナに乗っていた。アンカレジからベーリング海峡を渡り、極東シベリアの上空に入った。

視野の半分が雪原で、残り半分が黒っぽい永久凍土が露出している土地だ。この永久凍土に近年、異常が起きている。地下のメタンハイドレートが融け、気体となったメタンガスが大地を突き抜けて噴出している。メタンの温室効果は二酸化炭素の二十五倍だ。このまま温暖化が進むと、回復不能になると言われている一因でもある。

カールは膝の上に置いたタブレットの地図と眼下の光景を見比べている。

「凄い大地だろ。地球上に未知の地域はないというのは大嘘だ。人は表面だけ見て、納得した気になる。しかし、その一ミリ下はまだまだ未知の世界が広がっている」

ボブが妙に達観したように言う。二人はボブの夜と昼間の違いに驚いていた。

「どこまでも同じ風景だ。緯度と経度のみで飛んでるんだろ。この飛行機にGPSはついてるのか」

今朝、飛行機を見たときには驚いた。数十年も前のセスナ機で、機体の至る所に錆《さび》が浮いている。

「任せておけ。もう、何度も来ている。それにこれがある」

ボブが胸ポケットからスマホを出して振った。電波は届くのか。昨夜、彼が言っていたことだ。

セスナはレナ川に沿った小さな町の飛行場に着陸した。そこでセスナからヘリに乗り換えた。

一時間ほど飛んでヘリは高度を下げ始めた。下には小さな川が流れている。垂直にそそり立つ凍土壁から融け出した水が集まり、細い流れを作っている。

「あんたらが行くところは、着陸地点から徒歩で二時間のところだ。これから上空を飛ぶからよく見てるんだ」

「そこまで連れてってくれないの」

「ヘリが降りられない。断崖《だんがい》と泥水の大地だ。あんたらが飛び降りるのなら問題ないが」

崖の下には所々に半分泥水に浸《つ》かった洞窟《どうくつ》がある。

「あの穴の一群を見ろ。二万年以上前から埋もれていたマンモスの牙や骨が出てきている。

この辺りはマンモスハンターにとっちゃ宝の断崖だ」

「あんたが運んだアンカレジのマンモスの遺体はどこから出たんだ」

ボブが指さす先の崖に、高さ二メートルほどの亀裂《きれつ》が見える。ヘリが高度を下げていく。

「あの亀裂が洞窟に続いている。穴に入って数メートルのところだ。一頭はそこから掘り出した。もう一頭はその横に寄り添うように埋まっていた。兄弟なんだろ」

カールは二頭のマンモスを思い出していた。マンモスは普通一頭しか子供を産まない。

だが口には出さなかった。ジェニファーも窓にしがみ付くようにして見ている。

「地形を頭に刻み込んでおけ。これから着陸地点に行く。帰りは連絡をくれれば、迎えに来る」

ヘリは再度、崖の近くを飛んで高度を上げていった。五分後には、川のそばの雪原に着陸した。


カールとジェニファーはリュックを背負って歩き始めた。雪原と岩場で歩きにくい。ボブは二時間もあれば洞窟に着くと言ったが、この土地に慣れた者の歩みだ。

「もっと、急げないの。昼前には着きたい」

ジェニファーが振り向いて、カールを促す。

昼前にはヘリから見た凍土の崖に着いた。崖から融け出した水が集まり、流れを作っている。その流れがさらに集まり、レナ川に流れ込んでいるのだ。

ジェニファーは休むことなく、崖を調べ始めた。いたるところに洞窟がある。

「もっと詳しく場所を聞いておくべきだった」

「夏にはボーンラッシュで、この辺りは多くのマンモスハンターが牙や骨を探しに集まるらしい。西部劇時代のゴールドラッシュと同じだ。ニックもその一人だったんだろう」

カールは壁の大きなくぼみに近づいた。ボブの言葉にあったような亀裂だ。

「ヘリから見たのは、この辺りの洞窟の一つね。どれだったか覚えてるの」

「どの洞窟からもマンモスが出てきそうだ。ついでにウイルスもね」

ジェニファーがスマホを出して崖と写真を見比べている。ヘリから崖の写真を撮っていたのだ。やがて崖の裂け目の一つを指さして、崖の方に歩いていく。

カールは腰をかがめて中を覗き込んだが、暗くて何も見えない。

突然、光が穴の壁面を照らした。ジェニファーが懐中電灯で壁面をなぞっていく。

「何が出てきても当然って所ね。マンモスやウイルスを含めて」

カールは穴の壁を調べていたが、リュックから土壌の採集キットを出した。

「この辺り、大丈夫なの。ウイルスで汚染されてないの」

「ウイルスが生き残っているのはマンモスの体内だけだ。体外に出ると生きていけない」

カールは言ったが、土壌の中に生息しているウイルスもいるはずだ。

三時間あまりかけて、数十の場所から土壌サンプルを取った。運がよければ、マンモスの体内で生息していたウイルスの痕跡《こんせき》が見つかるかもしれない。

「ダンもこの辺りに来たのかしら」

ジェニファーが辺りを見回しながら言う。

「可能性は高い。パルウイルスはマンモスの体内にいたウイルスに酷似している」

何げなく言った言葉だが、妙な真実味を伴って聞こえる。

洞窟の前で昼食をとって、さらに二時間ばかり調査した。骨と牙の欠片《かけら》は掘り出したが、マンモス自体は見つからなかった。

「もう諦めましょ。土壌サンプルは十分に採取した。町まで三時間でしょ」

ジェニファーの言葉で穴の外に出た。午後三時すぎ、陽《ひ》は沈みかけている。


歩き始めて一時間ほどで陽は沈み、辺りは暗くなっている。

カールは懐中電灯をつけて、林の中を歩き続けた。ジェニファーは何も言わずについてくる。やがて雪原に出た。雪原の中を半分雪に埋もれた黒い筋が貫いている。道路だ。

「この道路が町まで続いている。一時間ほど車で走るとチェレムレフカがある。今夜はそのホテルに泊まる」

「車で一時間ほどって、歩くとどのくらいかかるの」

カールは答えず、道路の横にリュックを置いてその上に座った。

チェレムレフカはシベリアで働く労働者の町だ。半径百キロ以内に石油、天然ガスの鉱山がいくつかある。そこで働く者たちが住んでいる。

人口は二千人ほどで、住宅を中心に郵便局や学校もある。スーパーマーケット、ホテル、レストランや飲み屋などもネットには載っていた。ただし、どれも一軒だけだ。

「この町にはモスクワ大学のシベリア研究所もある。シベリア一帯の動植物や地質、地下資源を調べている研究施設だ」

「大学については初めて聞く話よ。なんで今朝、アンカレジを出るときに言ってくれなかったの」

「きみは聞かなかっただろ」

ジェニファーがため息をついた。カールは時計を見た。遠くから車のエンジン音が聞こえてくる。二人はその音の方に目を向けた。

視線の先に光の点が現れ、その点は見る間に大きさを増してくる。カールは立ち上がり懐中電灯をつけて振った。

「迎えの車だ。ホテルに頼んでおいた」

車は二人の前で止まった。年代ものの日本車だ。運転しているのは老人だ。おそらく七十はすぎている。二人が車に乗ると走り始めた。

一時間ほど走ると闇《やみ》の中に光の点が現れ、徐々に明るさを増し広がっていく。やがて家々の形になり、車は町中に入って行った。チェレムレフカに着いたのだ。車はホテルの前に止まった。

# 3

カールの部屋はジェニファーの隣だった。窓からは町を貫く通りが見える。その両側にスーパーマーケットやレストランが並んでいる。

カールの部屋で、採取してきたサンプルの整理をした。すぐにでもウイルスの有無を確かめたかったが、実験室も道具もない。

「明日もう一度、永久凍土の崖に行ってみよう。何か見つかるかもしれない」

「マンモスのことを言ってるの。ニックたちはおそらく、何年もかけて調査してやっと見つけたのよ。私たちがふらりと行っても見つかるわけがない」

ジェニファーの声と言葉には棘《とげ》がある。疲れているのだ。

夜の十二時近くになって、二人はホテル近くのレストランに行った。食事をしていると、二人の若い男女が近づいて来て、カールたちの前で立ち止まった。

「あなた方、アンカレジから来たアメリカ人ですか」

男が流暢《りゅうちょう》な英語で聞いてくる。

「何で知ってる」

二人は顔を見合わせて頷き合っている。

「ホテルのオーナーに頼まれました。あなた方を迎えに行った老人で、僕の伯父です。真冬にカップルで来るアメリカ人がいるが、どういう奴か調べてくれって。最近はヤバい奴らが多いからって」

「あなた方、マンモスを探しに来たんですか」

女性がジェニファーに聞いた。

「そうよ。先月、二頭の子供のマンモスが見つかったでしょ。詳しく調べたいの」

「やっぱり嘘《うそ》じゃなかっただろ。この時期にマンモスを探しに来るバカなアメリカ人がいる。しかも男女だって。伯父さんが言ってた通りだ」

「マンモスより、マンモスを探していた人間たちの後を追ってる。彼らはひと月あまり前、状態のいい子供のマンモスを二頭見つけた。僕の知り合いなんだ」

「だったらなぜ、あの辺りを調べるんです。道路から北側の凍土壁を調べてたんでしょ」

「私たちをヘリで連れてきてくれた人に聞いた。彼はマンモスをアラスカまで運んだ」

「その人は嘘を言ってる。その二頭のマンモスが発見されたのはあそこじゃない」

カールはナイフとフォークを皿に置いて、改めて男を見た。ジェニファーも驚いた顔をしている。

「なんできみたちが知っている」

「僕たちも発掘に同行しました」

カールがジェニファーを見ると、彼女も驚きを隠せない表情をしている。

「座りなさいよ。好きなもの頼んで。ウォッカでもいいわよ。話が長くなりそうだから」

「僕はアルコールはダメなんです。スビテンをお願いします」

ジェニファーとカールは顔を見合わせた。ウォッカを飲まないロシア人がいるのかと驚いた。

「私はウォッカをお願いします」

生真面目そうな顔をした女性が言う。

突飛な話だったが、二人の様子から嘘を言っているようには思えなかった。少なくとも、ボブよりは信じられる。

「僕はレオニード・イスヤノフ、彼女はルドミラ・オスペンスカヤです。僕たちはモスクワ大学、生物資源学科の大学院生で、シベリアの生物研究をしています。現在はここのシベリア研究所で博士論文を書いています」

レオニードは自己紹介をして、カールたちに視線を向けた。

「私たちはCDCの者。アメリカからマンモスについて調べに来てる」

ジェニファーが慎重に言葉を選びながら話し始めた。CDCの単語を聞いて、二人の顔付きが変わった。レオニードがカールを見ている。

「あなたはカール・バレンタイン教授じゃないですか。CDCで、コロナ対策を担当していたメディカルオフィサー」

「あなた、すっかり有名人ね。シベリアの若者にまで知られてる」

ジェニファーが大げさに眉《まゆ》を吊《つ》り上げて笑いをこらえている。

「教授の本は読みました。『遺伝子、その生命の起源』は僕のバイブルです。あとでサインを――」

「分かった。なんでも言うことを聞くから、まずきみたちの真実を聞かせてくれ。発掘現場の真実だ」

カールはレオニードの言葉を遮るように聞いた。

「ひと月ほど前、すごく割のいいアルバイトに参加しました」

「それがマンモスの遺体発掘ということね」

「できる限り原形のまま掘り出すことにこだわっていたので、僕らが採用されました。マンモスハンターは荒っぽいですから。牙さえ手に入ればいい。永久凍土からの発掘は慣れてるんです。でも、これは内緒にしておくようにと念を押されました。あの場所は貴重だからって」

ボブが違う場所を教えたのも、マンモス発掘の有望な場所を知られたくないためか。確かに金になる場所だ。

何年も前から、永久凍土の融解が進んでいる。それに伴って、氷河期のマンモスやトナカイ、ヘラジカを含めて、骨や牙が永久凍土の中から姿を現している。それを目当てに、世界中から人が集まるようになった。最近ではロシア政府もその価値に気付き、国外への流出を防ぐのに力を入れている。

「どんな奴に頼まれたんだ」

「ニックと呼ばれていた男がボスでした。それと髭を生やした男。この二人は知り合いみたいでした。時々言い争っていました。後はボブと呼ばれていたヘリの操縦士です。その他に二人の男たちがいました」

「きみたちを入れて七人のチームか」

「みんなそれぞれ役割があって、僕らは二日かけてマンモスを掘り出しました。二頭とも僕が見た限り、最高の保存状態でした。一頭は下半身がありませんでしたが。彼らは、このマンモスの遺伝子からクローンを作るんだと話していました」

「送り先は知らないのか」

「一頭はアンカレジです。もう一頭は知りません。掘り出したマンモス二頭はその場でできるだけ現状維持ができるように梱包《こんぽう》されました。ヘリでセスナが離着陸できる場所まで運ぶと言ってました。掘り出した日にヘリが来て、運んで行きました」

「きみたちが行った場所を正確に教えてくれ」

カールはタブレットを出すと、チェレムレフカ近辺の地図を表示して二人の前に置いた。

二人はしばらく話し合っていたが、頷き合うと、レオニードが地図上の一点を指さした。

「ここです。この町から北に雪上バイクで二時間というところです」

今日、土壌採取した場所からは三十キロ以上離れている。

「あまり発掘が進んでいない場所です。まだ永久凍土がそれほど融け出していないので、発掘に慣れた者しか行きません。それに発掘の専門家も必要です」

「だから、生物学者の卵のきみたちが選ばれた。発掘の現場にはよく出てたのか」

「一年の三分の一はフィールドワークです。夏はマンモスハンターの手伝いで学費を稼ぎます」

「でも、ニックたちはあんな保存状態がいいマンモスをよく見つけることができたね」

　ジェニファーが聞く。

「現地人が偶然見つけて、彼らに知らせたのでしょう。もちろん、ただじゃありません。大金が動いています。ここらでは、そういう話はよく聞きます」

「きみらはなぜ、その話を我々にする気になった」

「あれ以来、ネットの記事には注意していました。アンカレジの倉庫の爆発、炎上。ネットではナショナルバイオ社の関係を匂わせている記事もいくつかありました。ニックさんはその会社の副社長なんでしょ。彼らの話を聞いていれば分かります」

　ルドミラが震えるような声で言い、ポケットから折り畳んだ紙を出した。アンカレジの冷凍倉庫の火事のネットニュースをプリントアウトしたものだ。

「それに、アメリカ西海岸の町で新しい伝染病が出たんでしょ」

「どちらにも、マンモスの話は大きくは出てなかったはず」

「ニック・ハドソンという名前と写真が出てました。マンモスを掘り出した時のリーダーに間違いありません。ナショナルバイオ社の副社長。彼、亡くなったんでしょ。ウイルスに感染したと書いてありました。マンモスのウイルスじゃないんですか」

二人の顔には怯《おび》えに似た表情が見える。

「あなたたちは大丈夫よ。発掘した日からひと月以上たってる。潜伏期間は、せいぜい数日。ニックは発掘時に感染したんじゃなくて、アンカレジで細胞組織を採取した時に感染したのだと思う。感染は主に接触感染。この辺りに発症者はいないでしょ」

二人はホッとした表情で顔を見合わせた。

「我々をその発掘場所まで連れて行ってくれないか。もちろんお礼はする」

「ウイルスがいるんじゃないですか。今日は土壌採取をしたんでしょ。ウイルスの有無を調べるために来たんですよね」

「そうだ。重要な仕事だ」

「アンカレジから、ボブさんのセスナで来たということは、入国手続きは省いてる。密入国でしょ。ＣＤＣの人なら、なぜ正規のルートで入国しなかったんですか」

「時間がなかったし、理由を話すと断られる可能性が高い。外国人を入れるより、まず自分たちで調べたいと思うだろうから」

今度は二人はロシア語で話し始めた。真剣な表情で時折言い争いのようになる。レオニードが賛成、ルドミラが反対らしい。しばらくして、レオニードがカールに向き直った。

「僕たち、いずれはアメリカに留学したい。その時、力になってくれますか」

「モスクワ大学のチェレムレフカ施設の利用を手配してくれれば、喜んで力になる」

カールが答えると、ジェニファーが目を吊り上げている。

「もちろん、僕らは誰《だれ》にも言わない」

レオニードは再度、ルドミラと話していたが、カールの方を見て頷いた。

一時間ほど話して別れるとき、レオニードがメモ用紙をカールの手にさり気なく滑り込ませた。

「僕のメールアドレスです。あとで破棄してください。電話はしないでメールで連絡してください。CDCの職員ということは、明かさないで。この国は色々あるんです。目立たないことがいちばんです」

「あなた方、恋人ですか」

二人を見つめていたルドミラが唐突に聞いた。レオニードが驚いて肘で突《つつ》いたが、ルドミラは二人から目を離さない。

「違うわよ。大学の時、同じ研究室だったし、CDCで一時、一緒に働いていただけ」

「うそ、恋人同士に見えます」

そう言うと立ち上がり、頭を下げて歩き始める。レオニードが慌てて追いかけて行った。

## 4

まだ辺りは完全な闇だ。今日の日の出は午前九時五十分だ。

カールとジェニファーがロビーに降りると、レオニードとルドミラが待っていた。二人とも防寒服にゴーグルをつけている。カールたちもレオニードに言われて、昨夜、閉店していたスーパーに頼み込んで買ったゴーグルを持っていた。

外に出ると、スノーモービルが二台止めてある。普通よりもかなり大型だ。

「六百ccです。スピードも出ます。大学でフィールドワーク用に買ってもらったものです。今回も調査という名目で借りてきました」

カールはレオニード、ジェニファーはルドミラの背後に乗った。

スノーモービルは時速百キロ近いスピードで雪原を走った。防風ガラスはついているが、回り込んだ風を受けて、身体《からだ》はしびれるほどに凍っている。カールはレオニードにしがみ付いていた。レオニードはカール以上に風を受けている。ジェニファーもルドミラの背中にぴったりと身体を付けている。

三十分ほどでスノーモービルのスピードが落ち、止まった。

「三十分、休憩します。あと一時間で着きます」

カールはタブレットで位置を確かめてから、二人にサンバレーの状況を含めて説明した。

「世界はコロナウイルスによるパンデミックで多くを学んだ。そのおかげで、今回のウイルスはサンバレーで封じ込めることができた。このロックダウンが破られて、ウイルスが世界に広まっていたら、コロナ禍以上の惨劇が起きている」

「完全に終息したんですか」

「感染者は減っていた。我々はできるだけ詳しく、真実を公表した。終息の目処《めど》が立ったので、我々はここに来た。ウイルスがどこから来たのか突き止めておくことは重要だ。今後のためにね」

「また、同じようなことが起こると思いますか」

ルドミラが真剣な表情で聞いてくる。

「これから温暖化の進行、それに伴う永久凍土の融解によって、今まで埋もれていた未知のウイルスやバクテリアが姿を現す。すでに死んでいる場合が大半だろうが、今回のように生きている場合もある。熱帯雨林も同じだ。人間によって開発が進み、森の奥に潜んでいた動物が人間社会に現れ、その動物を宿主としていたウイルスも現れる。これを阻止するためには、きみたちのような若者に何が脅威なのか知ってほしい。今後、なにかあれば知らせてくれ」

その時、腹に響くような爆発音が聞こえてくる。

カールは思わず立ち上がった。ジェニファーも音の方を見ている。

「十キロほど北で、天然ガス採掘の民間企業、ガスポルトの発掘が始まっています。凍土の爆破でしょう。凍土を掘るのは機械を使っても難しい。すぐにドリルが使えなくなります。ダイナマイトで爆破します」

レオニードがなんでもないという口調で言うと、スノーモービルの方に歩き始めた。

カールはアンカレジ行きの飛行機の中で読んだシベリアの産業を思い出していた。ロシアはアメリカ、サウジアラビアに次ぐ世界第三位の産油国で、世界最大級の天然ガスの生産国だ。天然ガスはパイプラインによって、旧ソ連邦やヨーロッパ諸国に輸出されている。最近は、北極海、東シベリア、サハリンと国内各所でガス田を開発している。

ガスポルトはロシア極東チュクチ自治管区を中心にガス田を開発する新興企業で、政府も肩入れしている。従業員数は約三千人、売上高は約四十億ドル。今後数年で倍増するだろう、と書かれていた。国家が期待する企業だ。

スノーモービルでさらに一時間ほど走り、雪原の端でレオニードは止まった。雪が減り岩が覗いている。

「ここからは、谷に沿って歩きです」

レオニードとルドミラはスノーモービルに手際よく白いシートをかぶせ、岩陰に隠した。

「盗難防止です。ロシアでは怪しい動きをしていると反体制派と間違われ、拘束されることもあります。何ごとも用心です」

冗談交じりに言うが、目は笑ってはいない。カールたちの行動は、どう見ても怪しい動きだ。

「これからは特に注意して、僕の指示に従ってください。何が起こるか分かりません」

レオニードの表情が厳しいものに変わっている。その時、また爆発音が聞こえた。

「ガスポルトの発掘現場からです。そんなに遠くありません。ロシアでは度々テロが起こります。マスコミにはあまり流れませんが。そのために、重要地点には軍が駐留して監視している」

「この辺りも監視地区に入っているのか」

「分かりませんが、気をつけた方がいい」

レオニードはリュックを担ぎ上げた。

四人は谷に沿って歩き始めた。凍った川底のような地形が続いている。右手は高さ二十メートル近い崖になっている。全体が永久凍土だ。

今は冬なので目立った凍土の融解は見られないが、春から夏になると融解が始まり、その水が集まって川になると言う。

レオニードは崖の反対側の傾斜地を登っていく。カールたちも後に続いた。傾斜地の上にたどり着く前にリュックを下ろし、腹ばいになった。

「身体を低くして。フードを被《かぶ》ってください」

レオニードがリュックから双眼鏡を出して、前方の雪原を見ている。

「ここから二キロほど先にガスポルトのガス田があります。その周りは鉄条網が張られていて、監視兵が見張っています」

双眼鏡をカールに渡した。覗くと人形のような兵士が立ち、全員が銃を持っている。

「入国証は持っていないんでしたね。見つかると国際問題です」

カールにわずかながら後悔が生まれた。ジェニファーを巻き込むことになる。

「マンモスの埋まっていた地区は国有地か」

「そうです。でも、その辺りの定義は微妙ですね。オリガルヒって知ってるでしょ。ソ連が崩壊したときに、国営企業を安く買い受けて財閥になった人たちです。彼らの土地が大部分です。金を持っているか、大統領と仲が良かったかが運命の分かれ目でした。政府の役人に金をつかませて、登記を書き換える者もいました。国有地がいつの間にか民有地になっている。逆の場合もあると聞きます」

「いずれにしても、かなりヤバいってことね」

「心配しないでください。捕まらなければいいだけの話です。捕まって初めて犯罪が成り立ちますから」

ジェニファーの言葉にレオニードがさらりと言った。

「早く行きましょう。夕方までには町に戻りたい。事故でも起これば大事《おおごと》です」

カールたちは再び、レオニードについて歩き始めた。昼前に目的の場所についた。子供のマンモスを掘り出した場所で、昨日の凍土壁と似た地形だ。崖の裂け目のようなところに洞窟がある。

「この洞窟で二頭のマンモスを掘り出しました。もっと掘ればさらにマンモスを見つけることができるかもしれませんが、いまは時間も道具もありません。発掘跡に毛くらいは残っているかもしれませんが、骨などは期待しないでください。ニックさんたちが、かなり詳しく調べて、目ぼしいものはすべて持ち帰りました」

カールたちはマンモスが埋まっていた崖の裂け目を調べた。裂け目の凍土の融解が進んで、高さ二メートルほどの洞穴《どうけつ》の入り口が現れている。今までは凍土で埋まっていたのだ。

ジェニファーが四人分のフェイスガードと防護ガウンを出した。

「私はCDCの職員だから、一応対策は取っておく」

レオニードとルドミラも手慣れた様子でフェイスガードを付け、防護ガウンを着た。

「マンモスの細胞組織を手に入れたい。この辺りの凍土に埋まってはいないか」

「難しいでしょうね。徹底的に探しましたから」

でも、と言ってレオニードが考え込んでいる。

「いずれ、春になれば戻ってくるつもりだったんじゃないですか。場所だけは、かなり正確に記録してました。周りの写真も何十枚も撮ってました」

カールの背後にいたジェニファーがカールを押しのけるようにして、ピンセットを持った手を伸ばした。土壌から泥の塊をつまみだした。マンモスの毛の塊だ。根元にはわずかだが皮膚も残っている。カールは身体を横にずらして場所をジェニファーに譲った。

二時間ほどかけて洞窟壁の土を五十サンプルほど採取した。

「危険はないでしょうね。ウイルスのことです」

ルドミラが聞いてくる。

「凍っている間はね。解凍して調べる時にはＰ４ラボが必要になる。だから細心の注意を払った」

「ここにはＰ２しかありません」

「Ｐ２があるのか。こんな僻地に」

「モスクワ大学の研究施設です。高価な実験装置もあり、世界的に有名な教授もいます」

「しかし、諦《あきら》めた方が良さそう。何が起こるか分からない。少なくともＰ３があればね」

ジェニファーの言葉にレオニードはしばらく何かを考え込んでいた。やがて、顔を上げてカールを見つめた。

「ロシアのバイオ施設は多くはありませんが、たいていの施設は一ランク上の仕様で作られています。施工ミスにも耐えられるようにということと、住民対策です。Ｐ３だと反対運動が起きますが、Ｐ２だと目立ちません。何かあったときには、一ランク上の実験室として使えるようにとの配慮です」

「電子顕微鏡もあるのか」

「高価な実験装置もあると言ったでしょ」

レオニードがカールに反発するように言う。

「使うことはできないか」

「今夜の予約を入れておきました」

ジェニファーが呆れた顔で聞いている。

午後三時をすぎた。辺りはわずかに暗くなっている。今日の日の入りは午後三時五十六分だ。四人は急いで帰る支度を始めた。

大学に行くと午後六時をすぎていた。辺りはすっかり暗く、家々と通りには明かりがつき、人通りも多い。大学にはまだ多くの人が残っていた。

「これからP2ラボに行くことはできないか」

「研究所にはまだ多くの者がいます。予約は午後八時です。人は少なくなっています」

「少し休んだ方がいい。疲れてると、つまらないミスをする。特にあなたはね」

ジェニファーが言う。たしかに身体は冷えきっている。注意力も落ちているだろう。

「学生食堂でよければ開いています」

カールたちは学生食堂に行った。

「土壌採取で使った防護服を持ってきてください。こちらで焼却しておきます」

「注意して扱ってくれ」

カールは念を押してレオニードに四人分の防護服を入れたポリ袋を渡した。

四人は午後八時五分前に実験室前に集まった。

ラボに入るには特別な防護服に着替えなければならない。P2ラボはインフルエンザ、ポリオ、風疹《ふうしん》、コレラ、梅毒、新型コロナウイルス感染症といった病気の病原体レベルまでを取り扱うことができる。入室時にはガウン、手袋、必要に応じて顔と目の保護具を装着することで、皮膚表面の傷などからウイルスが体内に入るリスクを排除している。

入り口には国際バイオハザード標識を表示して、通常施錠し、外来者の立ち入りを禁止している。鋭利な器具の持ち込みは禁止され、実験室内には安全キャビネットが設置され、実験はその中で行う。試料の飛散やエアロゾル化を防ぐためだ。実験器具はオートクレーブで滅菌し、出入りの時には必ず手洗いを行う。

「まず、電子顕微鏡でウイルスの有無を調べる」

四人でラボに入り、数時間かけてサンプルを作り、電子顕微鏡にセットした。

三時間ほどで土壌サンプルとジェニファーが見つけた毛の塊を電子顕微鏡で調べた。ウイルスは発見されなかった。マンモスの細胞内に封じ込まれているということか。

「ウイルスによる土壌汚染が見つかれば、大変なことになっていた。喜ぶべきよ」

ジェニファーがカールを慰めるように言う。

「我々は何かを見逃している。ウイルスは確かにいる。マンモスを宿主にしたウイルスだ。さらに変異したものもいる。これはかなり危険なウイルスだ。ヒト・ヒト感染する可能性がある」

「サンバレーで広がったAウイルスとSウイルスでしょ」

「ダンが送ってきたものは、さらに感染力が強く、おそらく毒性も強い」

カールはパルウイルスを思い浮かべていた。大きさも不気味さも、際立っていた。

大学を出るとすでに翌日の一時をすぎていたが、町にはまだ人が見られた。カールとジエニファーはレオニードとルドミラと別れてホテルに帰った。部屋に入りかけたジェニファーが足を止めてカールを呼んだ。

「サンバレーのCDCから連絡が入ってる。〈感染はほぼ封じ込めた。二種類のウイルスがいることに気付いたのが決め手になった。ニックが感染したSウイルスの毒性はかなり強力だが感染力は弱い。カールが言った通りだ〉これはスティーブからよ」

ジェニファーがタブレットを見ながら告げた。

「スティーブがあなたを評価するなんて奇跡に近い。これで、CDCやWHOも少しはあなたの評価を上げる」

「問題はその二つのウイルスはどこから来たかだ」

「シベリアからでしょ。二頭のマンモスの体内にいた」

「ウイルスの遺伝子解析をしたい。比較すれば何かが見えてくる」

しかし、パルウイルスはどんな奴でどこから来た。カールはその言葉を心に封じ込めた。

## 5

ジェニファーが部屋に戻った後、カールも自分の部屋に入り、レオニードにメールを送った。

〈ニックのシベリアでの行動を知りたい。彼は二頭のマンモスを見つける他に何をしてい

た〉

返事はすぐに返ってきた。

〈僕は知りません。マンモスを掘り出す時に手伝っただけですから。一緒に行動したのはその時だけです〉

〈よく考えてくれ。何でも気付いたことを教えてほしい。大事なことなんだ〉

カールは大声を出したい気分でスマホに打ち込んでいった。

〈ニックさんはシベリアに到着して、数日動き回っていました。髭の男と一緒に〉

〈どこに行ったか分からないか〉

一瞬レオニードの返事が途切れた。何か考えている気配がする。カールがどうしたか聞こうとしたとき返事がきた。

〈いま調べています。僕もどこかおかしいと思っていました〉

〈どうやって調べる〉

〈シベリアでアメリカ人は、一人じゃどこにも行けません。案内人が必要です〉

〈案内人と会えないか。聞きたいことがある〉

レオニードの返信が再度途絶えた。しばらくして返事がくる。

〈交渉してみます。断られるかもしれませんが。彼らもかなりの危険を冒しています。なにしろ、マンモスを政府に知られないように運び出すんですから〉

〈しかし、発掘場所はガスポルトの敷地外なんだろ〉

〈ニックさんたちは十分な準備をしていました。資金も潤沢にあります。これ以上は聞かないでください〉

ガスポルトの者を買収しているということか。

〈マンモスもガスポルトの者が見つけて、ニックたちに売ったと言うのか〉

〈ニックさん自身が、シベリア中を探し回ったと言うのでなければね〉

レオニードの自信のありそうな言葉が返ってくる。

スマホを切った後も、カールはニックについて考えていた。彼は何かを隠していた。その時、ダンの顔が浮かんだ。彼もアラスカ、シベリアに来ている。髭の男、ニックと知り合いで、言い争っていた男。その男がダンに重なっていく。ダンとニックが知り合いでもおかしくはない。大学研究室の先輩と後輩だ。

ノックの音がする。ドアを開けるとレオニードが立っている。一人だった。付いてくるように言う。すでに午前二時に近い。

「お金は持ってますか。カードじゃだめです」

「ドルしか持っていない」

「その方がいいです」

町の酒場に入った。喧騒《けんそう》とアルコール臭が二人を呑《の》み込む。席はほぼ満員だ。

「この店はガスポルトの労働者とマンモスハンターの案内人のたまり場です。ただし、夏の間は寂しいですがね」

夏はガイドはマンモスハンターを案内して、泊まりがけで出かける。

「夏稼いで冬使うということか」

そうですねと言ってレオニードは笑った。

「先生はお金を払うだけです。あとは、黙っていてください。僕が聞きます」

二人は窓のそばの席に座った。しばらくして、男が入ってきた。身長はカールの肩ほどだが、体重は倍ほどありそうだった。全身に脂肪をたっぷりため込んでいる。シベリア型というのか、寒さに対抗するにはシンプルで合理的だ。レオニードが手を上げると、二人の方にやってくる。

「ストイさんです。この辺り一の案内人です。ニックさんの写真を見せてください。確認のためです」

レオニードが声を潜《ひそ》めて言うと、カールはスマホを出してニックの写真を表示した。

「彼に間違いないそうです」

カールはタブレットにチェレムレフカ周辺の地図を出した。

「ニックが行ったところを教えてほしい」

レオニードがストイと話している。何度か単語のやりとりをした。おそらく数字だ。

「五百ドルです。これでも値切ったんですが」

申し訳なさそうに言うレオニードの言葉のままに、百ドル札を五枚置いた。

「ウォッカを頼んでいいか聞いています」

カールは頷いた。レオニードが頼んでいる間にストイはタブレットの一点を指した。昨日、レオニードたちと行った場所だ。

「ニックさんのほかに連れて行ったアメリカ人がいたそうです」

カールの脳裏に一人の男の顔が浮かんだ。

「ダン・ウェルチ。細くて髭の濃い男か」

「メガネをかけた、神経質そうな男だそうです。名前はホープ・ホワイト。探している人とは違うようですね」

名前は違うが、その他の特徴はダンに似ている。カールはスマホで写真を出した。大学の研究室の数人が写った写真で、カールの横にいる何かに挑むような目の男がダンだ。

「分からない、と言っています。彼は髭を生やしてたって」

「よく見ろ。この男たちに髭を付けてくれ」

ストイは写真を食い入るように見つめている。

「やはり分からないそうです。彼はひどく年を取っているように見えた。あなたよりも、十歳くらい上」

ストイは考え込んでいる。

「髪はうすくなっているかもしれない。十年近く前の写真だ」

「彼は頻繁に頭をかいていたそうです。考え事をするときなんか。だから、半分禿《は》げたんだって、からかったと言ってます」

頭をかく、髪を引っ張る。同じように見えるのかもしれない。ダンの逃亡生活を考慮すると、外見が老け込むのも当然だろう。ダンに間違いない。カールは確信した。

「髪は昔はふさふさしてた。しかし、頭をいじる癖は抜けていない。彼について覚えていることを話してくれ」

「やはり分からないと言ってます」

レオニードが身体を乗り出してきて、スマホの写真を見た。スマホを自分の方に向けて、顔の部分を拡大した。

「この男じゃないですか。ダンという人は」

数秒見つめてから、レオニードが指さした。

「なぜ分かるんだ」

「ホープですよ。ホープ・ホワイト。髭を生やして十歳以上年を取らせて下さい。特に目に注意して」

そう言って、指で鼻の下を隠してストイに向けた。ストイは考え込んだが、決めかねている。

「僕が保証します。ダン・ウェルチという人はホープ・ホワイトという偽名を使ってたんです。でもなぜ、偽名を使う必要があるんですか」

「僕と同じだろ。正規の入国じゃない」

過激な環境保護団体のメンバーで、ＦＢＩに逮捕されたこともある、とは言えなかった。

「ホープという男について知っていることを話してくれ」

カールはレオニードにストイに伝えるように言う。

「その男は初めはすごく興奮していた。マンモスを見つけた時は、眠らずに作業に没頭していた。しかし、そのうちにふさぎ込むようになった。あまりの落差に、病気じゃないかと仲間と話した、と言っています。躁《そう》うつ病ってあるでしょ」

「ダンは何かを見つけたか、感じたんだ。おそらく、ウイルスについて」

それがパルウイルスか。しかしどこで――。

「彼らはどこか他の場所に行ったか聞いてくれ」

レオニードが通訳するとストイが即座に首を横に振って何かを言う。

「知っているのは、それだけだそうです。彼らは、永久凍土から掘り出した二頭のマンモスをヘリで運んでいった」

「礼を言ってくれ。僕は先に帰る。何か聞き出せたら教えてくれ」

カールは男にさらに百ドル札を渡した。立ち上がった時、ストイが声をかけてくる。カールはレオニードを見た。

「あんたは良い人みたいだと言っています。もう少し話さないかと」

カールは椅子《いす》に座り直した。ストイはカールのタブレットをとって立ち上げた。地図を出して指さすと、ここだと言った。昨日行った場所から西に二、三キロの地点だ。

「ここはガスポルトの敷地内じゃないのか」

「ギリギリ入ってますね」

レオニードがストイと話している。

「ニックとホープを連れて行ったときは、まだ見張りはいなかったそうです。柵《さく》はありましたが」

「なぜニックはそこに案内するように言ったんだ」

「より状態のいいマンモスを求めていたと言っています。ニックよりホープが望んだと」

「何か見つけたのか」

「何も見つからなかった。ホープはひどく落ち込んでいたが、ほっとしたようにも見えたと言っています」

ストイは話すことはこれだけだと言ってウォッカを飲み始めた。

カールとレオニードは店を出た。時計は午前三時を回っている。

外に出た途端、強烈な寒気が全身を包んだ。

「きみは彼らが行った場所には行かなかったのか」

「僕らが手伝ったのは最初に案内した場所だけです。それもマンモスの掘り出しだけを手伝いました。ニックさんのチームはあの辺りに数日滞在していました」

「彼らが行ったというガスポルトの敷地内の場所に、僕を連れて行ってほしい」

カールはレオニードに言うが、彼は答えない。

ホテルまで二百メートルあまりだ。しかし寒気が全身を締め付け、果てしなく遠い道のりに感じる。カールの頭にはさまざまな思いが渦巻いていた。ニューヨークのコロナ病棟がサンバレーの高校の体育館、プレハブ病棟へとつながっていく。そして、血と吐瀉物《としゃぶつ》に汚れたベッド。カールの頭が痛み始めた。

「今夜は早く寝てください。明日の朝七時にホテルの前で待っています。それとも中止にしますか。顔色がひどく悪いです」

ホテルに着いたとき、レオニードがカールの顔を覗き込むように見た。

「行ってくれ」

部屋に戻り鎮痛剤をいつもの倍飲んでベッドに倒れ込むと同時に、ノックが聞こえた。

「レオニードとどこに行ってたの。私にも知る権利がある」

ジェニファーがカールを押しのけて入ってくる。カールはダンとストイの話をした。

「ダンはニックと一緒にマンモスを掘り出したと言うのね。そして、あのウイルスを送ってきた」

「彼らは他の場所にも行ってる。ガスポルトの敷地内だ。おそらく、何かを見つけた」

カールの脳裏にはパルウイルスが浮かんでいた。ジェニファーも同じだろう。

「ダンは今どこにいるの。彼を探す必要があるでしょ」

「明日は、二人が行った場所に行ってみる。何かが分かるはずだ」

「ガスポルトの敷地に入るんでしょ。危険よ」

雪原に続く鉄条網の柵を思い出した。兵士の姿も多く見えた。監視カメラも設置しているだろう。

「私も行く」

「危険だ。あのエリアは会社の傭兵《ようへい》が見張っている」

「あなたは行くんでしょ。なぜ、私はダメなの」

「捕まると面倒なことになる。特にきみは連邦政府の人間だ」

「ロシアとガスポルトへの不法入国と不法侵入。CDC職員となれば、うさん臭いことこの上ない。かなり厳しい尋問を受けそうね。あなただって同じ」

「僕はどこにも所属してない。マンモスハンターで通る」

「サンバレーの感染症ウイルスがシベリアのマンモス由来だと分かれば、当分アメリカへは帰れそうにない。モスクワに送られ、徹底的に調べられる」

ジェニファーの声が遠くに聞こえる。カールは薄れていく意識を懸命に呼び戻そうとした。

「やはりきみはホテルにいてくれ」

「見つからなければいい。あなたの口癖よ。私は行く」

「ただしきみからレオニードに連絡してくれ。それに僕の指示に従うこと」

それだけ言うとベッドに倒れ込んだ。ジェニファーが顔を覗き込んでいる。カールの意識はなくなっていった。

## 6

翌朝、七時ちょうどにカールたちは出発した。辺りは暗く、空気は冷えきっている。今朝の日の出は午前十時だ。

数時間しか寝ていないにもかかわらず、動き始めると昨夜の頭痛は消えている。

昨日と違い、レオニードとルドミラはトラックで待っていた。荷台にはスノーモービルが積んである。途中までトラックで行って、後の行程はスノーモービルと徒歩だとレオニードが説明する。

「今日行くところは昨日とは違います。かなり危険なところです。下手をすると命を落とします。捕まって、警察沙汰《ざた》になっても困ります。単なる不法侵入ではすみません。お二人はアメリカ政府と関係してますから」

レオニードの目は真剣だ。

出発の前に白い防寒着を渡された。レオニードたちも同じものを着ている。

「ロシア軍の雪原での戦闘用です。従兄《いとこ》が軍にいるので手に入りました。あなたたちの防寒着は目立ちすぎる」

今日は特に人目を避けての行動になる、ということだ。

到着までに約三時間かかる。現場の作業は二時間が限度だ。この時間内に、ダンたちが行った場所を特定して土壌サンプルを採取する。できれば、マンモスの一部でも発見できればいいが、その可能性は薄いと言われた。すでにニックが人と時間をかけて調べている。土壌採取ができれば、新しい発見があるかもしれない。幸い天候はよかった。と言っても、温度は零下十二度、日中でも零度を下回るという。

一時間ほど走ってトラックを止め、荷台からスノーモービルを下ろした。昨日と同じように、二人ずつ分かれて乗った。雪原を走ると凍った空気が痛いほど全身に当たる。

休憩をとりながら一時間ほど走って、切り立った崖の下に出た。至るところに横穴が開いている。

「マンモスハンターが掘ったあとです。まるでハイエナだ。マンモスの死体を求めてシベリア中をうろついている」

レオニードが怒ったような口調で言う。彼が初めて感情を表に出した。

さらに三十分ほど走ると光景が変わった。雪に埋もれた丘陵《きゅうりょう》が広がり、有刺鉄線の柵が続いている。

「向こうがガスポルトの敷地です。この地下に天然ガスが埋まっている可能性があります。永久凍土なので採掘は難しいですが」

カールは昨日聞いたダイナマイトの爆発音を思い出した。

スノーモービルを降りて歩き始めた。まだ辺りは暗い。

「ストイさんの言葉によれば、ニックさんたちが行ったのはこの先の断崖の切れ目です」

鉄条網にたどり着いた。向こう側はガスポルトの敷地になる。どこかに監視カメラがセットされ、すでに見張られているかもしれない。

レオニードはリュックから大型のカッターを出すと、有刺鉄線を人が通れるくらい切り取った。その中を順番に通って、ガスポルトの敷地内に入っていく。レオニードのあとについて三十分ほど歩くと、切り立った崖に一メートルほどの隙間《すきま》が空いている場所についた。穴と呼ぶには入り口が狭すぎる。

「こんなところに入れるのか」

「だからマンモスハンターに荒らされずにすんだんです」

レオニードはリュックを手に持ち、身体を横にして隙間を進んだ。懐中電灯の光で五分ほど進むと急に広くなる。

「時間がありません。急いでください。陽が出ているのはせいぜい五時間。その後は急激に温度が下がります」

レオニードが二人を促した。

洞窟は十メートルほどで行き詰まった。正面には凍土が大きく掘り取られた跡がある。マンモスを探して掘ったのだ。ジェニファーが近寄り、スマホを出して写真を撮り始めた。

「写真はあとだ。土壌サンプルを急げ」

カールはリュックを下ろしてサンプル採取の準備を始めた。手伝おうとするレオニードの腕を押さえた。

「きみは見張っていてくれ。発見され僕たちが拘束されると、きみたちにも迷惑をかける」

「お願い、そうして。一時間で済ませる。できる限り多くのサンプルを採取する」

ジェニファーも言う。一時間で土壌サンプルの採取が終わった。

外に出ると辺りはうす暗く、雪が降り始めている。カールは辺りを見回した。凍土は岩よりも固い。この地で数万年もマンモスを抱き続けてきたのだ。しかし、地球温暖化で少しずつ融け出してきている。シベリアは氷河期以前の姿に戻ろうとしているのか。それが、シベリアの大地が望むことなのか。そんな考えがふっと、カールの脳裏をよぎった。

「これを見て」

ジェニファーの声で我に返った。洞窟の入り口横に雪の吹き溜《だ》まりがあり、動物の身体の一部が見えている。雪を掘り起こすと、子供のヘラジカの頭と胸部が現れた。さらに掘ると、食い破られた腹から出た凍った内臓が見えた。

「ストイの話には出ませんでした。彼らが来た後にオオカミにでも襲われて、ここで食われた」

「まだ血液が採取できるかもしれない」

しゃがみ込んだジェニファーが注射器を出してヘラジカの頭に刺した。周りを探したがそれ以上のものは出なかった。

「何か変。この辺りの地面、大きく歪《ゆが》んでいるみたい」

ジェニファーが大地に手を置いて見ている。

「気のせいだ。この辺りの大地は永久凍土だ。鉄のように固い」

「急いでください。長くいるほど、ガスポルトの傭兵に見つかる可能性が高くなる」

レオニードに促され、足跡をたどりながら鉄条網の所まで戻った。足跡は雪でかなり覆われていたが、なんとかたどることができた。

来た時と同じルートで町まで帰った。町を出てから七時間以上がすぎている。

カールたちは大学の研究施設に行き、学生食堂に入った。

夜八時、レオニードが使用予約を入れていたP２ラボに集まった。

「土壌サンプルはP２ラボで検査できるが、ヘラジカの血液サンプルはここで検査するのは危険だ。アメリカに送って、ＣＤＣで検査する」

カールは土壌サンプルを電子顕微鏡にかけた。

「見たことのないバクテリアやウイルスがかなり多く見られます」

ルドミラがモニターを見ながら言う。

「我々は三万年前のラブレターを覗き見しているんだ。すべてが古くて、かつ新しい。しかし今は、神経を集中しろ。我々の探しているウイルスは、ダンのパルウイルスだ」

ダンのパルウイルス。それは特別な響きとなってカールの耳に届いた。パルウイルスは確かに存在する。だが自然界でその存在を実際に見たのは、ダンのみなのだ。

二時間、電子顕微鏡のモニターを見続けた。土壌サンプルからは目的のウイルスは発見できなかった。

「あとは、ヘラジカの血液サンプルのみか」

「私がモスクワのアメリカ大使館に持っていく」

「危険すぎる。我々は不法入国者だ。それに時間がかかりすぎる」

「実は――」

レオニードが言い淀《よど》んでいる。ルドミラに脇腹《わきばら》を肘《ひじ》で突かれ、話し始めた。

「ここのP2ラボの一室は、P3仕様で作られています。でも、実際にはP4としても使っています。我々はP3・5と呼んでいます。そういう抜け道があるのがこの国です」

「違法じゃないのか。そんな話は聞いたことがない」

「この国には聞いたことのない話がいくらでもあるんです」

レオニードが平然と言う。

「どうやってその特別な実験室に入る」

「これから考えます。今日の夜、零時に大学前のカフェで待ち合わせましょう」

四人はP2ラボを出た。レオニードはスマホを耳に当て、小声でしゃべりながら帰っていった。ロシア語だった。

深夜、カールとジェニファーはカフェに行った。レオニードとルドミラはすでに来ていた。レオニードは無言でカールにカードキーを見せた。

静まり返った廊下を通り、四人でP４としても使用されているというP３・５ラボに行った。

「血液分析をやって、サンプルは廃棄する」

カールの指示で一時間ほどで作業を終えた。ヘラジカの血液からはウイルスが検出された。サンバレーで見たSウイルスと似たウイルスだが、わずかに小さい。明らかにパルウイルスとは違う。

「このウイルスがヘラジカが死んだ原因ではないが、感染はしていた。弱毒か、強毒かも分からない。遺伝子解析して、ダンのウイルスと比較したい」

「この施設にも遺伝子解析装置はあります。僕が友人に遺伝子解析を頼みます。何度か頼んだことがあるので怪しまれることはありません。ただし、危険なウイルスかもしれないので慎重に扱うようにとは言っておきます」

レオニードが試験管を見つめながら言う。

「結果が出るまでに二、三日かかります」

「なぜそんなに時間がかかる。遺伝子解析装置にかけるだけだ」

「ここはシベリアです。順番待ちです。二、三日というのも、最速です」

レオニードがカールを説得するように言う。

「それまでに僕たちにできることはありませんか」

「この辺りに村はないのか。人が住んでいるところだ」

もしウイルスがいるとすれば、何らかの影響が出ている可能性がある。

「先住民の集落がいくつかあります。最近の先住民の多くは、町に出ていますが」

「村に病気の者はいないか調べてくれ」

「聞いたことがありません。少なくとも僕がここに来てからは」

「ここ数年間の記録だ。特にガスポルトの計画が進み始めてからだ」

「明日の朝までに調べておきます」

カールから目をそらせて、何かを考え込んでいたレオニードが答えた。

実験室を出て、まだ大学に残るというレオニードとルドミラを残して、カールとジェニファーはホテルに帰った。


すぐにカールの部屋にジェニファーが来た。

「アメリカに帰りましょ。ここには注目すべきものは何もなかったのよ」

ジェニファーが疲れた表情でカールを見つめた。カールは答えず考え込んでいる。

「またいつもの直感が始まったの」

「僕は自分のミスで母親を殺してしまった。二度と同じミスを犯したくない」

「そういう言い方はやめてと言ったでしょ。あなたがお母さんを殺したんじゃない。コロナウイルスがお母さんを殺した。何度言わせれば気がすむの」

「感染させたのは僕だ。僕のミスだ」

「それも何十回も聞いた。あなたは精一杯やって、多くの人を救った。感染はいたるところで起こった。病院でもね。ウイルスの方が狡猾《こうかつ》で上手《うわて》だっただけ」

「今度はどんなミスも犯したくない」

「あなたがアメリカに帰ることがミスなの。ウイルスに負けたことになるの」

「何かを見落としているような気がする」

カールは頭を抱え込んだ。頭の芯《しん》に痛みの素《もと》が生まれつつある。

「勝手にすればいい。せいぜい、自分を憐れみなさい」

ジェニファーは部屋を出ていった。

テーブルのウォッカをグラスに注《つ》いだ。一気に飲み干すと、熱の塊が全身に広がっていく。グラスを持って窓際の椅子に座った。町は静まり返っている。温度はマイナス十五度というところか。カールの脳裏を様々な思いが流れていく。目を閉じて心の流れに任せておくと、しだいに痛みは消えていく。

スマホにメールの着信音がした。

〈せっかくシベリアに来たんです。飲みませんか〉

レオニードからだ。深夜一時をすぎてのメールとは、何か話したいことがあるのだ。

〈今、どこにいる〉

打ち込むと、店の名前と場所が返ってくる。最後に、〈注意して来てください〉とある。注意とは何だ。ジェニファーに気付かれず、一人で来いということか。

店に入ると、レオニードが奥のテーブルに一人で座っている。彼が一人でいることは珍しい。

「笑って。まず何かを注文してください」

レオニードが笑みを浮かべ、小声で言う。それとなく辺りに視線を配っている。

「この国はまだ十分に、民主化されてはいないのです。どうも、先生は見張られているようです。電話も盗聴されているかもしれません」

「気のせいじゃないのか」

「僕が深夜に飲みに行こうと誘うなんて、非常識とは思わなかったんですか」

「だから出てきたんだ。何か緊急に話したいことがあるんだろう」

カールはウォッカのグラスを持つと乾杯した。冷えた身体に熱の塊が入り広がっていく。ロシア人にアルコール依存症が多いというのも頷ける気がする。

「先生たちと別れてから、極東シベリアの最近の状況について調べ直しました。特にガスポルト周辺です」

レオニードはタブレットを出して地図を表示した。チェレムレフカより北部にはいくつ

かの村が点在している。そのすべてが先住民の村だと説明した。

「ユリンダ村、ここから北三十キロ地点にある先住民の村です」

レオニードが地図を指さした。

「村人は五十名ほど。一人の若者から、至急医療班を送るように要請が出ています。SNSにありました」

「いつの話だ」

「一週間前です」

「医療班は送られているのか」

「何も書かれていません。以後、ユリンダ村に関する投稿はゼロです」

「政府から医療班を送った記録はあるのか」

「あれば報告書が書かれているはずですが、見当たりませんでした。ユリンダ村に関する情報はすべて消されてる」

「しかし、政府は村の要請の把握はしているんだろ」

「様子を見ているのだと思います。ある程度結論が出てから、調査団を派遣する」

この辺りには先住民の村が点在している。十年ほど前まではトナカイなどの狩猟で生活していたが、政府の方針で生活様式が変わってきている。

「おそらく感染症だと思います。政府の対応がコロナのときと似ています」

レオニードが苦渋の表情を浮かべている。カールは言葉を失っていた。

「冬は閉ざされた地域です。反応はワンテンポ、いやスリーテンポほど遅いです」

「携帯電話は通じるのか」

「電波状態は悪いです。この辺りの村には無線機がありますが、故障すればアウトです」

「病人が出たらいつもはどうするんだ」

レオニードは考え込んでいる。

「知りません。先住民の村です」

「案内してくれるか」

「もちろんです。何かが起こっています。いいことじゃありません。サンバレーと同じようなことかもしれない」

五時間後の午前七時に、大学の裏で待ち合わせの約束をして別れた。

ホテルに帰り、出発の準備をしていると、ジェニファーが入ってきた。

「帰りの用意は出来たか」

「明日は——いえ今日は何をするの。レオニードと会ってきたんでしょ」

カールの様子から何かを感じたのだ。

「ユリンダ村という先住民の村がある。そこで何かが起こっている。おそらく感染症だ」

カールはレオニードから聞いた話をした。話すにつれて感染症の疑惑が確かなものになってくる。

「サンバレーと同じなの」

「行ってみなければ分からない」

「私も行く。レオニードに連絡して。装備が必要でしょ」

ジェニファーの顔色が変わっている。

7

午前七時、カールとジェニファーは大学の裏に行った。

辺りはまだ闇《やみ》に包まれているが、その先は天空を埋める星の光が反射して雪原が白く輝いて見える。寒さが身体の芯《しん》まで染みてくる。待ち合わせ場所にはトラックが止まり、中でレオニードとルドミラが待っていた。

「昨日と一緒です。途中まで車で行って、あとはスノーモービルです」

カールとジェニファーが乗り込むと車は走り始めた。

「封筒を見てください。ヘラジカから見つかったウイルスの遺伝子解析の結果です」

走り始めてすぐ、レオニードが前を見たまま言う。

「二、三日かかるんじゃなかったのか」

「ここはロシアのシベリアです。何でもありです。友人はウォッカのためなら、たいていのことをします」

カールは封筒から出したデータシートを見た。

「SウイルスよりもむしろAウイルスに近い。おそらくAウイルスの変異株だ。僕たちが探しているのはこれじゃない」

車のライトの輪の中に白い道路が続いている。その左右は星明りにぼんやりと雪原が浮かび、闇に吸い込まれていく。ジェニファーがリュックを膝《ひざ》の上に抱きかかえた。

「村の百メートル手前で止めて。これから行くのはヤバい村なんでしょ」

「僕たちが持っているのはマスクとゴム手袋だけです」

「予備がある。嫌な予感がする。気をつけるのよ」

ジェニファーの言葉にルドミラが頷く。彼女の顔は緊張で強《こわ》ばっている。

「具体的なことは何も分かってないんでしょ。本当に感染症かどうかも」

「昨夜別れてからさらに調べてみました。わずかですがSNSに載っていました。政府が消し忘れたのか、検閲をすり抜けたのでしょう。発熱と頭痛。初期には倦怠感《けんたいかん》がある。朝、症状が現れて夜には立てなくなるケースもあるそうです。そして大半はその数日後には亡くなる」

「そんなに病状が早く進むと、治療の時間がない。抗ウイルス薬も今までのものでは、対処しようがない」

カールはサンバレーの患者を思い出していた。

「Sウイルスとも違ってる。今までのウイルスはそんなに早く病状は進まない」

「医療体制、人種的な体質によって違いは出てくる」

ルドミラがスマホでSNSにアップされていたという写真をカールとジェニファーに見せた。ベッドに横たわる男の姿が写っている。

「ひどいな」

カールは思わず呟《つぶや》いていた。手足はうっ血で赤黒く変色し、耳と鼻からは出血している。

「内臓から出血して、体内はドロドロだったそうです」

「サイトカインストームね」

ジェニファーが顔をしかめた。エボラ出血熱に出やすい症状だ。感染して、ウイルス量が増えるにつれて免疫機能が暴走し、内臓が侵されドロドロ状態になる症状だ。サンバレーでは、ごく一部の患者にしか出なかった。

「変異した新しいウイルスの可能性はありませんか」

レオニードがカールに聞く。

「サンバレーでSウイルスが発見されて、時間もたっていないし、変異するほど感染は広まっていない」

「だったら、まったく新しいウイルスですか」

あるいはダンが送ってきたパルウイルスか。カールは声に出さず呟いた。ダンはシベリアで新しい強毒性のウイルスを発見し、カールに送ってきたのか。

途中で車を止めてスノーモービルに乗り換え走った。昨日と同じパターンだ。

さらに、三十分走ってスノーモービルが止まった。

「百メートルほど先に見えるのがユリンダ村です」

レオニードの視線の先に二十軒ほどの家が見える。ジェニファーがリュックから四人分の感染防止用ガウンと医療用マスク、フェイスガードなどを出した。

「患者に触れるのは最小限にしろ。感染防止用ガウンは何があっても、絶対に脱がないこと。常に破れには気を付けろ。感染の可能性が少しでもあれば、連れては帰れない。これは我々全員の了解事項だ」

カールがレオニードとルドミラに確認を取る。二人は真剣な表情で頷いた。

「我々にとって、幸いなことが一つある。サンバレーのウイルスは空気感染しなかった。同じであれば、空気感染はしない。感染力は強くない。悪いことは、致死率が高いことだ。だがこれは、感染さえしなければ恐れることはない。ルールさえ守れば感染はしない」

カールは自分自身に言い聞かせるように言う。

四人は村に向かって歩いた。村に近づくとともに空気が変わってくるように感じる。人の姿は見えず、冷え切った透明な空気の中に、濃密なものが漂っている。サンバレーよりさらに死に近いものだ。四人は人と音と生気の消えた村に入っていった。


幅の広い道路の両側に小さな一戸建ての家が並んでいる。ロシア政府が管理する先住民の村だ。

カールは最初の建物のドアをノックした。村で唯一の新しい建物で、外部は合成板でできている。こんなものでは、シベリアの寒気は防げない。

男が出てきた。マスクをしてフェイスガードを付けている。目は赤く顔全体から生気が抜けていた。

「私は医師のアンドレ・クックです。政府の方ですか」

「我々はCDCの者です。今日の調査結果は、直ちにWHOに知らせます」

男のロシア語に対して、ジェニファーが英語で答える。名前がフランス風なので英語を理解できると考えたのだ。おそらく何らかの理由でロシアに来たフランス系のヨーロッパ人だ。クックの表情がわずかに明るくなった。おそらくCDCも理解している。返ってきたのは英語だった。

「手持ちの医薬品はありますか。ここには消毒用のアルコールさえありません」

「我々は医療品は持っていません。治療に来たのではなく、感染者の血液サンプルを取りに来ました。ウイルスの特定と感染経路を調べます」

クックの顔にはあきらかに落胆の表情が現れたが、気を取り直すようにジェニファーを見た。

「我々は政府に医療チームを要請しました。あなた方はそうではないと――」

「これ以上の感染拡大を防ぐことも大事なことです。詳細を教えてください」

クックは頷いて、家の中に引き返していく。カールたちは彼について中に入った。

暗く重い空気が四人を包む。消毒液や血や吐瀉物の臭《にお》いに混じる、もっと濃密なものだ。それは、死の臭いに違いなかった。診療室と名づけられている部屋には、二十ばかりのベッドが並べられていた。そのうちの半分以上が空いている。外より室温は高いが、せいぜい十度程度だ。

クックは自分はフランスの国立感染症研究所の医師だったが、十五年前にこの村に調査に来た時、村の娘と結婚して村に住み続けていることを話した。

「空きベッドは亡くなった住人が使っていたものです。ここにいる者が村の住民のすべてです。あとの者は裏の墓地です」

「では他の家は――」

「空き家です。最後の村人がここに来たのは昨日です。現在は、症状が出ていない者、軽い者が、重症者を看病しています。まだ症状の出ていない者もいますが、時間の問題でしょう。村人全員が感染していると考えるべきです」

カールは反論できなかった。彼の言葉は医師として当然のものなのだ。

「いちばん新しい遺体を教えてください。まだ埋葬していない遺体があるんでしょ」

クックが視線を部屋の隅のベッドに向ける。痩《や》せこけた少女の遺体がある。

「私の娘、サーシャです。一時間前に死にました。十二歳です。どうぞ血液を採取してください」

ジェニファーが、ためらいながらもサーシャの遺体から血液を採った。

「最初の感染者は分かりますか」

「ペトロフです。ペトロフ・ヤンスキー」

「いつです。発症したのは」

「先週の日曜日。十日前です。彼はここに来て二日で死にました。その後、三十九名の感染者が出て、次々に死んでいきました。今では住民で残っているのは我々だけです」

部屋にはベッドに横たわる感染者を含めて十名ほどの人がいた。

「感染ルートはたどれますか」

「ペトロフは発症の翌日にここに来ました。その日のうちに妻と二人の子供の感染が分かりました。妻は発熱と頭痛と吐き気、子供は発熱です。三十九度以上出ました」

クック医師は初期症状は発熱、頭痛、腹痛、吐き気と多岐にわたり、重症化するにつれ、目や鼻や耳からも出血し、その血液や体液に接触すると感染すると説明した。

「はじめは分からなかったので、看護中に血液や吐瀉物に触れて感染者が広まったのでしょう。遺体の埋葬時にも注意しましたが、やはり親族ともなると直接触れる者も多くいました。特に子供に死なれた母親はね」

レオニードとルドミラが必死で恐怖に耐えているのが分かった。

「墓に連れて行ってくれますか」

「火葬しました。親族から抵抗はありましたが、ウイルスを消し去るにはこれしかないと説得しました。しかし個々の火葬ができたのも、初めのうちだけです。人手も燃料もありません。それからは穴を掘って入れておいて、五、六体たまると、ガソリンをかけて燃やしました。今後はどうなるか」

クックは力なく言うと娘のサーシャに目を移した。

「ペトロフさんはどこで感染したか分かりませんか。私たちは感染源を知りたい」

「分かりません。ペトロフの発症後、数日で村中に感染が広がりましたから。ペトロフの行動を聞き取る時間はありませんでした」

クックは考えながら話した。

「ではペトロフさんと同時期に感染した感染者は、家族の他にいませんか」

「彼は発症後はずっと家にいました。他の村人はその前に感染したか、家族から広がったのでしょう」

「彼はどこかに勤めていたのですか」

「ガスポルトです。新しいガス田の建設に携わっていました。建設労働者です」

四人は顔を見合わせた。

カールの脳裏にパルウイルスの姿が浮かんだ。エボラウイルスに似た青いウイルス、内臓からの出血、サイトカインストーム、さまざまな単語が流れていく。

「ガスポルトで感染者が出たという話は聞いていませんか」

「私は知りません」

カールたちはクックに案内されて、ベッドを回った。隔離施設というより、ベッドを並べただけの場所だ。最初の感染者が出てから作られ、ここを隔離病棟にしたのだ。しかし遅かった。

「もと学校です。小学校と中学校です。感染が広まり始めて、まず保健室を隔離病棟にしました。今は見ての通りです」

室内を見ているカールにクックが言う。

「ピーク時には病床は足りましたか」

「三日前までは満床でした。簡易ベッドを運び込み、使用していました。しかし、今は空きベッドの方が多い。多い日には八人が亡くなりました。村人の総数は四十八人。その大半が死んでいます。看護師経験者は二人いましたが、今では一人です」

ジェニファーはしきりにスマホのシャッターを切っている。

「写真はすぐにWHOに送ります。ロシア政府にも支援を要請します」

「最初の感染者、ペトロフさんについて教えてくれますか。いつからガスポルトに勤めているか、何をやっていたのか」

「彼はガスポルトが天然ガスの採掘を始めた当初から、そこで働いていました。三年前からです。村の成功者でした」

「彼に異変が起こった頃《ころ》、何か言っていませんでしたか」

「稼ぎは良いが、心理的にはきついと言ってました。いちど会社の敷地内に入ると、終業時まで外には出られないそうです」

「一日中、工場の敷地内で過ごすのですか」

「テロ防止のためです。政府の経済的基盤工場の一つですからね。テロリストの標的にもなります。天然ガス採掘については、賛否両論あります。自然保護団体からは、標的になっています。企業としても何か起こると困りますから、危険を避けるためにも、工場敷地内から出さないのでしょう。どうせまわりは雪原ばかりですから」

「感染源はガスポルト内ということか。マンモスの洞窟ではなくて」

カールの言葉にレオニードが頷く。

「ニックやダンもガスポルトの敷地内に入ってる」

「私たちもね。でもマンモスの遺体はなかった」

カールの全身に冷たいものが流れた。

「アラスカとサンバレーのマンモスには、パルウイルスはいなかった。ガスポルト内にマンモスがいて、そのマンモスの体内にパルウイルスが生き残っていると言うの」

ジェニファーの言葉にカールが頷く。

「だったら、ニックはどうなの。彼もガスポルト内に入った。でもパルウイルスには感染しなかった。彼が感染したのは、アメリカに帰ってから」

「鉄条網の柵と銃を持った監視兵が配置されたのは、最近だと言ってたな」

カールがレオニードを見ると、頷いている。

窓の外が薄暗くなり、雪が降り始めた。

「あとで考えよう。時間がない」

ジェニファーが血液サンプルの採取を続けた。

「まだ症状の出ていない人は、町の病院へ連れて行きます。助かる可能性があります」

ルドミラがクック医師に告げると、彼の顔が曇った。

「この村の住人は村から出るべきではありません。感染はこの村で封じ込めるべきです。私が村人に村を出ないように言ってきました」

「先生は――」

「私は医師です。最後の患者まで診ようと思います」

「でも先生自身は感染していないかも――」

ルドミラがカールに視線を向ける。カールはルドミラのそばに行き声を潜めた。

「クック医師の言う通り、全員がすでに感染している」

「感染力は強くはないと――」

「彼らは感染者と触れ合い、言葉を交わし、同じ家に住んでいた。食事を与え、排泄《はいせつ》の世話をしている。防護服もなくだ。冷静に考えるんだ」

ルドミラは黙っている。現状は分かっているのだ。

「我々にできるのはこの現実を世界に伝えることだ。そして、同じような村を出さないこと。早く必要なことをやって、町に帰ろう。やらなければならないことは山ほどある」

感染者の血液を採取し、クックから話を聞き、感染者たちの写真を撮った。すでに二時間がすぎている。

日が暮れる前に町に帰らなければ、と言うレオニードの言葉で村を出る用意を始めた。

「必ず医療品と医師団を送ります」

村を去るとき、ジェニファーがクックに言った。

「この村は手遅れです。私を含めて全員が感染しています。数日中に症状が現れ、死んでいくでしょう。このウイルスはこの村に封じ込めます。あなた方はこの現実を世界に知らせてください」

クック医師が穏やかな目でジェニファーを見つめている。死を覚悟しているのだ。

カールたちは村を出てスノーモービルの所に戻った。四人は慎重に防護ガウンを脱いで密閉袋に詰め、無言でスノーモービルに乗り車に戻った。

車が走り始めるとレオニードが口を開いた。

「ペトロフはガスポルトで働いていた。その時、マンモスの洞窟を見つけ入った。そこでパルウイルスに感染した」

「決めつけるな。以後の調査に大きな影響を与える」

「サンバレーより遥かにひどい。やはり、パルウイルスと考えるべきじゃないの」

「断定はできない。Sウイルスが引き起こす症状と基本症状は同じだ。医療体制、特に治療薬の不足と感染症に対する住民の意識の違いで、症状、致死率がひどくなる」

パルウイルスであれば、もっと悲惨な状況になっている。カールはこの言葉は口には出さなかった。

「しかし、洞窟の土壌サンプルからはウイルスは見つかっていない」

「ペトロフの行動範囲を調べることね」

レオニードとルドミラは無言で二人の会話を聞いている。

「医薬品と医師団を送ることを約束した。果たしてロシアが認めるか」

カールがジェニファーに尋ねた。

「村の様子をWHOの友人に知らせる。ロシア政府も、これで隠蔽《いんぺい》はできない。つぎに、CDCに知らせる。すでにパルウイルスの遺伝子情報と電子顕微鏡写真も手に入れているはず」

「じゃあ、どうして連絡がこない。WHOもCDCも信用できない。特にWHOはロシアに配慮する。コロナのときも初期対応が遅れた。まず、マスコミに情報を流すべきだ」

「それじゃ、パニックが起こる。やっとコロナが収まりつつあるのに。ロシア政府に喧嘩《けんか》を売ってるようなもの。かえって隠蔽される恐れがある。私たちの立場を考えるべき」

「パンデミックが起こるよりはいい」

「私たちは、パニックとパンデミックの両方を防ぐ方法を考えるべき」

「そう言って、失敗すれば両方が起こる」

レオニードとルドミラが意外そうな顔で、カールとジェニファーの言い合いを見ている。

コロナではWHOは完全に情報発表が遅れ、パンデミック宣言も半月余りも遅れた。CDCはサンバレーの感染を最初過小評価して扱った。両方ともパンデミックにつながるミスだ。しかし、組織の責任は問われてはいない。

「今夜、P3ラボは使えるか」

町の明かりが見えてきた時、カールがレオニードに聞いた。

「なんとかします。ただし、深夜まで待ってください」

「何が起こっているか、何としても見つけたい」

カールが自分自身を鼓舞するように呟く。

# 第五章　感染の村

## 1

各研究室の明かりは消え、大学は静まり返っている。

四人は照明が消され非常灯だけの廊下を実験室に向かった。日付が変わるまで、あと十分余りだ。

カールとジェニファーはレオニードとルドミラについて、足音を忍ばせて歩いた。

P3・5ラボの実験準備室に入った。

「前に来たときは我々のことに誰《だれ》も気付いていなかったか」

「大丈夫でした。後始末が完璧《かんぺき》でしたから。僕たちも大いに学びました」

突然、レオニードが立ち止まった。

「その完璧な仕事を私にも学ばせてくれるかな」

薄い闇《やみ》の中で声が聞こえた。部屋の隅の椅子《いす》に影が座り、カールたちを見つめている。

「サハロフ教授――」

レオニードがかすれた声を出した。

「シベリア研究所所長です。僕たちの指導教授も兼ねています」

レオニードが明かりをつけると、白髪の初老の男が立ち上がった。

「サハロフ教授、すべては僕の責任です」

教授がレオニードの言葉を無視してカールたちの前に来ると、カールとジェニファーの顔を交互に見た。

「私はこの施設の責任者、ヴィクトル・サハロフです。あなた方のグループの責任者はどなたかな」

「私です」

カールとジェニファーが同時に声を上げた。

「私はCDCの職員です。すべての責任は私にあります」

ジェニファーがカールを押しのけて前に出た。

「アメリカ政府の職員が、深夜にロシアの大学施設に忍び込んだ。しかもP3ラボで何かをやっている。これはかなり大きな国際問題になります」

「急を要することです。あとでどのような責任も取りますから、もう一度ラボを使わせてもらえませんか」

ジェニファーが教授の顔を見すえ、落ち着いた声で言う。

「本来ならばノーでしょうな。これはロシアでは重罪に当たる」

「アメリカでも同じです。しかし、それを超える重要性と緊急性があると信じています」

「Ｐ３の使用ということは、ウイルスに関することですね。それもかなり危険なウイルスらしい」

教授はカールが持っている冷凍ボックスに目を向けた。

「ロシアにも世界にも関係することです」

教授がジェニファーからレオニードに視線を移した。レオニードが頷く。

「あなた方の完璧な仕事ぶりを見てみたい。私も参加していいですか」

「もちろんです。喜んで」

カールが答える前にジェニファーが愛想よく答えた。


五人は防護服を着て、二重扉を通りＰ３・５ラボに入った。

冷凍ボックスから慎重に、ユリンダ村の感染者と死者から採った血液の入ったサンプルケースを取り出す。教授はカールの背後に立って、その様子を見ている。

サンプルケースから血液を試験管に入れた。今朝感染が分かった女性の血液、すでに死んでいる感染者の血液もある。さらに、クック医師の血液もある。カールは電子顕微鏡用の試料に加工してセットした。

モニターを見ると赤血球、血小板などが映し出されている。その中にエボラウイルスに似た棒状のウイルスが映っている。これらのウイルスが細胞に入り込み、破壊しながら増殖していくのだ。

「やはりウイルスに感染している。しかも、まだ増殖している。患者は十時間も前に死んでいるのに。ウイルス自体が強靱《きょうじん》なのだ」

カールが呟《つぶや》くように言う。教授も食い入るように画面を見ている。

「これはエボラウイルスか。いや、違う。かなり大きい。どこでこれを」

カールは村の様子を教授に説明するよう、レオニードを促した。

「ユリンダ村です。ここから五十キロほど西の小さな村です。村人の全員が感染して、その大部分の者が死んでいます。現時点でです。おそらく全員が死亡するでしょう。医療品もなく医療団もいません。一人いた医師も感染していました。今頃《ごろ》は、症状が出ていると思います」

「ロシア政府は知っているのですか」

教授がカールに向きなおった。

「報告はしたと言っていました。どこかで止まっているのでしょう。あるいは――」

握り潰《つぶ》そうとしている。コロナ禍で人々は疲れ切っている。これ以上の重荷を背負いたくない。政府も同様な思いだろう。しかし、という思いもカールの脳裏をかすめた。軍が関《かか》わっているとしたら。感染が収まれば、軍が乗り出してくる。

「感染はいつ始まったと」

「先週からです。一人の男が感染して、その家族、近所の家々。住民五十名ほどの小さな村です。一気に広がりました」

「村の外には」

「現在は、感染は村に封じ込められています。クック医師が感染者の隔離を行い、感染を食い止めています。冬なのと、雪で村が閉ざされているのも幸いしました」

教授は再度、モニターに目を向けて考え込んでいる。

「あなた方はこれからどうするつもりですか」

「もっと情報が必要です。ウイルスの遺伝情報が分かれば、さらに詳しくウイルスの特定ができます」

カールは慣れた手つきで実験装置を操作した。背後と横から四人が緊張した面持ちでカールの手元を見ている。最後に遺伝子読み取り機にセットしてスタートボタンを押した。二時間後には結果が出る。

「確かにあなた方の技術はすばらしい。だがこのまま見過ごすには、事が大きすぎます。私にはしなければならないことがある。ここの始末をお願いします」

教授がカールとジェニファーに向かって言う。

「レオニードは私と一緒に来てくれないか。詳しいことを聞きたい」

教授はレオニードと一緒にラボを出ていった。

「サハロフ教授は何を考えている。彼は信用できるか」

カールはルドミラに聞いた。

「いい人です」

「それはロシアにとってか。世界にとってか」

ルドミラの表情が変わった。今にも涙が溢《あふ》れそうだ。ジェニファーがカールを睨《にら》みつけて、ルドミラの肩を抱いた。

「所長の仕事は主に副所長がやって、教授はまだ現役の研究者です。だから私たちに、所長ではなく教授と呼ぶようにと」

実験器具を片付けて血液サンプルを処理しようとしたところに、防護服を着た男が五人入ってきた。

「後は我々が引き継ぎます。あなた方は出てください」

「その血液サンプルは危険だ。僕たちで処理する」

カールの前に二人の男が立ちふさがった。

「冷凍ボックスを預かります。この方たちを連れ出すように」

ジェニファーが持っていた冷凍ボックスは男たちの手に移った。

ラボを出ると十人余りの男に取り囲まれた。半数は白衣を着た研究者らしき男たちで、残りは大学施設の警備員だ。銃を持った警備員もいる。

「私はアメリカ人よ。CDCの職員。アメリカ大使館に連絡して」

ジェニファーが腕をつかもうとした警備員に言う。

「その前に色々聞いておかなければならないことがあります」

声とともに、サハロフ教授が前に出てきた。横には泣きそうな顔をしたレオニードが立っている。

カールとジェニファーは警備員に会議室へ連れて行かれた。

ルドミラがついてくる。レオニードに通訳として一緒にいるように言われたのだ。

「僕たちはどうなる。レオニードは何か言ってなかったか」

「あなたたちの助けになるようにと、言われただけです。教授も迷っているようです」

「迷うって、何を迷うことがあるの」

ジェニファーが警備員を気にしながら押し殺した声で言う。

「レオニードから、あなた方のことを聞いたと言ってました。特にあなたが探しているパルウイルスの扱いについてです。本当にそんなウイルスがいるのかと」

「ロシアの大学教授として、政府に報告する義務があるということか」

ルドミラは躊躇《ちゅうちょ》しながらも頷《うなず》いた。

「突然、自分の研究室の実験室に入り込んだ外国人。しかもアメリカ人で、一人はCDCのメディカルオフィサーだ。P3ラボに入り込んでウイルスを探している。すでに多くの法律を犯している。教授も共犯と疑われてもおかしくない」

「そんなこと言ってる場合じゃない。あなたも電子顕微鏡でウイルスの映像を見たでしょ。ユリンダ村では感染が起こり、住民が全滅しかけている。あのウイルスがパルウイルスかどうか調べて、感染を止めなきゃ大変なことになる」

「パルウイルスでなくても、十分に大変なことになっている。このままだと、ロシアだけじゃなくて、世界がそうなる」

カールの言葉にジェニファーの表情がさらに硬さを増した。

一時間がすぎたが、誰もやってこない。

「携帯電話を返してもらって。アメリカ大使館に電話してみる」

その時ドアが開き、サハロフ教授が入ってきた。横にはレオニードが立っている。

教授はテーブルの前に行き、十枚近い写真を並べた。

「電子顕微鏡の映像の写真です。これについて、あなた方の見解を話してくれませんか」

P3ラボで見たものより、さらに多くの写真が加わっている。

「教授に言われて、他のサンプルの写真も撮ってきました」

レオニードが申し訳なさそうに言う。

「村で広まっている感染は、サンバレーと似ています。症状もウイルスの写真もSウイルスに近いが、他のウイルスかもしれない。結論は遺伝子解析の結果を待った方がいい」

顕微鏡写真を見ながらカールが言う。一枚の写真に目を止めた。裏に名前が書いてある。

「アンドレ・クック医師も感染している。できるだけ早急に助けを送ってほしい。彼は覚悟はしていたが」

「シベリアの保健局にユリンダ村の状況は伝えておきました」

教授の言葉にジェニファーが視線を向ける。

「医療品と医師団を送ってくれるの」

「上に報告すると言っていました」

「WHOを通じてロシア政府に働きかけたい。これも、時間がかかると思うけど」

「どちらも村人が全滅してからの話になる」

カールは皮肉を込めて言ったが、教授の表情は変わらない。

「それで、私が知っておかなければならないことを話してくれますか」

教授の言葉にカールはジェニファーを見た。ジェニファーが軽く頷く。

カールはニューヨークの出来事、カリフォルニアのサンバレーでの封鎖について話した。シベリアのマンモス由来のAウイルスとSウイルスが関係していること、さらにユリンダ村のウイルスはパルウイルスという強毒性のウイルスの可能性があることを伝えた。

「では、すべてのウイルスはシベリアの永久凍土に埋まっていたマンモスが宿主だとおっしゃるのか」

「その可能性を確かめるためにここに来ました」

カールはスマホを返してもらうと、写真を教授に示した。Aウイルス、Sウイルス、そしてダンが送ってきたパルウイルスが映っている。

「これらのウイルスはマンモスを宿主として生きてきたと思われます」

「数万年もの時間をですか」

「そうです。その眠りを人間が覚ました」

カールは改めて写真を見た。ウイルスは時間を超えて、その生命をつなぎ続けたのだ。

「ニューヨーク、サンバレー、ユリンダ村。それぞれの場所でそれぞれのウイルスがヒトに感染した」

「ウイルスが変異していったというのですか。マンモスを宿主にしていたウイルスが、ヒト・ヒト感染するウイルスへと」

「単なる変異とは違うと思います。時代と場所で、独自のウイルスに変わっていった。一人の祖先を持つ人類が、時間と環境の中でさまざまな人種に分かれ、それぞれが個性を持っていったように」

写真を見たジェニファーも頷いている。

ユリンダ村のウイルスは、アメリカのサンバレーに持ち込まれたマンモスと関係があるのか。それともダンが送ってきたウイルスなのか。カールの脳裏を交錯した。

そのときサハロフ教授のスマホが鳴り始めた。教授は頷きながら聞いている。スマホを切るとカールに向き直った。

「医療班がユリンダ村に向かっています。政府も重要性を理解したようです。あなた方の話を聞いた限りでは、どこまで対処できるか分かりませんが」

「まず村を完全に隔離すべきです。その上ですべてのデータを世界に公表してください」

「レオニードに村の写真を見せてもらいました。我が国で起こっていることとは思えませんでした」

「私たちは何もできませんでした。だから世界に報《しら》せたい」

「すべてレオニードから聞いています。あなた方は我が国を救ってくれた。感謝していま す。ただ、そうではないと思う者も多くいますが」

「私たちはもうしばらくこの国にいることはできますか」

カールの言葉にジェニファーが眉《まゆ》をしかめた。

「何をするつもりです」

「宿主を見つけたい。これは多くの意味で必要なことです」

「凍土に埋もれていたマンモスではないのですか」

教授が一瞬、レオニードに視線を向けた。その視線を避けるようにレオニードは下を向いた。

「AウイルスとSウイルスはここで掘り出した子供のマンモスが宿主です。しかし、パルウイルスについては宿主は特定されていません」

「あなた方がおっしゃるパルウイルスがSウイルスの変異株であれば、これ以上探す必要はないわけです」

「変異の時間が短すぎます。こんなに短期間でウイルスがこれほど変異するのは珍しい」

「しかし、可能性はゼロではない」

確かにその通りだが、カールは違和感をぬぐい切れない。CDCに頼んだパルウイルスの遺伝子解析の結果を待つしかないのか。

「今後も調査は続ける必要があります。ガスポルト内を調査することはできませんか」

「個人的には歓迎するが、私の権限外です。私はシベリア研究所の所長ですが、一大学職員にすぎない。私の立場も理解してほしい。これからモスクワの学長と電話会議です」

教授が腕時計を見ながら言う。

ドアの方に歩きかけた教授が立ち止まり振り返った。カール・バレンタイン教授、と呼びかける。

「『遺伝子、その生命の起源』は素晴らしい本です。失礼を許してほしい。実は、あなたのことは存じていました。コロナ対策についてのあなたのレポートは、ロシアにとっても有益でした。お目にかかれて光栄でした」

教授はカールに対して頭を下げると出て行った。

カールとジェニファー、レオニードとルドミラの四人は会議室に残された。

「なにかできることはないの。このままここで何もできないなんて――」

ジェニファーが立ち上がり部屋の中を歩きながら言う。

「疫学調査が必要だ。他にもユリンダ村のような村があるはずだ」

カールはレオニードに視線を向けた。

「ガスポルトの採掘現場近くで、同じような感染症が発生していないか調べてくれ。過去の話でもいい。風土病のような病はなかったか」

「教授の指示で、現在この研究所にいる学生たちが調べています。行きがかり上、僕がリーダーに指名されました。明日、集まる予定です。よかったら出てください」

「注意してやってくれ。学生たちが実際に村を回るってことはないだろうな」

「全員、感染症の恐ろしさは知っています。コロナの治療にも関係した医学部の学生もいます」

「現実の恐怖だ。頭の中のものとは違う。きみらもユリンダ村で経験しただろう」

レオニードとルドミラが顔を見合わせている。

写真や映像で知ってはいても、やはり実際に体験するのとは違う。死にかけている患者の息遣いを聞き、匂《にお》いを嗅《か》ぎ、肌に触れ、流れ出る血をふき取る。患者の苦痛と絶望を共有するのだ。それは恐怖と死そのものだ。

## 2

翌日の昼前、大学の実験準備室に学生たちが集まっていた。

壁のホワイトボードには、チェレムレフカ町周辺の地図が張られ、複数の赤丸が書き込まれている。ユリンダ村には昨日、カールたちが行って村人の血液サンプルを集めてきた。その周辺のサスヤラフ村、ジリオハ村にも感染者が出始めている。

「最初にペトロフがガスポルトの敷地内で感染して、ウイルスを村に持ち帰り家族に感染させ、家族が村人に感染させた。感染した村人が他の村に行き、そこの村人に感染させる。こうなると、感染は止まらない」

カールがホワイトボードの各村を赤線で結び、感染した順番に番号を書き込んでいく。書きながらコロナ禍のことが脳裏をかすめていた。自分の慢心が母を殺した。疲れてはいたが、自分は感染対策のプロだと自信があった。対策は十分だと。なぜもっと注意しなかったのか。

「感染者の接触で感染は広がっていく。接触を断てば感染は封じ込めることができる」

カールはレオニードに視線を向けた。レオニードが立ち上がり説明を始めた。

「ユリンダ村は村人四十八名のうち、四十名が発症。うち三十六名が死亡。現在、死者はもっと増えている。サスヤラフ村の感染者は二十九名、死者十九名。ジリオハ村は感染者八名、死者五名です。ただし、今後もっと増えると予想されます」

レオニードがホワイトボードの地図を指しながら説明した。

「感染症は感染ルートをたどることが重要だ。ジリオハ村の発症はサスヤラフ村より、二日遅れている。ジリオハ村はサスヤラフ村の者から感染したと考えられる」

カールがレオニードに二時間前に説明したことを学生たちに伝えた。

「この辺りの第一感染者はユリンダ村のペトロフという男ということですか」

学生の一人がカールに聞く。

「間違いはないと思う。だが、感染が収まれば再度確かめてみる必要がある」

「ユリンダ村への感染は、ペトロフさんからさかのぼれば感染源に行き着くんでしょ」

「その通りだ。しかし、ユリンダ村に入るのは今は危険すぎる」

現在、ユリンダ村はロシア軍によって完全にロックダウンされている。一般人の入村は禁じられているが、教授の力で各村には医療物資と医療班が送り込まれている。

「ユリンダ村について、新しいことは分かったか」

「治療はほとんど役に立っていないそうです。対症療法で、死期を数日延ばすだけ」

カールの質問にルドミラの言葉が途切れ、頰《ほお》を涙がつたった。

「クック医師が亡くなりました。最後まで患者に寄り添っていたそうです」

「過去に感染症が出た村はないのか。ユリンダ村の前だ」

カールが問いかけると、地元出身だと言う学生の一人が話し始めた。

「消えた村って、聞いたことがある。ただし、俺《おれ》が生まれる前のことらしいけど」

「僕もある。特別暑い夏の年には、悪魔が村にやってくるって。先住民の伝説。村人から魂を奪い、身体《からだ》を食い尽くすって。血まみれになって死んでしまう」

「エボラ出血熱の症状じゃないのか。サイトカインストームにも通じるところがある」

「詳しくは知りません。言い伝えですから。今まで、言うことを聞かない子供を叱《しか》るときに使う話かと思ってた」

「これじゃないですか。ルイカン村の悲劇。悪魔の出現。ネットに出ています。一九九三年。三十八名の村人が死に、生存者は三名。その三名ものちに死亡した」

タブレットを見ていたレオニードが言った。

「村人が悪魔に食われて、村が全滅した話です。その年の夏も暑かったそうです。八月のシベリアの平均気温は過去最高だったと書いてあります」

「今年の夏も暑かったな。冬は最低でもマイナス十度を下回っていません。永久凍土が融けて露出したマンモスの体内にいたウイルスが活性化したんですか。それが感染を引き起こした」

「バカなことを言うな。生き返った大昔のウイルスが村人に感染した、と言いたいのか。ゾンビウイルスってわけか」

「他に同じような例はないか、明日、市役所で調べてみます」

学生たちが勝手にしゃべり始めたので、制するようにレオニードが言った。

「いま調べましょう。姉さんが役所に勤めています。総務課です」

学生の一人がスマホをタップした。

「姉さんか。頼みたいことがあるんだ」

学生はスマホをスピーカーにして、テーブルの上に置いた。

「昔、なんかの話の時に、一夜にして消えた村の話をしてくれただろ。もう一度詳しく話してくれないか」

〈いま、勤務中よ。そういう話は後にして。五分後には休憩に入るから〉

妙に取り澄ました声と言い方が返ってくると、電話は切れた。

「近くに誰《だれ》かいるんでしょ。姉の方から電話が来るはずです。ロシアでは、ヤバい話のときはよくあることです」

学生の言葉通り、五分後にスマホが鳴り始めた。彼は全員に黙っているよう合図して、スマホをタップした。

〈急に変な話をしないでよ。同僚たちが聞き耳を立ててるんだから。特に最近はね〉

「大事な話なんだ。前に話してくれただろ。疫病の話だよ。まとめておいた方がいいかと思って」

〈あんた、医学部の学生らしくなったね。父さんたちも、喜ぶよ〉

声を潜めて話しているが、嬉《うれ》しそうな様子が伝わってくる。

〈あんたが医学部に入った時、私が話そうとした話題でしょ。興味なさそうなのでやめにした〉

「悪かったよ。コロナ前の話だろ。あの時は興味がなくて。でも今は感染症の話は重要だと思ってる」

〈もう何年も前の話。例年より暑い日が続いた八月だった。村人の子供で、モスクワ大学に行っている学生が夏休みで村に帰ったんだって。でも家には誰もいない〉

女性が声を潜めて話し始めた。全員が真剣な表情で聞いている。

〈村人の全滅が分かったのは、翌日の昼前だった。墓地に行くと、墓の前に一人の男が倒れていた。死んで何日もたってる様子だった。ここからは、学生の推測。倒れていた男は村の最後の生き残りだろうって。死んだ村人はその男が埋葬した。最後に残った男は、自分が最後に埋葬した墓地の前で死んだんだろうって。自分の両親の墓もあったと言ってた。両親が最後の一人でなくてよかったたって〉

話は十分余りで終わった。誰かが女性の名前を呼ぶ声と同時に電話は切れた。

「レニ村の話じゃないのか。色々、伝わってる。尾ひれを付けながらね」

「ロシア政府は動かなかったのか」

「この辺りじゃ、まだ携帯電話もなかった。極東の小さな村なんて、政府の頭にはなかったんだ。今でもないけど」

学生は淡々と話した。全員が頷いている。

「もし政府が知ってても、不安を広めることはないと決めたんじゃないですか。先住民の村の一つや二つはどうでもよかった。下手につついて、騒ぎが広まると大変だと判断したんじゃないか。コロナだってウイルスの起源が騒がれても、世界は知らん顔だ」

「似たようなことが複数起こっている。感染が広まれば、コロナ同様、恐ろしい感染症だ。だから宿主を突き止めなければならない」

学生たちは真剣な表情でカールの言葉を聞いている。

その日の夜、カールの部屋にジェニファーがやってきた。

ベッドに座って、タブレットで資料を読んでいるカールに言う。

「ここ数日のあなたを見てると、不安になる。何をそんなに焦ってるの」

「軍が動き出している。教授の知らせで政府が慌ててる。モスクワでは軍が本格的に乗り出すか検討しているらしい。そうなると、この辺りの村は立ち入り禁止になる。もうなっている村も多い」

「誰に聞いたの」

「レオニードだ。彼の親戚《しんせき》に軍の関係者がいるそうだ。ＳＮＳにもいくつか出ている。すぐに消されるらしいけど」

「私たちの代わりを軍がしてくれるという訳でもなさそうね」

「コロナの時、中国が何をしたか思い出せ。多くのことが闇に葬られている。やって来るのは医療部隊ではなく、生物兵器部隊だ」

中国、武漢で発生した新型コロナウイルスは数カ月の内に世界に広まった。ＷＨＯはその発生源を突き止めようと調査団を派遣したが、中国政府のさまざまな制限により、今もその発生源は特定されていない。発生源を見つけることは、パンデミックを防ぐ上で非常に重要なことだ。

「私たちは非合法にここにいるってことを忘れないで。おそらくここの警察は私たちに感づいている」

「政府なんてそういうモノだ。たとえ嘘《うそ》はつかなくても、都合の悪いものは表に出さない。ただ、しっかり見張ってる」

「だったら、おとなしくアメリカに帰るべきよ。今回のウイルスにもっとも詳しいのはあなたなんだから。ここにいなくても今後のワクチン、抗ウイルス剤の開発に貢献できる」

ジェニファーが真剣な表情でカールを見ている。

## 3

翌日の朝、レオニードがタブレットを持ってカールの所にきた。

「友達からの報告です。サスヤラフ村、ジリオハ村以外のユリンダ村近くの村にも感染者は出ています。ただ、ユリンダ村ほどひどくはないようです。ウイルスの種類が違うのかもしれないということです」

「だったら、村を回って血液サンプルをとる必要がある」

いずれユリンダ村と同様になる、という言葉を呑《の》み込んだ。

カールの脳裏に、洞窟《どうくつ》の入り口で死んでいた子供のヘラジカが浮かんだ。あのヘラジカには死に至るほどの傷などはなかった。内臓の様子も詳しく調べるべきだった。

「ガスポルトで働いている者がその村にいるか」

「すべての村で複数の者が働いています」

「それぞれの村の最初の感染者を特定したい。いつ、どこで感染したのか。詳しいことを知りたい」

「まだ調べられていません。仕事先を調べるのが精一杯でした」

「重要なことだ。分かれば感染経路が特定できるかもしれない」

「できる限りやっています」

「村の一つに行ってみたい。できれば、ガスポルトにも。いちばん近い村はどこだ」

「モーリエ村です。途中まで車で行って、後はスノーモービルです。四時間もあれば行けます。途中何ごとも起こらなければですが」

「現地での作業時間はどのくらい取れる」

カールは頭の中で計算しながら聞いた。

「今から出れば午後には到着できます。その場合、作業時間は二、三時間。調査を終えると暗くなってます」

「泊まるところはあるのか」

「任せてください。この辺りは僕の庭のようなものです」

もっと手入れが必要だと冗談が口元まで出たが、そういう雰囲気ではなかった。レオニードはトラックにスノーモービルを積んでおくと言う。

「用意ができたら言ってくれ。僕はいつでも出かけられる」

レオニードはスマホを出して、ルドミラに電話しながら部屋を出て行った。彼は彼なりに精一杯やっている。彼のような若者がいる限り、この国、この地球は大丈夫だという気になる。

三十分後、カールはレオニードの運転で出発した。

前回と同様、途中で車を降りてスノーモービルに乗りかえ、雪原を走ることとなる。

「距離は二十キロほどです。モーリエ村は中規模の村です。村民は百二十人余り。現在のところ、感染者はゼロでした」

「組織サンプルは取れそうか」

「血や組織をくれと言っても、反感を持たれるだけです。政府から派遣されたと言いましょう。あなたはアメリカから招かれた政府の科学者。僕はその助手兼通訳です。ロシア人は権威に弱い。ＩＤなんて必要ないです。求められたら運転免許証でも見せてください」

レオニードが自虐的に言う。カールに異存はなかった。

「この辺りの村、すべてに感染が広がるんですか」

「今の状況ではそうなる。しかし今は感染が起きても、村単位で止まっている。人の行き来があまりなかったからだろう。今後はどうなるか分からない」

問題は夏だ。雪が解ければ村々の行き来も活発になり、マンモスハンターが外国からやって来る。そして何より永久凍土の融解がさらに大きくなり、ウイルスが流出してくる可能性が高まる。

「いつかは村々に広がり、次は町ということですか。そしてモスクワなど、内陸の大都市に広がり、山や海を越えて外国にも広がる」

「我々はコロナウイルスで、パンデミックの恐ろしさは十分すぎるくらい経験した。その経験が生かせていない」

「二度とあいう経験はしたくないですね。当時僕は、ウズベキスタンのタシケントに住んでいました。人口二百四十万人、ニューヨークと比べれば大きな町でもないですが、親戚が感染して、祖母と叔母と従妹《いとこ》を二人亡くしました。従妹は二十五歳と、二十二歳でした。先生は身近な人を亡くしましたか」

「いずれガスポルトの敷地内をもっと調べたい。必ず宿主となるモノがある」

カールはレオニードの問いには答えず、アンカレジとサンバレーで見たマンモスを脳裏に浮かべながら言った。


三十分ごとに休憩しながら、車で二時間ほど北に向かって走った。午後になって、スノーモービルを下ろした。

「ここから雪原を走ります。一時間ほどで村があります」

レオニードの言葉通り、雪原の先に家々が見え始めた。モーリエ村だ。

通りに沿って両側に四十余りの家が並んでいる。村というより、小さな町という感じだ。政府の先住民対策によって作られた村だ。

「待っていてください。僕が先に行って、状況を話してきます」

レオニードは村の中央にある役所に入っていく。

カールは役所の前に立ち、村の様子を見ていた。人通りはほとんどない。通りを隔ててあるスーパーマーケットに時折人が出入りしている程度だ。三十分ほどでレオニードが戻ってきた。

「有力情報です。一緒に聞いてください」

カールはレオニードと村長の所に行った。村長は胡散臭《うさんくさ》そうにカールを見たが、話し始めた。

「ここから二十キロほど東にユリュート村という先住民の村がありました。先住民の村としては大きな方で村民は七十人余りでした。その村が五年前、ひと夏で消えてしまった」

「消えたというと住民がいなくなったということか」

カールの言葉をレオニードが村長に通訳する。

「モーリエ村はユリュート村とは行き来があったそうです。親戚関係にあった者も複数いたということです。その行き来が突然なくなった」

「電話は通じなかったのか。親戚であれば連絡は取り合うだろう」

「突然、通じなくなったそうです。当時は電波状態が良くなかったと言っています。今もですが」

「様子を見に行った者はいないのか」

「村から五キロほど手前に軍の検問所ができていて、追い返されたと言っています。この国ではよくあることです」

「軍の兵士の服装は」

「普通の軍服だったそうです。何を聞いても答えてくれなかったと言っています」

感染防止用の防護服がないのか、感染症を疑わなかったのか。

「半年で冬に入り、次の年の夏に出かけると、村には誰もいなくなっていて、以来、連絡が取れなくなったそうです」

「それ以後、村はどうなってる」

「ユリユート村の話はタブーになっているそうです。親戚の安否を聞きに役所に行った者もいたそうですが、村ごと移住したのだろうって。先住民にはよくある話だそうです。僕はそうは思いませんが」

「移住であれば連絡があるだろ。おかしいとは思わなかったのか」

「当然思ったそうです。そうするうちにコロナが世界に広まって、この辺りまで大騒ぎになった。おそらくそのせいで、忘れられたんだろうって」

「この村ではコロナの感染者は出たのか」

「モスクワに行った三人が感染したと言ってます。連邦保健省の役人がきて、彼らを連れて行ったそうです。二人が死に、一人は回復して村に戻っています」

「コロナウイルスよりもひどい何かが、ユリユート村に起こったというのか」

午後三時近く、陽《ひ》が沈みかけている。

「これからユリユート村へ行こうって言うんですか。僕は感心しませんね」

「急いでここでのサンプル採取をすませよう。病院はどこだ」

モーリエ村でのサンプル採取が終わった時には、辺りは暗くなっていた。

「ユリュート村へ行ってくれ」

「分かりました。明日になりますが」

空を見上げると星ひとつ見えない。すぐに闇と寒さが辺りを支配する。二人は村を出た。

スノーモービルで走り始めた。

「どこに行くんだ」

カールはレオニードに聞いたが答えない。レオニードは前方を睨むように見て運転を続けている。

風が冷たさを増し、カールの全身から熱が奪われていく。細かい震えが始まった。

「僕の背中にピッタリと身体をつけて。風をよけて暖が取れます。転げ落ちたら命取りです。眠気の防止にもなるし、何より熱を逃がさなくて済む。僕にも好都合なんです」

レオニードが怒鳴るような声を出した。

カールはレオニードの腰に腕を回し、全身を彼の身体に押し付けた。風がさえぎられると共に熱が戻ってくる。レオニードの言葉通り、数倍楽に感じる。

「まだ遠いのか。こういう乗り物には慣れてないんだ」

スノーモービルの速度が落ち、止まった。レオニードがスマホのＧＰＳで現在位置を調べている。

全身の関節が凍り付いたようで、動かせばギシギシ音が出そうだった。

「十分の休憩です。ストレッチをしてアメでも舐《な》めてください」

レオニードがポケットから出したアメ玉を一つカールに渡し、自分も口に入れた。甘い味が口中に広がり、糖分が全身に染み渡る。

突然、北の空が明るくなった。空を見上げると淡いグリーンの輝きが天空を染めている。その輝きがうねりながら帯状に変化し、高さを増し、濃さを増していく。天空から下りた光の幕が、微風にそよぐ巨大なカーテンのように揺れ始める。白く輝くひだが大きくたなびく。時折赤味を帯びた光がひだの中を流れる。オーロラだ。

「シベリアで唯一自慢できるものです」

天空の輝きを呆然《ぼうぜん》と見つめていたカールにレオニードが言う。

「雪原やそこに生きる生物も自慢できるだろ。アザラシ、シロクマ、ヘラジカもだ。この夜空もここ以外では見られないものだ。自慢していい」

これだけは数万年前と変わっていないはずだ。マンモスもヘラジカもこの光のカーテンを見たのだ。犬の遠吠《とおぼ》えのような声が遠くで聞こえる。

「オオカミです。オーロラと話しているんです」

声は波打つ光の動きに合わせるように高く低く、悲しげにも聞こえる。

「行きましょう。止まっていると体力を消耗するだけです」

寒さは皮膚を通り、骨まで凍えさせ脆《もろ》くする。一時間ほどで車を止めた地点についた。

スノーモービルを積み込み、車は雪原を西に向かって走った。一時間ほど走るとスピードが落ちた。

前方に黒い影が見え始める。長方形の建物だ。平屋の小学校ほどの大きさで、窓は一棟に二カ所、箱を雪原に置いたようだ。シンプルすぎるほどシンプルだった。そういう箱が三個ある。車はその前で止まった。

「モスクワ大学のシベリア研究施設です。永久凍土と資源の研究を行っています」

「三棟ある建物はなんだ」

「大きな建物に研究室と研究員の居室があります。あとの建物は倉庫です」

「何人くらいが働いている」

「今は誰もいません。人が来るのは夏場だけです。昔は冬も開いていましたが、ここ数年は閉じています。コロナの影響で予算が大幅に削られました」

この施設はシベリアの資源開発のために作られた施設で、十年前までは年中十人体制で、主に永久凍土の地下に眠る資源開発の研究が行われていたことをレオニードが話した。

「とにかく中に入りましょう。凍えそうだ」

二人はカギを開けて中に入った。

「発電機を回してきます。燃料は十分あるはずです」

カールは懐中電灯の光で室内を見回した。小さな研究室だが、装置は十分とはいえないまでもそろっている。

「実験室のドアは開けないで。あとで説明しますから」

地下からレオニードの大声が聞こえる。十分ほどで発電機の音と同時にライトがついた。

「サハロフ教授はこの施設に関係があるのか」

「教授が管理しています。ガスポルトや村までは、チェレムレフカからだと行き来に時間がかかるからここを使うようにと」

レオニードは話しながら装置を見て回っている。今回のことはサハロフ教授も承知しているのだ。

「僕が前回来たのは夏です。一週間いました。シベリアは夏と冬とでは段違いです。冬は雪と氷の大地ですが、夏は草と虫の大地です」

シベリアに来たことのある友人が、蚊の大群に襲われたと大騒ぎしていたのを思い出した。

「ここからユリュート村まで一時間ほどです。ガスポルトまでも約一時間。明日は、ユリュート村に行ってみましょう」

「ここに泊まることができるのか」

「そのための研究所です。本当は冬の研究基地だったんですが、現在では夏、虫や植物や土壌、色んなサンプルを採集して、冬は大学に戻り、持ち帰ったサンプルからデータを取ります。機器も日進月歩ですからね。ここにあるモノは、できたときは最新式でしたが、現在ではマンモスと同じです。図体《ずうたい》はデカいが、中身は太古そのものです」

「しかし、十分に使える。知恵さえあれば」

カールは顕微鏡や遺伝子解析装置を見て回った。


その夜、施設の備蓄食料で夕食を済ませた後、これからのことを話し合った。

できる限り近隣の村を回って、住民のデータを集める。パルウイルスにつながるものがあるかもしれない。

「ウイルスの発生源を特定するんだ。ユリンダ村から半径五十キロ以内の村を調べよう。そこの住民の健康チェックをしたい」

感染者を探し出し、感染源を絞り込んで宿主を見つける。カールは地図を見ながら指示を出した。気が付くと雪が激しく舞っている。風も出てきたようで、施設の窓に激しく当たる。

「静かでしょ。二重窓なので雪の音を消し、寒さから室内を守ります。オーロラが見えないのは残念ですが」

吹雪がオーロラの光を飲み込み、闇に包まれている。カールはぼんやりと窓に当たる雪を眺めていた。

# 4

翌朝、昨夜あれほど降っていた雪は止《や》み、風も収まっていた。

カールとレオニードはまだ暗い雪原をスノーモービルで出発した。一時間も走ると、雪の中に黒い点が見え始め、近づくにつれて家の柱らしきものになり、その数が増えて集落になった。

「廃墟《はいきょ》の村です。ユリュート村の跡だ。墓は村の北側だと言ってました」

レオニードは村の外れでスノーモービルを止めた。

二人は懐中電灯の光の中を研究施設にあったスコップとつるはしを持って歩いた。

「気を付けてください。滑りますよ。転ぶとケガをします。地面は鉄のように硬い凍土ですから」

大地の表面は凍っているが二カ月もすれば氷が融け、雪原は草原に変わる。

低い丘を上がったところで、カールは息を呑んだ。野球場ほどの雪原にぎっしりと墓が並んでいる。立っているのはほとんど朽ち果てた粗末な墓標だ。

「ひと夏で村が全滅している。管理者もいないし、墓参りに来る人もいないのでしょう」

カールの脳裏に埋葬する最後の一人の村人の姿が浮かんだ。何を思いながら埋葬したのだろう。自分自身の死についてか。そしてその一人は――。

「村は廃墟になっていた。朽ち方が早すぎるようだが」

「燃やされた後、風雨や雪にさらされたからでしょう。最後の一人が火をつけて、村を出たのかもしれません。呪《のろ》われた村を消し去るために」

ユリュート村の親戚の安否を調べに行った村人を軍が追い返した、とモーリエ村の村長が言っていた。村を燃やしたのは、最後まで生き残っていた村人か、それとも軍がすべてを消し去るために火をつけたのか。二人はしばらく目の前の墓地を見ていた。

「我々が初めての墓参りというわけか」

カールは懐中電灯の光を当て、立ち並ぶ粗末な墓標を見渡した。全部で百以上ある。村人の代々の墓もあるのだ。

「さあ盗掘だ。宝が埋まっているかもしれない、我々にとっての。まず、新しそうなのを探すんだ」

カールは沈んだ気分を奮い立たせるように言い、墓地の中を歩いた。多くは墓標の文字も満足に読めなくなっている。中で比較的新しそうな墓標の前に立ち止まった。

「グリゴリー・グデスマン。一九九二から二〇一八。二十六歳。これから始めよう」

カールはスコップで大地を掘り起こそうとしたが硬くて入らない。

「永久凍土ほどではないですが、かなり硬いですよ。半分凍っています」

カールはレオニードの言葉を無視して今度はつるはしを振り上げた。それを見て、レオニードがスコップを手に取った。

辺りが明るくなり始めている。薄い光の中に墓標が並ぶ墓地が浮かび上がる。

一時間以上掘り進むと、棺《ひつぎ》の上蓋《うわぶた》が見え始めた。

「これを開けるんですか」

「遺体のＤＮＡを調べるんだ。七十名以上の村人が、ひと夏で死んだ。明確な原因があるはずだ」

カールはリュックから使い捨ての防護服を出して、レオニードに一つを渡した。

「念のためだ。真冬の夜はマイナス三十度にもなると聞いた。おまけに年月もたっている。ウイルスの活性化は失われていると思うが」

カールはレオニードを安心させるように言う。しかし、マンモスの体内で三万年もの時間を生きていたウイルスもいるのだ。棺を壊さないように、周りの土を取り除いた。

「遺体を持ち帰って病理解剖するのがいちばんなんだが」

「まさに盗掘です。マンモスとは違います。どこに、どうやって運ぶんです。ウイルスの有無が分かれば十分じゃないですか」

カールは答えず、棺の蓋に手をかけて開けようとした。ほとんど手ごたえなく、木片が崩れた。棺の穴から遺体の眼窩《がんか》がカールを見上げている。思わず声を上げそうになったが、なんとかこらえた。レオニードが顔を背けている。

「凍ってるからいいですが、融けると大変ですよ。完全に腐ってます。湿気の多い地域だ。

二、三年もたてばすべてが土に戻ります」
カールは一瞬躊躇したが、スコップで蓋を突いた。一突きで三分の一が崩れる。

「蓋を外すなんてことはできませんよね。仕方がないか」

レオニードが言い訳のように言う。

棺の中の遺体は朽ちかけた衣服を着て、ほとんど骨になっている。棺の底の部分が崩れて、土が見えていた。レオニードの顔にほっとした表情が現れた。

「満足な皮膚組織なんて残っていません。骨の表面が黒っぽいのはウイルスですか」

「カビだ。この湿気だ。細胞組織はほとんど土にかえり、残っているのは骨と衣服の一部だけだ」

「どこを採取すればいいんですか」

「最初に写真を撮って、身体からサンプル採取だ。頭部と胸、腹、手足の骨の一部を持って帰る。もちろん、土壌採取も行う。ウイルスの痕跡《こんせき》を探すんだ」

カールは遺体を調べながら言った。

「骨を持って帰るんですか。賛成しません」

「死因が分かるかもしれない。ウイルスが発見され、死因が分かれば、今後の役に立つ」

ナイロン袋に入れたスマホを出して録音アプリをタップした。

「身長約百七十センチ。男性。年齢は墓碑によると二十六歳。遺体と墓碑の写真を撮ってくれ」

遺体の所見を録音しながら、作業を続けていく。

二時間ほどかけて慎重に骨と土壌を採取した。運がよければ、どちらかにウイルスの痕跡が残っているかもしれない。

「帰りましょ。正直、こんなところに長居はしたくないです」

埋め戻そうとするレオニードの腕を押さえた。

「帰るときにまとめて埋め戻そう。あとで、調べることが出るかもしれない」

「帰るとき、まとめてって——」

「せっかく来たんだ、あと二、三体は調べたい」

「本気ですか。一体調べるのに二時間もかかったんですよ」

レオニードが泣きそうな声を出したが、カールは次の墓を探して歩き出している。

「これにしよう。オクサナ・スコプツェワ。女性。九歳」

レオニードがため息をついて掘り始めた。比較的頑丈な棺で、朽ちてはいたが崩れ落ちることはなかった。

前の男性より、遺体の状態は良かった。少なくとも肉片が残っている。遺体の周りには三体の人形と布の袋が置かれていた。

「髪もかなり残っています。前の男性はほとんど何もありませんでした」

「はげてたんじゃないか。おそらく貧しい男性だ。棺も簡素なものだ。オクサナは裕福な家の娘。かなり高価そうな服を着て、子供ながらにネックレスもしている。布の袋に入っていたのは、食べ物だ。埋める時にお菓子もいれたんだ」

カールは録音しながら遺体を調べ、男と同様に骨と肉片と土壌を採取した。

「もう嫌です。誰かが見ているような気がします」

レオニードが周囲を見回しながら言う。カールはスコップをレオニードに渡した。

「墓の中からの視線を感じるんだ。私の死因を突き止めてほしいと訴えている。あと一体だ。いちばん裕福そうな墓を探してくれ。それで終わりだ」

二人は墓標を読みながら墓地を歩いた。

「立派な墓標が多い方が村に近いんだ。貧しいと村から遠くなる。死んでも貧富の差は付いて回る。この墓の主は村いちばんの金持ちだ」

カールはつるはしを土に振り下ろした。硬い衝撃が手に伝わる。

一時間ほど掘ると、カールの言葉通り作りのしっかりした棺が現れた。蓋を動かすときも崩れることはない。

「防腐処理をしているのかもしれない。着ている物も値が張りそうだ」

そうは言っても、かなり崩れている。ウイルスで死んだのであれば、防腐処理など望めそうにはない。

「骨と髪の毛から遺伝子配列が分かりますね」

「土壌にもウイルスが混ざっている可能性がある。慎重に扱ってくれ。肉体は腐敗して微生物に侵され棺の底にたまる。黒い物質は身体の一部かもしれない」

もっと本格的な調査が必要だ。しかし、ロシア政府が許さないだろう。

「先生やCDCが村を調べていることを政府が知れば、ここら一帯は封鎖されます。感染拡大を防ぐには好都合なのですが」

レオニードが言葉を濁した。

「前にも軍が出たんだろう。訪ねて行った他の村人が追い返された」

「本格的に、軍が介入してくるということです。彼らはウイルスを兵器として考えますから。ユリンダ村の封鎖にも軍が関わっています」

カールは前の二体と同様に骨と周りの残留物と衣服を採取した。

「日が沈みかかっています。お願いですから、もう帰りましょう」

レオニードが泣きそうな声を出した。

「埋め戻そう。感謝の気持ちを込めてな」

最初の遺体にはスノーモービルに敷いてあった毛布をかけて、棺を埋め戻した。研究施設に戻る準備を始めた時には、辺りは暗くなっていた。

## 5

星明かりを頼りにスノーモービルは走った。

カールも昨日の走行で慣れていたので、空を見上げる余裕がある。シベリアの透明な大気の彼方に星々の輝きが続く。スノーモービルのスピードが落ちた。

「研究所に明かりがついています。先生、消し忘れということはないですよね」

「発電機を回さなければつかないんだろ。研究所の内部を知っている者で心当たりは？」

「ルドミラが来るのは明日です」

「予定を早めたのか、大学の仲間か、その他の者か」

研究所の前には一台のスノーモービルが止まっている。

「ルドミラが到着しています」

レオニードが施設の中に駆け込んでいく。


室内にはジェニファーとルドミラが待っていた。

「きみは今ごろ、モスクワのアメリカ大使館じゃなかったのか。そこからアンカレジのCDCに帰ることもできる」

「あなたの嫌味は絶好調ね。人の気分なんてウイルスの変異と同じ。目まぐるしく変わるものよ。特に女性はね」

ジェニファーが悪びれる様子もなく言う。

「すぐにウイルスの有無を調べて、ウイルスがいれば遺伝子取り出しの用意だ」

カールは採取してきたサンプルの入った冷凍ボックスをジェニファーに見せた。

「その前に食事をしたら。レオニードがお腹と背中がくっ付きそうだって。朝からほとんど何も食べてないんでしょ」

レオニードを見ると肩をすくめている。食堂からはボルシチの匂いがしてくる。

「サハロフ教授はどうしてる」

カールがルドミラに聞いた。

「政府の医師団と村を回っています。サハロフ教授は医師免許も持っています。医者は個人を救うが、科学者は集団を救うといつも言っています。そのために生物学の研究をやってるって」

「あなたと同じようなことを言ってる」

ジェニファーが笑いながらカールを見た。

「僕はどちらも救えなかった。個人も集団も」

動悸《どうき》が激しくなった。発作の兆候を抑えようと、ジェニファーに悟られないように何度も深く息を吸った。テーブルにタブレットを置いて、墓地で撮ってきた写真を出した。

「やめてよ。そんなの見ながら食べる気にならない」

ジェニファーが顔をしかめて横を向いた。

「この少女は九歳だ。棺に人形が入れてあった。頭の横に袋があったが、中の黒い粉はお菓子だ」

カールがボルシチを食べながらジェニファーを見ると、目を吊《つ》り上げて叩きつけるようにスプーンを置いた。

「喧嘩《けんか》はやめてください。早く食べてウイルスを調べましょう」

レオニードの言葉でカールはタブレットをしまった。

三時間ほどかけて、墓地から採取してきた土壌と骨のサンプルを処理して、顕微鏡で調べた。

少女と二十六歳の男からウイルスが発見された。光学顕微鏡なので形は鮮明ではないが、青みを帯びた棒状のウイルスであることは分かる。

「電子顕微鏡があれば他のウイルスと比較ができるが、これでは正確な形は分からない」

「DNAの比較しかないですね。でも、これほど大きいとは思っていませんでした」

レオニードが驚きの声を上げる。

ウイルスからDNAを取り出し、遺伝子読取機にかけた。ラボを出ると深夜に近い。

「明日の朝には結果が出る。それまで休んでいてくれ」

「とても休むって気分じゃないです。早く結果が知りたいです」

「その結果をどうするんだ」

「これ以上、全滅の村を出したくない。そのために役立てます」

レオニードの言葉には強い決意が感じられる。

「サンプルをCDCに送りたい。もっと詳しいことが分かるだろう」

カールはジェニファーに言った。

「パルウイルスと比較したいんでしょ。CDCでは、ダンの送ってきたウイルスの検査結果が出てるはず」

「こっちに送るよう頼めないか」

「セキュリティの問題でそれは無理。でも、私も興味がある。こっちで集めた試料をアンカレジに送るにしても、どうやって送るの。検疫所を通さなければならない」

「ここで調べた遺伝子情報だけでも送りたい」

「送るのは簡単だけどロシア政府には知られるでしょうね。それでもかまわないならいつでも」

カールは考え込んだ。どうなるか予測はつかない。

「ロシアは他国には出したくないデータだ。知られずに送る方法はないか」

「科学に国境はない。あなたの口癖だった。とくにコロナの時はね」

世界を挙げてワクチン開発、抗ウイルス剤の開発を進めるべきだ、これはカールの持論だ。だからすべてのデータの公開を主張した。

「そのためCDCとは少なからず対立はあった。しかし企業に情報を提供したから、あれほど早いワクチン開発ができた」

「欲の原理。これこそ最強の法則ね」

ジェニファーは企業がワクチンを早期に開発できたのは、開発の成功による知名度アップとそこから得られる利益が莫大《ばくだい》だったためだと言っている。

カールの脳裏にパルウイルスの青っぽい姿が浮かんだ。CDCではすでに遺伝子解析は終わっているはずだ。なぜ報せてこない。単にセキュリティの問題なのか。それとも、遺伝子解析結果に問題があったのか。感染力、毒性、両方において今まで人類が経験したことのないものだったのか。あるいはジェニファーが——。様々な思いがカールの精神を駆け巡った。カールの頭が痛み始めた。

ジェニファーがカールを見つめている。鎮静剤を飲むために立ち上がった。

その夜、カールは顕微鏡のモニターを睨むように見つめていた。デジタル処理で形は多少シャープになってはいるが、電子顕微鏡に比べれば小学生の絵のようなものだ。ダンから送られてきたウイルスの写真を思い出した。どこかが違っている。色も青より、灰色に近い。これはパルウイルスではない。そういう思いが強くなっていた。

「とても眠れそうにない」

ジェニファーがソファから起き上がってカールの所に来た。

「サンバレーのウイルスと同じだ。感染力は低いが、致死率が六十パーセントを超えているSウイルスだ」

「Sウイルスが一つの村の住人をすべて殺したの」

「もう五年も前の話だ。医者もいなくて治療薬もない。ウイルスや感染源に対する知識もない村だ。感染力が低くても、あっという間の感染拡大と死亡者の増加だったのだろう。

おそらく、ダンもニックと一緒にユリュート村に行ったに違いない。その惨状を見て懸命にマンモスを探した」

カールはモニターから顔を上げた。

「やはりパルウイルスの遺伝子情報との比較が必要だ。ユリンダ村の住民から採取した遺伝子情報をＣＤＣに送る必要がある」

「衛星電話回線を使えれば可能なはずよ。ＣＤＣの電話は容量の大きなデータも送れる。ロシア政府に知られる可能性は大きいけれど」

カールはジェニファーに頼んで、写真と遺伝子情報をＣＤＣに送った。

「結果が分かるのはいつだ」

「できる限り早く返事を送るようにメモを付けた。でも、よくやっていられるわね。同じ写真を二時間以上も見てるなんて」

ジェニファーがモニターを覗《のぞ》き込んだ。

「ウイルスが僕に語り掛けてくるんだ」

「私には無言のまま。きっと嫌われてるのね。好かれたくもないけどね。ウイルスは人類の敵、あなたの言葉よ」

「そう思っていた。でもこうして見ていると、同じ生命体として生きるために懸命なだけじゃないかとも思えてくる」

「生物のそれぞれの個体は、遺伝子が悠久の時間を旅するための乗り物にすぎない。リチヤード・ドーキンス。意外と古風なのね」

ドーキンスは、イギリスの動物行動学者だ。一九七六年の『利己的な遺伝子』で、生物は遺伝子の乗り物にすぎないと述べている。

「地球温暖化が進んで、北極や南極を含めて、世界の氷河や永久凍土が融け出している。そのため海の水位が上がったり、海面温度が上がって台風が増えたり、熱帯の動植物の北限域が上がるだけじゃない。氷河期から何万年も氷や凍土に閉じ込められていたウイルスやバクテリアが、再び活動を始める。我々は現在、その真っただ中にいる」

カールは一気に言うと重い息を吐いた。

「その脅威はすぐに全世界に広がる。コロナウイルスのように。いや、もっとひどい状況が来るかもしれない」

「ウイルスだって、生き残りたい。彼らは自分では細胞分裂もできない。だから、他の生物の細胞に入り込み、自分たち自身を増やしていく。その過程で、様々なことが起こる。なにしろ、他人の身体の中で生きていかなきゃならないんだから」

ジェニファーがカールに続けた。

「サルやコウモリ、ここではマンモスが宿主だった。彼らの体内ではなんの害も与えず、共存して生きていた。しかし、やはり暴走はつきものだ。ウイルスが仲間を強力に増やしすぎて、宿主を殺してしまうこともある。だから、その前に住みかを変える。その過程でより住みやすいように自らを変えていく。変異していくんだ」

カールはウイルスの写真をデスクに置いた。光学顕微鏡のぼやけた写真ではあるが、そこに写る棒状のウイルスが語りかけてくるように感じる。

「感染力を変えてみたり、数を増やしてみたり。できるだけ宿主を殺さないように、害を与えないように自らを変えていく。丁度いいバランスがあるんだろう。しかし、時に暴走する。時折り、ウイルスも意思を持っていると思うことがある」

「それには私も賛成。こっちが考えることを先読みして、上手くすり抜けていく」

珍しくジェニファーがカールの言葉を素直に受け入れた。

「今後も新手のウイルスが現れる。人間が暴走し、アフリカのジャングルや南米のアマゾンを切り開き、そこに住む動物たちを追い出した。その結果、奥地にひっそりと生息していたコウモリやネズミが人間の社会に入り込んできた。人間が生態系を壊し、その反動で未知のウイルスが人間社会に出てくる。エボラもサーズもマーズもね」

「その最新版がコロナウイルスだと言いたいんでしょ」

「この流れを取り除かなければ、また次のウイルスが現れる。そして、いつか人類も消え去る運命にある」

カールは同意を求めるようにジェニファーに視線を向けた。ジェニファーが肩をすくめている。

「人類は、コロナでは早期のワクチン開発に成功したと自負している。従来のワクチンとはまったく製法が違う、遺伝子情報を人体に投与するｍＲＮＡワクチン。いずれ問題が起こるかもしれない。あなたはそう思ってるんでしょ」

「だったら、mRNAワクチンに代わる新しいワクチン製造法を考えればいい。それが、人類がウイルスに勝つ証《あかし》にもなる」

カールは確信を持って言い切った。


その時、ノックとともに、レオニードが入ってきた。

「ガスポルトに知り合いがいます。正確には知り合いの友人です。彼にペトロフの仕事を調べてもらいました。プラントの点検です」

「ペトロフはガスポルト内を歩き回っていたのか」

「プラント全体の見回りと言ってました。異常を見つけ出して、技術部に報告する」

ガスポルトの敷地面積は百ヘクタール以上ある。とても一人で回れる面積ではない。

「一般の従業員が行かないところにも行く可能性が高い」

レオニードが持っていた数枚のコピー用紙をカールに見せた。

「ペトロフの業務日誌です。発症するまでの一週間分です。これで、彼が回ったルートが分かります」

「感染の可能性は発症の三日前からだ」

レオニードがデスクにコピー用紙と地図を置いた。地図には赤い線が記されている。

「日誌の場所を地図に描いてみました。プラントの北地域を中心に回っています。このどこかで感染した可能性があります」

　カールは業務日誌とレオニードが描《か》き込んだ地図を見比べた。

「人が行かないところを重点的に回っているのか」

「彼は現地育ちで、この辺りは詳しいですから。秘密の場所で一息入れていたのかもしれません」

「連れて行ってくれないか」

「無茶を言わないでください。ガスポルト内は私有地です。無断で入ることは建造物侵入って言うんでしょ。ロシアじゃ犯罪です」

「アメリカでも同じだ。しかし重要なことだ。感染源が特定できるかもしれない。どうせ前にも行っただろう」

「前とは状況が違います。前回は敷地内といっても、鉄条網のすぐ先でした。今回はかなり入り込んでいます。ガスポルトも第七区の操業が近づき、警戒して警備員を増やしているとも聞きます」

「彼らも薄々は感づいているのかもしれない。このままだと、感染はますます広がる。早急に宿主を見つける必要がある」

　レオニードが仕方ないという顔で頷いた。

「明日の日の出は午前十時です。暗いうちに出かけ、日が昇る前にはガスポルトの敷地を出ます。ガスポルトまで一時間、ガスポルト内での作業時間を四時間とすると、ゆとりを持って午前四時には出発したい。いいですか」

「僕は問題ない」

ジェニファーを見ると無言だ。

「CDCに送ったパルウイルスの詳しい分析結果はまだなのか。サンバレーの感染が収まれば調べると言っていたはずだ」

「未知のウイルス、おまけに最悪のウイルスなのよ。細心の注意を払い、時間をかけて調べているんじゃないの」

「それにしても時間がかかりすぎている。だからCDCはダメなんだ」

ジェニファーは目を吊り上げたが否定しない。ちょうど日付が変わった。

# 第六章　マンモスの墓場

## 1

辺りは暗く静まりかえっている。雪が降る音さえ聞こえてきそうだった。

カールとジェニファーは、レオニードとルドミラが運転する二台のスノーモービルに乗って、ガスポルトに出かけた。男二人で出かけるつもりだったが、ジェニファーがどうしても行くと主張したのだ。反対していたカールも最後には折れた。結局、四人で出かけることになったのだ。

一時間ほどでガスポルトの鉄柵《てっさく》が見えるところに来ていた。スノーモービルを五百メートルほど手前に止め、白いカバーで隠すと徒歩で鉄条網のところに行った。

「これからやることは、違法行為です。見つかれば警察に通報されます。今度は、教授の力でもどうすることもできません」

レオニードがカールとジェニファーに納得を求めるように言う。

「前回と同じだ。見つからなきゃいいんだろ。感染源が特定できれば、かえって感謝される。きみたちも、勇気ある科学者として称えられる」

「アメリカ人は楽観的すぎる」

「全員じゃない。カールが特別なだけ」

ジェニファーがレオニードに言い聞かせるように言う。

レオニードは持ってきたワイヤーカッターで鉄条網を切り、人が通れる穴を作った。

「リュックを下ろして、敷地内に入ってください。全員が入ったら穴は隠します。監視カメラが作動していますが、暗い内は大丈夫です。赤外線装置はついていません」

「確かなのか」

「従兄《いとこ》が軍にいます。彼はガスポルトの警備もしたことがあるそうです。しかし、雪原を歩く足跡は残ります。日が昇る前にすませましょう」

カールは空を見上げた。雪がわずかに舞っているが、足跡を新雪で隠すには時間がかかりそうだ。

レオニードがリュックを鉄条網の中に押し込み、敷地内に入ると地図を見ながら歩き始めた。

カールたちはレオニードについて、三十分ばかり歩いた。広大な雪原だ。この下に数万年前は原始の森が続いていた。今はガス田となって存在している。数百メートル北にあるガスの掘削リグの先から出るガスの炎が見える。

「急ぎましょう。四時間もすると明るくなります。それまでにマンモスを捜し、ガスポルトの敷地を出なければ」

四人は昨夜、調べておいたガスポルトの敷地内にある谷に向かって進んだ。ペトロフがプラントを見回っていた地区だ。

「広すぎる。ペトロフはここのすべての配管をチェックしていたのか」

「第七区です。かなり絞られています。ただし、ガスポルトの建設には二年かかっています。操業期間を入れて三年。目立つところに感染源があれば、もっと前に感染が広がっているはずです。だから――」

レオニードが立ち止まった。前方の丘の中央に幅五メートルほどの亀裂がある。

「またです。前と同じ。何なんだこれは」

亀裂の入り口にはヘラジカの子供の死骸《しがい》がある。今度は全身がそろっていた。

「マンモスほど古くはない。せいぜい――数日といったところだ」

「笑えない冗談。パルウイルスに感染して死んだんじゃないの。土壌にもウイルスがいたのかもしれない」

「マンモスからヘラジカへか。そして――」

カールはやっと角が生え始めた体長一メートル余りのヘラジカの遺体を見つめた。ウイルスは変異を続けているのか。野生動物が何らかの方法でマンモスのウイルスを取り込んで、その動物の肉を人間が食べたのかもしれない。

「傷がない。老衰とも思えないしね。死因を調べたい」

ジェニファーがリュックを下ろして検体を取り始めた。

四人は永久凍土の裂け目に入っていった。その時、突然、カールの足元が崩れた。声を上げる間もなく、滑り落ちていく。足下には深い闇《やみ》が広がっている。

カールは立ち上がった。一秒の十分の一にも満たない落下だったが、凍土に打ち付けた全身が痛んだ。

「大丈夫なの。無事なら返事をして」

頭上からジェニファーの声が響いた。見上げるとライトの光と彼女の顔が覗いている。

カールはライトをつけて辺りを見回した。急な坂は高さ五メートルほどの凍土壁の崖《がけ》だった。雪原からは遮断された、大地の裂け目のようなところだ。足元をライトで照らした。いくつかの足跡が見られる。作業用ブーツの靴底で一人のものだ。

ライトを凍土壁に向けたカールの視線が貼《は》りつき、動悸《どうき》が激しくなった。

「怪我《けが》はないですか」

ロープを使って降りてきたレオニードの声で我に返った。

「大丈夫なら返事くらいはしてよね。心配してるんだから」

続いて降りてきたジェニファーの声が遠くに聞こえる。

「これを見ると心配なんて吹き飛ぶ」

カールは凍土壁に目を向けたまま言う。

凍土壁からは黒い円柱状のものが突き出している。粗い毛に覆われた、マンモスの足だ。

前足の先の部分で、アンカレジとサンバレーで見たマンモスの二倍はある。この凍土の中にマンモスの頭部、腹部を含めて全身が埋まっているのだろう。

「触るな」

カールは思わず大声を出した。レオニードがマンモスに触れようとしたのだ。

「ペトロフはおそらく、このマンモスに触れて感染した。ウイルスはこのマンモスの中で生きている」

「じゃ私たちも――」

「このウイルスは空気感染しない。素手では絶対に触るな」

カールは強い口調で言って足元のブーツの跡を照らした。横に数本のタバコの吸い殻が落ちている。

「ペトロフはここで一息入れていた。人目にもつかず、風よけにもなる」

カールはライトを凍土壁に沿って移動させた。滑り落ちた坂から数メートル離れて、細いなだらかな坂が雪原につながっている。

「しばらくは誰《だれ》にも言うな。秘密にしておこう」

「どうしてですか。生物学的な大発見です」

レオニードがマンモスを見たままかすれた声を出した。

「分かってる。だけど危険すぎる。ユリユート村のことを思い出せ。この五年間で三つの村が消えてしまった。おそらく、ここのウイルスでだ」

「まだ、マンモス由来だとは決まっていません」

「それが分かるまで我々の中でしまっておくんだ」

カールは強い口調で言う。

「もしこのことが政府に知れると軍が来る。ここら一帯を封鎖する。僕たちは二度と、このエリアには戻ってこられない。彼らはあらゆるモノを秘密にする。ウイルスは最強の生物兵器として使える」

「たかがマンモスの足一本でですか」

ルドミラが言う。

「たかが足一本の中に何億個、何十億個のウイルスがいるんだ」

「急ぎましょ。採取しないと時間がない。今後どうするかは帰って考えましょ」

ジェニファーが我に返ったようにリュックを下ろし、ゴム手袋をはめ組織片の採取準備を始めた。カールたちもジェニファーにならった。保存状態は今までがいちばん良かった。

「注意しろ、ペトロフのようになりたくなかったらな。ウイルスが特定できるだけのサンプルでいい」

一時間ほどかけてマンモスの足、数カ所から肉片を採取した。

「この坂が上に続いている」

カールは歩き始めた足を止めた。改めて崖の永久凍土をながめた。微妙に傾いて見えたのだ。

「急ぎましょ。何かおかしなところでもあるの」

「いやなんでもない」

そうは言ったが、地盤が傾いている。そのために永久凍土に亀裂《きれつ》ができ、マンモスが現れたのか。これも、ガス田採掘の影響か。

カールたちは凍土壁の亀裂を出て、鉄条網の所に引き返した。辺りが白く浮き上がってくる。午前十時になろうとしていた。陽《ひ》が昇り始めている。


一時間後、カールたちは研究施設に戻っていた。全員が無言だった。部屋に入ると暖房も入れず、ソファや椅子《いす》に座り込んだ。永久凍土の壁で見たマンモスの姿が脳裏から離れなかった。他の者も同様なのだ。

「ぼんやりしている時間はない。あのマンモスは三万年前の世界から何を持ってきたか。我々には確かめる義務がある」

カールの声で全員が立ち上がった。

直ちに実験室に入り、採取してきたマンモスの肉片を調べた。光学顕微鏡の倍率を最大にして、ウイルスの有無を調べる。

「やはりウイルスがいる。静止したままだ。すでに死んでいる」

「当然よ。三万年前のウイルスだもの」

「零下十度以下の永久凍土で眠り続けていたウイルスもいる。ニューヨークとサンバレーを思い出せ」

モリウイルスもその一つだ。しかし、と言って、カールは考えをまとめようとした。

「たとえ、マンモスのウイルスが活性化してもヒトに感染するとは思えない。ヒト・ヒト感染は遺伝子の変異時間が必要だ。数日で変異が起こるとは考えられない」

カールは自問するように続ける。

「サンバレーのウイルスはどう考えればいい。ヒト・ヒト感染を起こしている。明らかにマンモスを宿主にしたウイルスが変異したものと考えられる」

「三万年マンモスの体内で眠っていたウイルスです。その間にも変異は起こると考えられませんか」

レオニードが聞いた。

「不可能だ。今、我々が見ているウイルスはマンモスが凍土に閉じ込められた時のものだ。変異は起こしていない。変異は遺伝子が分裂するときのコピーミスだ」

カールは永久凍土の切れ目の入り口で死んでいたヘラジカから採取した血液を顕微鏡にセットした。

「ヘラジカの死もウイルスと関係あると思いますか。目に見える傷はありませんでした。まだ若いヘラジカです」

「ウイルスが生きている」

カールの言葉に、全員の目がモニターにくぎ付けになった。明らかに青みを帯びた棒状のウイルスがうごめいている。

「マンモスのウイルスと同じものか、遺伝子を調べろ」

四人は手分けをしてＤＮＡ解析器にかけた。三時間後には結果が出る。

「ヘラジカはこのウイルス感染で死んだのでしょうか」

「他にヘラジカの集団死の報告がないか調べてくれ」

「以前、ヘラジカの死体を見つけたときに調べましたが、見つかりませんでした」

「あのヘラジカは、群れから離れて単独行動していてあの辺りに迷い込んだ。そして偶然、マンモスの死骸と接触し感染した。群れから離れたヘラジカだったので、他のヘラジカは感染を免れた」

カールは慎重に言葉を選びながら話した。脳裏には様々な思いが交錯している。

「このウイルスが運悪くヒトに感染しても、そこからヒト・ヒト感染するウイルスに変異するには、さらに何世代もの変異が必要だ」

「もっと、感染源の絞り込みが必要ということですか」

レオニードがカールに問いかけてくる。カールは答えることができなかった。

電子顕微鏡にかけてその姿をより明確にし、ＤＮＡ配列が分かればウイルスの特定ができるだろう。Ｓウイルスに一致する可能性が高い。サンバレーで感染を引き起こしたウイルスだ。では、ダンが送ってきたパルウイルスとは何だ。あのウイルスに関してはもっと調査が必要だ。

「ガスポルトに正式に調査を申し込むことはできないか」

カールはレオニードに視線を向けた。数時間前に見たマンモスの足が脳裏を離れない。あの先の凍土には、おそらく完全な形のマンモスが埋まっている。そのマンモスの体内にはウイルスがいるに違いない。そのウイルスは、カールが探しているウイルスなのか。

「難しいと思います。民間会社として開発を進めていますが、実質は国営と同じようなものです。CEOのミハイル・ペトレンコは政府ともつながりが太いオリガルヒの一人です。政府が許可することはないでしょう」

「せめて調査がすむまで、ガスポルトに開発を待つように頼めないか」

「かなり開発日程が遅れていると聞いています。彼らも焦っているようです。政府が急ぐように圧力をかけているのは事実です。ウイルスがいてもいなくても、予定は遅らせたくない。それが本音です」

世界はカーボンニュートラルの方向に進んでいる。二酸化炭素を多く排出する石油や石炭の需要が減少するのは目に見えている。代わりに天然ガスの需要は増えている。それも、開発を急ぐ理由の一つだ。

「そういう焦りが自然破壊を進め、地球温暖化につながってきた」

カールは吐き捨てるように言った。

レオニードは何かを考えるようにしばらく黙っていたが、やがて腹をくくったのか話し始めた。

「ガスポルトは開発を進めるために、高温高圧のガスを地中に流すつもりです」

「そんなことをすれば、永久凍土が融《と》けて、今まで眠っていたウイルスやバクテリアなど、人類にとって未知なものが現れる。その中に、人類に多大なダメージを与えるものも含まれているかもしれない。一度止まって、再考すべきだ」

話しながらも、カールは自分の言葉の虚《むな》しさを噛《か》み締めていた。

「アメリカ大使館を通して中止を訴えることはできないか」

「なんて言うの。危険なウイルスがいる可能性がある。ガス田の開発を中止してもらえないか。ガスポルトは否定するだけよ。ロシア政府もね」

ジェニファーの冷ややかな口調の声が返ってくる。

## 2

翌日、カールたちは得られたデータを持って、チェレムレフカに戻った。

ホテルの部屋に入って、ジェニファーに電話しようとするとノックがあった。入ってきたのはジェニファーだ。

「データをCDCに送って、他のウイルスと比べてほしい」

カールの言葉にジェニファーが時計を見た。

「あと二時間で最初の報告が来る。持ってるデータは、すべてアトランタの研究所に送った。ニューヨークとサンバレーのウイルスとは、至急比較してみると言っていた」

「ダンが送ってきたパルウイルスとの比較もできる。すでに結果は出ているはずだ」

「それも頼んでる。電子顕微鏡にかけたいんだけど、ここではムリかしら。鮮明な映像がほしい。血液や肉片はパソコンでは送れないから」

「サハロフ教授に頼んでみる。ただしデータは共有になる。その場合、ロシア軍に漏れる可能性が高い。ここは常に見張られているらしいから」

「分かってる。でも、やはり早急に必要だと思う」

「僕もそう思う。あの辺りの永久凍土はかなり脆《もろ》くなっていた」

カールは洞窟《どうくつ》で感じた大地の振動を思い出した。永久凍土の崩壊はすでにかなり進んでいるのかもしれない。地球温暖化のせいもあるだろうが、近くでガス田の開発が加速されていることも原因の一つだろう。ダイナマイトの爆発音も聞いたし、震動も感じた。いつか大規模な永久凍土の崩壊が起こっても不思議ではない。


カールとジェニファーは大学に行ってサハロフ教授と会った。

データを見た後、教授は深刻そうな表情で考え込んでいる。

「電子顕微鏡の使用には報告書が必要です。私は虚偽の報告はできない」

「隠すことはありません。遺伝子情報はCDCに送りました。必要なら、レオニードに言ってください。遺伝子解析は彼も手伝ってくれました」

一時間後には電子顕微鏡の使用許可が出た。レオニードに手伝ってもらい、電子顕微鏡にかけるサンプル作りに入った。

夕方には最初の映像が得られた。エボラウイルスに似た棒状のウイルスがはっきりと見える。

「エボラウイルスの一・五倍ほどある。保存状態はかなりいい。このウイルスは死んでいるが、生きているウイルスがいても不思議じゃない。事実、ヘラジカのウイルスは生きていた。だからヘラジカは死んだ」

「もしパルウイルスであればSウイルス以上の致死率を持ち、世界は再び大混乱に陥る」

「ここで見つけたウイルスはサンバレーでパンデミックを起こしそうになったSウイルスと同じか変異株だ。パルウイルスじゃない」

「なぜそう言い切れるの。遺伝子を比較してみなきゃわからない。村の状況はかなりひどかったでしょ」

「この種の遺伝子の変異株はたいていそうなる」

「Sウイルスに由来してるウイルスだというの。そしてパルウイルスとは違う」

カールは無言のままだった。答えが出てこなかったのだ。ダンはなぜパルウイルスを送ってきたのか。サンバレーで感染拡大したウイルスとは違う、人類にとってはさらに脅威となるウイルスの存在をカールに報《しら》せたかったのだ。それがパルウイルスなのだ。

「たとえパルウイルスとは違っても、十分恐ろしいウイルスよ。私たちは何としてもこのウイルスの拡散を防がなくてはならない」

ジェニファーの叫びにも似た声が遠くに聞こえる。


P3・5ラボを出たとき、レオニードが待っていた。

「ガスポルトは開発を急ぐため、地中に高温高圧ガスを流すことは話しましたね。すでに準備に入っています。装置の部品待ちだと言ってました。遅くても来週には開始します」

「ガスの採掘を中止して、先にマンモスと永久凍土の状態を調査すべきだ。アメリカ政府からロシア政府に申し入れることはできないか」

カールは途中からジェニファーに視線を向けて、強い口調で繰り返した。

「アメリカ政府が何を言っても、ガスポルトは聞かないでしょう。民間企業と言っても、政府とのつながりは強い」

「CDCがアメリカとロシアの政府に申し入れることはできないか。操業中止はムリとしても、延期はなんとしても必要だ」

カールは食い下がった。

「CDCに送った遺伝子情報の結果待ちというところ」

その時、ジェニファーのスマホが鳴り始めた。

「CDCの研究所からよ」

ジェニファーはスマホをスピーカーにした。CDCの上級研究員が話し始めた。

カールの予想通り、マンモスから発見されたウイルスは、サンバレーのSウイルスの変異株だった。

〈ただしサンバレーのSウイルスより、さらにエボラウイルスに近い。致死率も高いし、感染力も強いと推測している〉

「サンバレーからCDCに送ったウイルスの遺伝子解析の詳しい結果を教えてほしい。もう、出ているはずだ」

〈現在やってる。かなり危険なものだ。慎重にやる必要がある〉

一瞬の沈黙の後、返事が返ってくる。

「分かっていることだけでも教えてくれ。あのウイルスは――」

〈今は現実に起こっている問題に目を向けろ〉

相手はカールの言葉を遮った。

〈感染力はサンバレーのウイルスの一・五倍。致死率は、二倍以上だ。エボラウイルスが持つ負の要素のことごとく上を行ってる。こんなのどこから持ってきたんだ。まだ持っているのなら、厳重に密閉して注意して扱うんだぞ〉

「それは、持って帰れと言うことか」

〈当たり前だ。こんな危険なウイルスは早急に焼却処理するのが最良なのだが、CDCとしては――〉

「じゃ、そうさせてもらう」

慌てた様子の声が返ってきたがよく聞き取れなかった。カールは聞き返すことなく、通話を切った。彼らは何かを隠している。パルウイルスの遺伝子解析の結果はすでに出ている。彼らはその扱いを検討しているのだ。カールの脳裏に軍の影がよぎった。

その日の夜、カールはサハロフ教授に会った。

最初に、CDCのウイルスに関する報告を伝えた。ガスポルトのガス田開発中止を頼むためだ。

「かなり危険なウイルスです。ガスポルトの開発をしばらく中止することはできませんか。その間に、さらに詳しい調査をします」

教授は苦渋に満ちた表情で聞いている。

「ガスポルトはロシアとアメリカの企業の合弁会社です。極東シベリアの開発がうまくいけば、アメリカだけではなく欧州や日本の資本も呼び込むことが可能です。シベリア全体の開発が期待できます。私たちの大学も、初期段階から協力してきました。ロシア政府としても重大なプロジェクトです」

教授は青ざめた顔で震えるような声で話した。問題の重要性を十分に認識しているのだ。

「しかし、事前調査、特に環境調査は不十分です。すでに教授もご存じのはずです。永久凍土の中には、マンモスが眠っていて、マンモスの中にはウイルスがいます。この中に活性化するウイルスがいれば、もし、外部に出ていれば。いや、確実に出ています。ニューヨーク、サンバレー、さらにユリンダ村を初めとして、シベリアの先住民の村々にも広まっています」

「可能性にすぎません。ロシア政府はユリンダ村の感染についてもウイルスの存在を認めていません。たとえ今後認めたとしても、マンモスと結びつけることはないでしょう。ガスポルトも周辺の環境には十分考慮して、政府に開発申請しているはずです」

「それは間違っている。我々はガスポルトの敷地内で、確かにマンモスを発見しました。感染で死んだと思われるヘラジカもね」

「ロシアでは、政府の決定は絶対です。彼らは環境には問題ないと言っている」

教授が苦渋の表情で言う。

「ロシアに環境保護の部署はあるんですか」

「もちろん、あります。しかし、中央政府の意向に沿った環境保護です」

「つまり大統領次第ということですね」

「ロシアは政治的、経済的に大きな問題を抱えています。昔のソ連に戻りたがっている者も多くいます。かつては世界に強い影響を与える偉大な国でした。その権威を取り戻すためには手段を選ばない者であっても、大きな支持を集めています」

教授は深く息を吐いた。

「シベリアには天然ガスのほか、多くの資源が眠っています。地球温暖化により永久凍土が融け、開発がしやすくなっています。ガスポルトのシベリア開発はその先鞭《せんべん》をつける事業です。失敗するわけにはいかないのです」

教授は分かってほしいという顔でカールを見て続けた。

「さらに北極海の氷にも大きな変化が出ています。北極航路です。今後、シベリア開発はますます進んでいくでしょう」

「だからこそ、もっと慎重になるべきです。現在を未来に続けるためにも」

カールは後には引かなかった。教授は考え込んでいる。

「明後日、ガスポルトのCEO、ミハイル・ペトレンコが視察に来ます。途中、チェレムレフカに寄ります。なんとか、会えるようにはからいましょう」

ただし、と言ってカールを凝視した。

「彼を説得することは難しい。かえって、悪い方向に進む可能性もある」

教授は苦しそうに顔を歪《ゆが》めた。


カールはレオニードと、大学の会議室で待っていた。約束の時間よりすでに一時間もすぎている。

教授に電話しようとスマホを出した時ドアが開き、スーツ姿の男が入ってくる。白髪が目立つが、がっちりとした体格の長身の男だ。年齢はおそらく、五十歳前後だろう。

「ミハイル・ペトレンコ――」

レオニードの口からかすれた声が漏れた。ガスポルトのCEOだ。ロシア共産党の党員で、有力なオリガルヒの一人だ。大統領とも特別な友人であることは広く知られている。

「アンドレイ・サハロフ教授に頼まれて、あなたに会うために来ました」

流暢《りゅうちょう》な英語だった。慇懃《いんぎん》な口調で言うと右手を差し出した。カールはその手を握った。身体《からだ》つきに反して握力ゼロの握手だ。

「率直にお話しします。私たちはチェレムレフカ町の北部のいくつかの村で、致死率五十パーセントを超える感染症ウイルスのまん延により生じた悲劇を目の当たりにしました。一部の村は全滅し、また一部では全滅の危機に瀕《ひん》しています」

ペトレンコが腕時計を見た。暗に時間がないと示しているのだ。

「ガスポルト近くの村で、患者の血液から発見されたウイルスについて話したいのです」

カールは、類似したウイルスがマンモスの体内からも発見されたことを話した。

「私たちはそのマンモスをガスポルトの敷地内で発見しました」

ペトレンコが顔を上げてカールを見すえた。

「敷地内は立ち入り禁止なのはご存じですか」

「今、重大なことは、ガスポルトの地下にはマンモスが眠っていて、その体内には人類が未《いま》だ遭遇したことのない感染力と致死率の高いウイルスがいるという事実です」

「ガスプラント建設前に、わが社も調査を行いました。あなた方が主張されているような事実は見つかっていません。我々も環境保護には最大限の配慮を図っています。計画の時点で、この辺り一帯の永久凍土の調査も行っています。あなたが危惧《きぐ》している永久凍土の融解は見られていません」

ペトレンコは地図を示しながら、天然ガスの埋蔵地と永久凍土の分布について説明した。

「この調査に基づいてガス田開発の政府許可も取っています。それに対して、アメリカ人のあなたがクレームをつけてきている。さらに、立ち入り禁止の敷地内で、凍土に埋もれたマンモスを発見したと。これこそが大きな問題ではないのでしょうか」

ペトレンコは薄笑いを浮かべた。カールが、ガスポルト敷地内に不法侵入したことを言っているのだ。

「ガス田の開発により、この辺りの永久凍土層にバランスの乱れが生じています。凍土に封じ込められていたマンモスが地表に現れたのも、そのせいかもしれません」

「学術的に素晴らしいことだと思いますが」

「そのマンモスがウイルスを持っていたとすれば」

カールはペトレンコの表情がわずかに変わるのを見逃さなかった。

「根拠はあるんですか」

「それを探すために我々はここに来ました」

「私たちが引き継ぎましょう。あなた方は国にお帰りください」

「我々も敷地内に入って調査させてください」

「もし、あなたの言葉が事実であっても、マンモスの生存は数万年前です。どのような生物も、たとえウイルスでも、生存が不可能な時間と環境だとは思いませんか」

「私もそうあってほしいと願っています。だから、もっと調査が必要なのです」

「この辺り一帯が有望なガス田です。地下千メートルには膨大な量の天然ガスが溜《た》まっています。専門家以外が入るのは非常に危険な地帯です」

「あなた方の指揮下での調査でも結構です」

カールは執拗《しつよう》に頼んだ。

突然ドアが開き、秘書の女性が入ってきた。耳元で何ごとか囁《ささや》くと、ペトレンコが立ち上がった。

「次の予定があります。あなたの忠告は十分に考慮したいと思います」

ドアに向かって歩き始めたペトレンコが立ち止まり、振り返った。

「ここで発掘された天然ガスは、西はヨーロッパ、南は中国、モンゴル、東は日本、アメリカにまで送られています。今後もさらに増産され、送り続けられるでしょう。それがロシアの世界に対する責任と信じています」

「しかし、ガスポルトの敷地内にはウイルスを持つマンモスが眠っています。その体内には強い感染力と致死率を持つウイルスが生存している可能性があります」

「三万年という時の流れを考えれば、ゼロに近い可能性です。そのために、工期を遅らせることは国家の損失です。世界にも少なからず影響が出ます。来週には第七区の操業が開始されます。残念なことだが、この国はテロが多い。不法侵入者には、射殺許可も出しています。強引に入り込もうとすれば、命の危険があることをお伝えしておきます。これはロシア政府の意思でもあります」

カールたちに対する警告の意味もあるのだ。ペトレンコはかすかに笑みを浮かべると出て行った。

## 3

サハロフ教授から連絡があったのは、その夜だった。

〈明日、ガスポルトは新規ガス田、第七区の試験操業を始めます。東部地区です。あなた方がマンモスを発見した場所に近い〉

「我々も立ち会えませんか」

〈私も政府を通してあなた方の立ち会いを求めている。明日の早朝に返事がきます〉

カールはそれ以上頼むのを止めた。カールたちの立ち会いなど普通は考えられない。サハロフ教授の立場もあるだろう。

「教授の立ち会いは認められたのですか」

〈それも明日にならなければ分からない〉

「いずれにしても、細心の注意が必要です。もしウイルスが存在していれば、コロナ禍の再来になる可能性がある」

〈永久凍土地帯の未知の部分は伝えています。彼らの中にもウイルス学者はいます。恐ろしさは承知しているはずです。しかし第七区は残された有望なガス田の一つです。彼らとしても、開発を急がなければならないのでしょう〉

シベリアの中でも極東地区は、希少金属の埋蔵を含めて宝の山なのだ。しかし、それ以上に未知の部分が多い地域だ。

〈連絡が入り次第、伝えます〉

教授からの電話は切れた。

カールはジェニファーに教授から電話があったことを伝えた。

次に教授から電話があったのは、明け方近くになってからだ。一時間後にガスポルトの車が迎えに行くので、ジェニファーと一緒にホテルの前で待つようにという。ガスポルトもカールたちを招待して、安全には最大限の配慮をしていることを世界に示したいのだ。

カールとジェニファーがホテルの前に出るとリムジンが待っている。二人が乗り込むと走り出した。横にはサハロフ教授も座っていた。

リムジンはガスポルトの正門を通り工場内の道を走った。新規ガス田の操業現場は複数の巨大なサーチライトに照らされ、昼間のように明るい。中央に巨大な掘削機がセットされている。

車が止まると男が近づいてきて、ペトレンコの秘書と名乗った。

「敷地内の北東側のガス田、第七区の操業に際して、試験操業を始めます。ペトレンコC

ＥＯがあなたたちにも是非、見ていただきたいとお招きしました」

ペトレンコはすでに到着していた。政府の役人、ガスポルトの技術者、さらに軍服姿の男たち、総勢三十名近くいる。彼らは全員、ガスポルトのロゴ入りの赤いヘルメットを被《かぶ》り、掘削機を取り囲むように立っている。カールたちも渡されたヘルメットを被った。

「ここに皆さんをお迎えして新ガス田の操業を始めることを名誉に思います。このロシア、シベリアの地には大地と時の恵みとも言うべき天然ガス、石油、その他の貴重な天然資源が眠っています。それを国家のために採掘することを誇りに感じます」

ペトレンコの挨拶《あいさつ》の後、技術者の合図で掘削機が唸《うな》りを上げ、プラントが動き始めた。

「すでに永久凍土の地下八百メートルまで掘り進んでいます。この深度でガスを汲《く》み出し始めます」

操業が開始されて十分ほどが経過した。掘削リグの先から漏れ出るガスに火が灯《とも》った。

「天然ガスの層に到達しました。ガスの採掘が始まります」

声と共に拍手の音が響き渡った。

その時、カールは違和感を覚えた。足元が微妙にふらつく。発作の前兆かと思ったが、それとは違う。もっと物理的なものだ。

轟音《ごうおん》が響いた。同時に、足元が揺れ始めている。細かい振動は徐々に大きさを増してくる。集まっている人たちの顔に動揺が現れ、車の方に戻り始めた。

「何が起こってる。この辺りは地震など起こらない」

政府の役人の一人が後退しながら言う。

「落ち着いてください。大したことはありません。地盤の一部が不安定なために、プラント稼働の初期に起こる現象です。すぐに収まります」

カールの隣にいたガスポルトの技術者が大声を出した。

振動は地響きと共にさらに大きさを増し、大地を動かすものへと変わっていく。同時に大小さまざまな石が吹き上げてきた。拳大《こぶしだい》の石が鈍い音を立ててヘルメットに当たり、衝撃が脳に伝わる。

カールはジェニファーの身体を抱くようにして噴石から守った。腹に響く重い音と共に目の前の永久凍土の大地が崩れ落ちていく。温暖化で凍土が脆くなっているのか。

気が付くとカールが立つ場所の十メートルほど先に直径三十メートルほどの巨大なすり鉢状の穴が開いて、細かい岩石の欠片《かけら》がガスと共に吹き上げてくる。五分ほどで噴き出していたガスが止まり、揺れも収まっている。

「落ち着け。地盤が沈下しただけだ。怪我人はいないか」

カールは穴に近づき覗《のぞ》き込んだ。深さは十メートル以上ある。巨大なクレーターのようだ。底は暗くて見えない。

「ライトを持ってこい」

怒鳴り声と共に数台のライトが移動してきた。光の中に煙のような粉塵《ふんじん》の膜が漂うのが見える。

「UFOでも落ちたのかと思った」

政府の役人がカールの横から穴を覗き込んでいる。粉塵が収まってくると、穴の底が見え始めた。

「なんてことだ」

カールは思わず声を上げた。周りにいた男たちが穴に近づいて覗き込んでいる。全員が言葉もなく、ただ呆然と穴の中を見つめていた。

眼下には崩れた凍土からマンモスの頭、足、腹が見えている。マンモスの群れが折り重なって倒れているのだ。見えているのは一部だろう。その下にも、数十頭、いやもっといるに違いない。だがマンモスの一つの群れはせいぜい十頭だ。数が多すぎる。

「マンモスの墓場だ」

カールの口からかすれた言葉が漏れた。マンモスたちはここに集まり、集団で死んだ。その上に雪が降り積もり、土が積もり、草木が茂り、それらが凍りつく。何万年もの間、埋め隠されていたのだ。

ジェニファーがカールの腕をつかみ、穴の底を覗き込んだ。

「何頭いるの」

「見えるだけでも数十頭だ」

「永久凍土は何エーカーも広がっている」

「通説では、マンモスの家族は十頭あまりだ。しかし――」

埋まっているマンモスは何十頭もいる。

「ここはマンモスの墓場だ。死に瀕《ひん》した群れのボスが、仲間をここに導いたんだ。そうした群れが何組も、何十組も集まってくる。そして、ここがマンモスの墓場になった」

ジェニファーは呆然《ぼうぜん》とした表情で見つめたままだ。

「古生物学者にとって、最高の発掘物だ」

どこからか声が聞こえた。

「いや、ウイルスの塊だ」

カールは呟《つぶや》いて、穴の底に降りようとした。

一発の銃声が轟いた。ペトレンコの横に立っている警備兵が撃ったのだ。

「みなさん、ここは危険です。この地区の操業はしばらく延期します。従業員の指示に従って、今日はお引き取り願います。追って連絡します」

「マンモスの調査をするんだ。まずはウイルス検査だ。他の敷地も調べるんだ」

カールが叫ぶと、ペトレンコがカールに向かって手を挙げた。

「天気予報によると、今夜から猛烈な寒波が襲います。たとえウイルスがいたとしても、マンモスたちの中で凍えていることでしょう。起き出そうって気も起こらない」

必死で冷静さを保とうとしているペトレンコの声が聞こえた。

カールとジェニファー、レオニードとルドミラは実験準備室に集まっていた。

カールはレオニードたちに、今日ガスポルトで起きたことを可能な限り正確に伝えた。マンモス、ウイルス、永久凍土などのキーワードに触れていた四人にとっても衝撃的な事件だった。

ガスポルトの敷地内からマンモスの群れの死骸が発見されたことは、軍によって直ちにかん口令が敷かれた。カールとジェニファーも口外禁止を強く言い含められて、ガスポルトから出ることを許されたのだ。

サハロフ教授が入ってきて、カールたちを見回した。

「ガスポルトは計画を再考する考えはなさそうです。計画通り新規の装置が届き次第、本格的に開発を再開するつもりです」

教授はウイルスの専門家としてガスポルトの役員会議に呼ばれていたのだ。

「マンモスとウイルスの関係を明確にすることが必要です」

「ガスポルト側は彼らのやり方で進めるそうです。つまり、ガス田の操業を進めつつ、マンモスの発掘も行うと言っています」

「危険すぎる。まず安全を確保すべきです。その上で、操業をどうするか決めればいい」

「ガスポルトは新しい開発申請を出して、すでに許可が下りています。政府内に強力に推進しようとする高官がいるのでしょう。大統領かもしれない」

「環境局を動かせば中止は可能なんじゃないですか。アメリカでは企業の利益よりも国民の安全が優先されます」

「あなたは我が国の政治の現状を知らない。民主主義と言っても、名前だけです。君主がいて、側近がいる。君主が指示を出して、側近が動く。その後ろ盾となるのは軍です。今回の場合、君主に近い側近が関係している。いや、関係しているのは、君主その人かもしれません」

教授は苦渋の色を浮かべて話している。言葉を選んでいるが、君主というのは大統領のことだ。

「今週末には装置が届きます。セッティングは二、三日で終わり、稼働が可能です」

「あのマンモスの墓場はどうなるんです」

「すぐにどうこうすることはないでしょう。どう扱うか議論中です。ただし、操業と研究は別です」

教授は軽く息を吐いて、カールを見た。一瞬躊躇《ちゅうちょ》の態度を示したが話し始めた。

「あの地域一帯は、近いうちに軍の指揮下に入ると思います。しばらくは研究対象になるでしょうが、次のステップは私にも分かりません」

「軍がウイルスを扱うということですか」

「私には分かりません」

教授は苦渋の表情を浮かべ、同じ言葉を繰り返し、カールから視線を外した。

「他にもまだ同じような場所があるかもしれません」

第七区以外は、通常通り天然ガスの採掘が続けられていると聞いている。

「今となっては、すべてが手遅れです」

「国際社会に訴えればどうです。マスコミに流して」

「やはりあなたは我が国の実情を知らない。政府と、政府が肩入れしている企業は、マスコミを黙らせ、締め出すことも可能です」

「時間は多くありません。感染が始まれば、抑えることは難しい。我々はコロナウイルスで学んだはずです」

教授は時計を見ると、これから学内で会議があると言って出て行った。

室内には陰鬱《いんうつ》な沈黙が漂っていた。

今まで集めたデータは教授と話し合って、大学とガスポルトに提出していた。ガスポルトを通じて、政府にも報告が行っているはずだ。かなり慌てていると伝わってきている。

電話をしていたレオニードが、カールの方を見た。

「彼らはまず、あの一帯に熱湯をまくようです。軍主導で永久凍土を解凍してマンモスを掘り出すつもりです」

「科学を無視した暴挙だ。どれだけの熱量が必要か計算したのか」

「幸い、燃料は豊富ですからね」

レオニードが皮肉を込めて言う。

「そんなことをすればウイルスが拡散する恐れがある」

ジェニファーが怒りを含んだ声を上げた。

「熱湯をかければ土壌のウイルスは死んでしまうと言っています」

「土壌よりマンモスの体内にいるウイルスはどうなるの。そのウイルスが周辺の村の住民を殺したのよ」

「燃やすべきだ」

二人の話を聞いていたカールが低い声で言った。

「バカ言わないで。マンモスは貴重な学術的資料よ。あんなに完全な形で残されているのは見たことがない」

「ほかに手はあるか」

ジェニファーがカールを睨《にら》んだ。

「一つのウイルスでユリンダ村の住人は全滅した。次はシベリア中の村に広がり、ロシア全土に拡散されていく。次はアジア、ヨーロッパ、もちろんアメリカにも感染は広がる」

「食い止めることができる。私たちはコロナ禍から多くを学んだ」

ジェニファーが強い意志を込めて言う。

「ペストや天然痘《てんねんとう》でどれだけのことを学んだ。コロナウイルスはひと月で世界にまん延した。七億人が感染し、七百万人が死亡した。まだ増える。今度だって同じだ」

「あのマンモスたちは三万年もの間、私たちが発見するのを待ってたのよ。新しい命を吹き込んでくれるのを」

「ウイルスにとってマンモスは、ただの遺伝子のタイムカプセルにすぎない。自分たちが次に目覚める時まで、マンモスの体内で息を潜めていた。次の生物が現れ、自分たちの仲間を増やせる時まで」

カールは絞り出すような声を出した。自分たちの前に横たわっている太古の生物は、現代に進化の歴史を伝えるのか、滅亡をもたらすのか。

「コロナウイルスで分かったはずだ。たった一つのウイルスでも現代社会に放たれた時の恐ろしさを。一度、世に放たれると世界にパンデミックをもたらし、終息までに三年以上かかっている。その間、人類は多くの犠牲を払い、今でさえ通りすぎるのを待っている。人間は愚かで懲りない生物だ」

「違う。人間は多少は、賢くなった。だから今も生きている」

ジェニファーがカールに鋭い視線を向けた。

「私たちは戦った。ワクチンを作り、抗ウイルス剤を作った。あなたも戦った。ただ通りすぎるのを待っていただけじゃない」

カールは黙り込んだ。頭では分かっていても、心の奥の恐怖にも似た不安はぬぐい切れない。

# 4

すでに陽が沈んで三時間がすぎていた。と言っても、まだ午後五時を回ったところだ。レオニードとルドミラは帰って行った。マンモスの墓場の光景はカールの頭を離れなかった。それはジェニファーも同じはずだ。

二人が帰り支度をしているとき、沈痛な顔をしたサハロフ教授が入ってきた。

「軍が動き出しています。ベクターから来た生物兵器の専門家が、ガスポルトの幹部と会っているという話です」

教授が懸命に感情を押し殺そうとしているのが分かった。

ベクターとはロシアの東部、コルツォヴォにある国立ウイルス学・生物工学研究センターの通称だ。ここには天然痘ウイルスが保管されている。

「名目上は今後の研究のためということでしょう。しかし、ウイルスは兵器としても使えます」

歴史上、もっとも多くの人類の生命を奪ったのは、戦争でも思想上の殺戮《さつりく》でも、自然災害でもない。ウイルスなのだ。ウイルスこそ、最大の人類の敵となり脅威になる。同時にインフラを破壊しない最強の兵器ともなる。

「軍が関《かか》わってマンモスの掘り出しを行うというのですか」

「おそらく、そうなります。その前に何とか手を打たなければなりません」

「アメリカ政府も黙ってはいないでしょう。サンバレーでは感染症が発生しました。そのウイルスが、シベリアのマンモス由来という可能性があります」

「しかし、今回のマンモスの発見はあくまでロシア国内の問題です。アメリカが口出しすることはムリでしょう」

「そう言ってる間にも、コロナウイルスは武漢から世界に広まりました。直ちに世界が行動を起こすことが必要です。我々には時間がありません」

カールはガスポルトの試験操業の場所に、軍服の男たちが来ていたのを思い出していた。

「CDCとの協力体制はとれるのかしら」

ジェニファーが言う。

「ロシア軍主導でね。軍も慌てているんです。想定もしていなかったことなので。ミスを犯さないことを祈るだけです」

教授はまだ何か言いたそうにカールを見ている。

「もっと悪いことが起こりそうなんですね。言ってください。早めに知っておきたい」

「この研究所を国が管理することになりました。暫定的だとは言っていますが、先のことは分かりません。政府の役人が派遣されてきます。今後はすべてに政府の許可が必要になります」

「ここのサンプルはすべて我々が集めました。貴重な研究試料です」

「研究は大学の手を離れ、ロシア政府が引き継ぎます。おそらくベクターが」

「そんなことは国際社会が認めない」

カールの動悸が激しくなった。懸命に感情を抑えようとした。ジェニファーが心配そうに見ている。

「ここはロシア連邦です。この研究所も政府のものです。ここのモノのすべて、もちろん情報も含めてロシア政府のものです」

「そんなことは許されない」

「それが許されるのがこの国です」

教授は淡々と話しているが、時折り声が震えた。

「軍の研究者がこの研究施設に来るのですか」

「彼らは移動式の研究所を持っています。ここより最新式で高性能の機器を積んでいます」

そして、と言って一瞬躊躇するそぶりを見せた。

「政府関係のウイルスの専門家が送り込まれるでしょう。ウイルス兵器のプロという意味です。我々はその下で働くことになる」

「軍はウイルスを兵器として利用する。すでに決定されたのですか」

「ここで研究を続けることは許可されました。ただし、サンプルやデータの持ち出しは、すべて軍の許可、つまりロシア政府の許可を得ることになります。例外はなしです」

教授の表情は厳しく、カールを見すえて極力事務的に伝えようとしている。

「今後はホテルの部屋での会話にも十分に気を付けてください。盗聴されている可能性があります。メールも電話も注意したほうがいいでしょう」

「あなたも軍に監視されることになるのか」

サハロフ教授は答えず、カールたちに早くホテルに帰るよう促すようにドアの方を見た。

その日の夜、十一時をすぎたころ、ジェニファーがカールの部屋にやってきた。いつもより顔が青ざめている。テーブルにパソコンを置き、立ち上げた。

「これは十分前にCDCから送られてきたファイル」

カールはパソコン画面に見入った。画面いっぱいに世界地図が表示されている。

サハ共和国の一点に赤い点が現れた。その点は北、北極を除いた三方に広がり始めた。モスクワに現れた点は濃さと面積を増していく。突然、ニューヨークとロサンゼルスに飛び火のように赤い点が現れる。さらに、パリ、ベルリン、ロンドンと、次々に点が現れると、ヨーロッパ全体に広がり始めた。赤い点はウイルスだ。赤い点が世界の都市に広がり、そのそれぞれが濃さと面積を増していく。

「ユリンダ村からのウイルス拡散シミュレーション。赤丸の大きさが感染者の数を表している」

アメリカの各都市に飛び火したウイルスが全米に広がっていく。これらの拡散の様子は、コロナと同じだ。しかし、その速度はコロナウイルスより速い。

「感染者がモスクワに出た数日後には、世界の主要都市にも感染者が出始めている」

ヨーロッパ、アメリカ全土に広がると同時に東京、北京にも広がり始める。右上の数字が目まぐるしく変わっていく。タイムスケールだ。

「ひと月後には、ほぼ全世界に広がっている。パンデミックよ。コロナと同じ。二〇一九年の十二月、中国武漢に現れたコロナウイルスは、数カ月のうちに全世界に広がった」

「我々にはコロナの経験がある。新型ウイルスの出現と同時にワクチン開発を進める。半年以内にワクチンが開発されて、全世界に配られる」

カールが呻《うめ》くような声を出したが、説得力はない。

「今回のウイルスは感染の速度、致死率ともにコロナウイルスを上回っている。ひと月後には人類のかなりの数が感染し、死んでいく」

ジェニファーがマウスをクリックしてパソコンをカールに向けた。

「ウイルスが漏れ出した場合の拡散の第二バージョン。融けた永久凍土に混ざっていたウイルスが、川や地下水に溶け込み北極海に流れる、最悪の場合のシミュレーション。ウイルスをプランクトンが食べる。そのプランクトンを小魚が食べる。小魚をマグロやアザラシや海鳥が食べて、世界の海と空にウイルスが広がる。あらゆる生物が宿主となり、全世界に広がっていく」

「そんなことはあり得ない。種を超えて一気にウイルスが広がるなんて。何年もかけて変異を続けながら、世界に拡散していくのではないのか。数万年も凍土の中で眠っていたウイルスだ。数年、数十年、いやそれ以上の年月がかかろうと、大した違いはない」

カールは自分自身を納得させるように言う。

「現在の人流、物流を考えてみて。コロナウイルスは数週間で全世界に広がった」

カールの脳裏に自分は見ることさえできなかった、棺に納められた母親の顔が浮かんだ。病院の廊下まで埋め尽くしたベッドでは、数百人、数千人の患者が呼吸困難、低酸素血症、多臓器の機能障害を起こし、家族にも会えず死んでいった。自分は何をすることができたのか。

「次のパンデミックは、何としても止めなければならない」

カールは無意識のうちに呟いていた。その時、カールのスマホが鳴り始めた。

〈ガスポルトは軍と協力してマンモスの掘り出し準備にかかりました〉

レオニードの興奮した声が飛び込んでくる。カールはスマホをスピーカーにしてテーブルの上に置いた。

「やはり、マンモスの墓場に熱湯を流し込むつもりなのか。そんなことでは永久凍土は融けない」

〈凍土の表面を融かして、あとは蒸気を吹き付け、人力で掘り出そうと考えているようです。永久凍土がかなり融けて、柔らかくなっているんです。すべて地球温暖化のせいでしょう。大して時間はかからないと言ってました〉

「危険すぎる。永久凍土が融けるとウイルスのたまり場になる可能性がある」

ジェニファーが悲痛な声を出した。ＣＤＣの世界への感染シミュレーションを見た後なので、恐怖が倍増しているのだ。

〈すでに中国や北朝鮮がロシア軍の動きに気付いて、動き出したとの情報もあります。ウイルスを手に入れようとしているのかもしれません〉

「生物兵器としてか」

〈他に何かありますか。コロナ・パンデミックの後ですから。ウイルスにはかなり神経質になっています〉

カールはCDCの対応を思い出していた。彼らも手に入れたがっていることは確かだ。

「軍が掘り出す前に何とかすべきだ」

カールは自分自身に言い聞かせるように呟いた。

# 第七章　パルウイルス

## 1

翌朝、ノックの音で目が覚めた。

頭の芯《しん》がわずかに痛んだ。昨夜は寝たのが日付が変わってからだった。しかし、シベリアに来てから神経が張りつめているにもかかわらず、発作は起きていない。

カールがドアを開けると、レオニードとルドミラが立っていた。隣の部屋のドアが開き、ジェニファーが出てくる。

ジェニファーを先頭に三人がカールの部屋に入ってきた。

「ガスポルト第七区は軍の管理下に入りました。二十四時間、軍が警備についています」

レオニードがタブレットの地図を指しながら説明する。

「彼らはマンモスを掘り出してどうするつもりだ」

「モスクワの指示待ちでしょう。モスクワから、軍の幹部がこっちに向かっていると言ってました。数日中には到着します。本格的にウイルスを生物兵器に組み込むつもりかもしれません。コロナウイルスも武漢ウイルス研究所から漏れ出したものだと騒がれました」

カールは昨夜のサハロフ教授の言葉を思い出していた。ジェニファーに見せられたCDCの感染シミュレーションが甦《よみがえ》ってくる。わずか一週間でヨーロッパ、アメリカに広がり、半月後にはアジアを赤く染め、ひと月後には世界はウイルスに侵されていた。

アンカレジの燃えさかる倉庫が浮かんだ。あの中にはマンモスが保管されていた。そして、マンモスの体内にはウイルスがいた。

「穴にガソリンを流し込んで火をつける」

「アンカレジと同じね。あの火事では一人の死傷者も出なかった」

ジェニファーも同じことを考えていたのだ。

複数の死傷者が出てもおかしくない火事だった、と消防隊員はテレビニュースで言っていた。カールはふっと思った。あの火事を引き起こした者も、同じことを考えていたのかもしれない。マンモスを燃やすというより、ウイルスを消し去ったのかもしれない。しかし、誰《だれ》がそれをやったのだ。脳裏に浮かんだ影を強く目を閉じて消し去った。

「どうやって燃やす。ガスポルトの奴《やつ》らが黙ってはいない。警備に軍も加わっている」

カールが自問するように呟《つぶや》く。

「昨夜からあの穴は、自動小銃を持ったロシア兵が警備しているそうです」

「ガソリンが必要だ。大型タンクローリー数台分」

「バカなことを考えるのはやめるべきよ。そんなものどこにもない」

ジェニファーがカールを見つめ、強い口調で言う。

「このまま、彼らに任せることはできない。コロナよりも深刻なパンデミックになる」

「ガソリンなら軍にあります。基地には燃料輸送車が何十台も並んでいるのを見ます」

考え込んでいたレオニードが言った。

「その部隊はどこにいるんだ」

「ガスポルトの近く、南に車で一時間ほどです。盗み出すと言うんですか。見つかると、国家反逆罪で一生刑務所から出られない。最悪、死刑です」

「コロナのことを考えろ。世界を救うことにもなる。数百万人が苦しみながら死んでいった。きみの身近な者もいたはずだ」

レオニードが再度考え込んでいる。

「何か方法があるのか」

「僕の従兄《いとこ》がロシア軍にいます。東部軍管区第三十六軍団の大尉です。部下が百人以上いると自慢してました」

「何とか頼めないか。ガソリンを満載した大型タンクローリー」

「ムリですよ。融通が利かない堅物です」

「僕を彼の所に連れて行ってもらえないか」

カールが立ち上がると、本気かという顔でレオニードが見ている。

午後、カールはレオニードと東部軍の駐屯地に行った。

凍った大地の広場に戦車や装甲車、軍用車両がそれぞれ数十台並んでいる。その間を防寒服を着て、自動小銃を持ったロシア軍の兵士が行き交っている。極東に駐留するロシア軍東部軍管区の駐屯地だ。カールはレオニードと並んで歩いた。

「先生はアメリカの大学からモスクワ大学への訪問者で、僕の先生ということにしています。専門はウイルス学。ロシア語は話せない。すべてが嘘《うそ》じゃない。神さまも許してくれるでしょう」

レオニードは半分はカールに向けて、半分は自分自身に言い聞かせながら歩いていく。

「彼についてもっと詳しく聞いておくべきだった」

来る途中に大尉については聞いていた。この数年間に彼の身に起こった出来事だ。

「いい奴です。でも、何かと言うとロシア国家を持ち出す、単純な愛国者です。融通が利かない。だから、同期の者より出世が遅れている」

レオニードがカールをちらりと見た。

「僕がアメリカのことを良く言うと怒り出す。ロシアを世界一の国だと信じようとしている。しかし現実との矛盾に悩んでいます。典型的なロシアの職業軍人です」

「手強そうな奴だな」

「でも僕は知っています。彼が自由社会に憧《あこが》れていることを」

「なぜ分かる。今までに聞いたことと正反対だ」

「彼の宝物は何だと思います」

レオニードが立ち止まりカールに問いかけた。

「ビートルズのCDです。こっそり聞いている。今どき、こっそり聞いてるんですよ。かなりおかしな奴です」

レオニードが再び歩き始めた。

セルゲイ・ラフチェンコ大尉は体つきと顔はレオニードとよく似ていた。

「あなたはコロナで母親と妹を亡くしたと聞きました。まず、お悔やみ申し上げます」

カールはセルゲイの反応を見ながら話した。その言葉をレオニードが伝える。

「ひどいパンデミックでした。特にアメリカでは感染者、死者は世界でも最悪の部類に入ります。実は私も母を亡くしています」

カールをうかがうように距離を置いていたセルゲイの表情が変わった。

「コロナ以上のパンデミックが起こる可能性があります」

カールはサンバレーの感染とガスポルトでのマンモスの話をした。

「マンモスの体内にはコロナウイルス以上の毒性を持つウイルスがいる可能性が高い」

セルゲイは平静を装おうとしているが、かなり動揺しているのが分かる。

「私にどうしてほしいと」

「ガソリンがほしい」

「どのくらい」

「二十キロリットルのガソリンを満載したタンクローリーを二台」

「欲張りすぎじゃないか。これがアメリカ人には普通なのか」

カールはタブレットを出して立ち上げた。サンバレーの病院の写真を出した。血を吐き、全身が血まみれになってベッドに横たわっている患者の写真だ。病院を埋め尽くすベッドの写真もある。

「これがサンバレーの病院か」

セルゲイが流暢《りゆうちよう》な英語で聞いてくる。レオニードが驚いた顔でセルゲイを見ている。

「ロシア軍でも英語ができないと、上には上がれないんだ」

カールは状況を詳しく説明し、ガスポルトの永久凍土のマンモスの写真と、ＣＤＣが送ってきたウイルスの拡散シミュレーションの映像を見せた。

「これらが本物だと証明できるか。今はフェイクが出回っている。もう帰ってくれ」

セルゲイはカールからレオニードに視線を移した。

カールはタブレットを操作して、画面をセルゲイに向けた。彼の目が画面に留まる。

ユリンダ村の臨時診療所の映像だ。血にまみれた患者と死んだ十二歳の少女がベッドに横たわり、アンドレ・クック医師がカールたちに患者たちの説明をしている。最後に少女の前に立ち止まり、その頰《ほお》に手を触れた。

「少女はこの医師の娘だ。彼は感染を覚悟して患者の治療を行っていた。ユリンダ村を知っているか。ここからそんなに遠くない先住民の村だ。おそらくもう住民は残っていない。

全員が死んでしまった」

セルゲイは無言だった。カールは言葉を続けた。

「マンモスが掘り出されればコロナの悪夢が繰り返される。いや、それ以上のパンデミックになる」

「マンモスがウイルスの宿主だったというのか」

「ガスポルトの敷地内で――」

「知っている。マンモスの墓場が発見された。軍が出動したのはこのためか」

セルゲイが呟くように言うと、考え込んでいる。

「私の部隊にもガスポルトへの出動命令が来ている。周辺の封鎖と警備だ。数日内には行くことになる」

「コロナでウイルスの怖さは十分知ったはずだが、軍の上層部はウイルスで生物兵器を作る可能性がある」

「マンモスの墓場を燃やすつもりか」

「あなたは知らない方がいい。しかし、それしか方法はない」

「自然保護団体から文句が出る。死んでるとはいえ、貴重な太古の遺産、マンモスを燃やすんだ」

セルゲイは冗談っぽく言ったが目は笑っていない。

「WHOやCDCからは感謝される。何より、世界中のコロナで苦しんだ人たちから」

カールは心からそう思った。セルゲイの表情がわずかに変わった。

「サンバレーではあなたが新種のウイルスを封じ込めたと聞いている。早期に手を打ったのが功を奏したとか」

「市長ほか、市の関係者が先手を打って動いた。何より市民が協力的だった。コロナの教訓を生かした最初の例だ」

「私にもそうしろと言うのか」

「二度とコロナの悲劇を繰り返したくなければ」

カールの言葉にセルゲイは考え込んでいたが、やがて顔を上げた。

「私はロシアの軍人だ。軍のものを横流しすることはできない」

立ち上がり姿勢を正すと、カールを見据えて言った。

「いつ英語を覚えた」

部屋を出るとき、レオニードがセルゲイに聞いた。

「最初はビートルズの音楽だ。ＣＤが傷つくまで聞いて、歌詞の意味が分かるようになった。次はハリー・ポッターの本とＤＶＤだ。どちらも苦にはならなかったよ。百回見て聞いても、魔法は習得できなかったがね」

セルゲイはそう言うと肩をすくめた。アメリカ流のジェスチャーだ。

「だから言ったでしょ。僕以上に堅物で、融通の利かない男です。それに信心深い」

兵舎を出て駐車場に歩き始めたとき、レオニードが小声で言う。カールは広場に並ぶ百台近い軍用車両に視線を向けている。

「これだけの物資が無造作に置かれているんだ。有効な使い方をしても、神さまは許してくれる」

「まさか――。やめてくださいよ。見つかれば、永久に国には帰れませんよ。僕はまだ、大学で勉強したいし、アメリカにも行きたい」

「いくら学んでも、その勉強を生かさなければ何の意味もない」

「一歩踏み出せってことですか。でも、僕にはその勇気も才能もありません」

そのとき、レオニードのスマホが鳴り始めた。何度か頷《うなず》きながら聞いている。最後にサンキューと英語で言ってスマホを切った。

「ロシアの軍人にはミスがつきものだと言っています。キーが入ったままのタンクローリーもあるそうです」

レオニードがカールの腕をつかみ、兵舎の裏手に入っていく。十台以上のタンクローリーが止めてある。

「タンクローリー一台、これがミスの限界だそうです」

一台ならごまかすことができると言っているのだ。

「これを持ち出すにはどうする」

レオニードは手前のタンクローリーに乗り込んでいく。

　カールも慌てて助手席に乗った。席には自動小銃が置いてある。カールはそれを座席の後ろに移した。後部座席には軍用コートが脱ぎ捨ててある。コートの下には手榴弾《しゅりゅうだん》が二つ転がっていた。これもロシア軍のミスか。それとも——。カールは軍用コートをレオニードに渡した。レオニードがそれを着て、サンバイザーを探るとキーが出てくる。

「コソコソするから怪しまれるんです。こんな永久凍土のど真ん中の基地から、タンクローリーを誰が盗み出すと思うんです」

「タンクローリーを運転できるのか」

「アルバイトで軍で働いていたことがあります」

　キーを回すがエンジンがかからない。レオニードが深呼吸して再度エンジンキーを回すと、重いエンジン音を響かせ始めた。タンクローリーは、ゆっくりと正門に向かって走り始める。レオニードは門の兵士に軽く片手を上げて基地を出て行く。

　その日の夜、ホテルにレオニードが来た。ガスポルトの警備状況を調べてきたのだ。

「昼間は三十名態勢でマンモスを掘り出しています。銃を持った警備員と兵士が五名。常に見張っています。忍び込むのはまず無理です」

「夜はどうだ。徹夜で作業はしないだろう」

「昼間の半分以下の兵士で作業していると聞きました」

「死傷者は出したくない。あの穴が燃えだすと、作業をしている者と警備兵は、消そうとするか、逃げ出すか」

「逃げ出す方に賭けますが、絶対ではありません。気まぐれ者がいて、火を消そうとするかもしれません。近いうちに政府も本格的にマンモス発掘に乗り出すと聞いています」

「やはり生物兵器の開発だ」

残された時間は多くはないということだ。

「タンクローリーはいつでもガスポルトに運び込めるか」

「警備は厳重ですが、テロリストや反政府勢力に対してです。誰も軍のタンクローリーを使うなんて思っていません」

「タンクローリーを穴の中に突っ込ませる。アクセルを固定して、落ちる直前に車から飛び降りる。できるか」

「タンクローリーが現れると、穴に突っ込む前に止められるかもしれません」

「警備員たちをどこかにおびき出せないか」

「今夜、考えてみます。明日まで待ってください」

「時間がない。タンクローリーをいつまで隠し通せる」

「隠しません。町の裏通りに止めてありますが、軍はまだ気付いてはいません」

レオニードは自信を持って言った。

一時間後、カールはレオニードにメールで近くのカフェに呼び出された。

店の奥にレオニードが座り、横に同年代の青年がいた。

「友達のイリヤです。彼が手伝ってくれます」

イリヤはレオニードと小中学校が一緒で、高校は違うが卒業すると軍隊に入ったという。

「軍には五年いました。二年前に退役して、地元の雑貨店で働いています。明日仕事の後、手伝ってくれます」

イリヤがトイレに行った時、レオニードに聞いた。

「彼は信用できるのか」

「子供のころからの友達です。僕の頼みは何でも聞いてくれます」

「そういう問題じゃない。これはロシアじゃ重大犯罪だ。いやアメリカでも同じだ」

「彼の妹と祖母がコロナで死にました。ウイルスという単語に今も嫌悪を持っています」

「世界中の人間が持っている。一部の製薬会社の幹部を除いて」

カールは考え込んだ。コロナウイルスでは世界中で多くの人が大切な人を亡くした。大きく運命を狂わされたのだ。自分自身がそうだった。そのようなウイルスがまた世界に広まろうとしていたら――。カールは腹を決めた。

イリヤが戻ってくると、レオニードがタブレットの地図を見ながら計画を話した。イリヤは真剣な表情で頷きながら聞いている。

「穴から南に一キロ余りの所に警備兵の宿舎があります。イリヤにこの宿舎をできるだけ派手に燃やしてもらいます。穴を警備している警備兵が宿舎にいちばん近い。彼らが消火に駆けつけます」

一時間ほどさらに詳しく計画を話し合った。話が終わると、カールはイリヤの前に百ドル札を五枚置いた。イリヤがそれを押し返してくる。

「俺《おれ》は金のためにやるんじゃない。やらなきゃならないと思ったからやる。家族の仇《かたき》だ。ウイルスには百パーセント以上の恨みがある。軍にも多少の恨みがある」

「これはこの計画の資金だ。もっと目立たない上着を買ってくれ」

イリヤは頷いて札を三枚だけ取った。彼はオレンジ色の蛍光素材のコートを着ていた。

「明日決行だ。今夜は出かける用意をして、早めに寝ろ。明日は徹夜になる」

カールは二人に言って立ち上がった。

「将来、必ず賞賛される重要な仕事だ。俺はやる」

イリヤが自分自身を鼓舞するように呟きながら店を出ていく。

## 2

翌日の夜、カールはレオニードとイリヤと待ち合わせ、タンクローリーの所まで行った。イリヤはレオニードと同じロシア軍の軍服を着ている。軍の放出品だと言った。しかし下はジーンズにスニーカーだ。

レオニードが運転して、ガスポルトの敷地内に入った。警備員は見張っているが、軍のタンクローリーはそのまま通ることができた。

カールたちはマンモスの穴の見える場所にタンクローリーを止めた。イリヤは警備兵の宿舎に向かって走って行く。

穴の周りはライトで照らされ、昼間のように明るい。カールは時計を見た。約束の時間まであと五分だ。レオニードに促されてカールはタンクローリーに乗った。

ガスポルト敷地内の南で炎が上がり、爆発音が響いてくる。

「イリヤが警備員の宿舎に火をつけました。爆発は小型のガスボンベです。デイパックに五、六本詰めてました。派手に騒げと言ったでしょ」

「今度は我々の番だ。ミスはなしだ」

宿舎から上がるオレンジ色の炎はさらに大きくなっている。穴の周りの警備員の動きが慌ただしくなった。無線機に怒鳴るような声で話している。

「こちらから人は送れないと言っています。警備員はここに居残るようです」

「時間がない。僕が彼らを引き付ける。その隙《すき》にタンクローリーを穴に落とすんだ」

カールは座席の後ろから銃と手榴弾を取った。

「銃を撃ったことがあるんですか」

「引き金を引けばいいんだろ」

レオニードがカールから銃を取り、安全装置を外してレバーを引いた。

「空に向けて引き金を引いてください。手榴弾の使い方は知っていますか」

「テレビで見たことがある」

カールはピンを指して引き抜く動作をした。

「すぐに投げてください。ケガをしないように」

「チャンスは一度だ。頼んだぞ」

カールはタンクローリーを飛び出すと、全力で走った。

五十メートルほど離れると、空に向けて銃を撃ち始めた。闇《やみ》の中に閃光《せんこう》が輝く。手榴弾のピンを抜いて、穴とは反対方向の駐車場に向かって力いっぱい投げた。轟音《ごうおん》が響き渡り、止めていた警備員の車が、炎を上げ始める。

穴の方から銃声が聞こえてくる。穴の周りにいた警備員が銃を撃っているのだ。カールは大きく迂回《うかい》して、穴の方に戻った。タンクローリーがゆっくりとバックしている。わずかにスピードを上げながら、穴に近づいていく。

「飛び降りろ、レオニード」

カールは叫んだ。タンクローリーの巨大な車体が穴に近づき、後部から空中にせり出していく。運転席にレオニードの姿が見える。車体はスローモーションのように穴の中に吸い込まれていった。やがて、穴から鈍い音が響いてくる。車体が永久凍土に激突したのだ。

カールは穴に走った。身を乗り出してみたが、黒い闇が広がっているだけだ。ガソリンに引火は——していない。

「爆発はしないのですか」

声に振りむくとレオニードが背後から穴を覗《のぞ》き込んでいる。

「無事だったのか」

「飛び降りろって怒鳴ってたでしょ。飛び降りやすいようにバックで落としました。計画とは違いますが、うまくいったでしょ」

「失敗だ。爆発しない。逃げよう。警備員が戻ってくる」

「だったら爆発させます。タンクのガソリンが流れ出て、穴の底部に広がってからです」

警備兵の叫び合う声が近づいてくる。レオニードはポケットから発煙筒を出すと、火をつけて放《ほう》り込んだ。発煙筒は炎と煙を吹き出しながら穴の中に吸い込まれていく。

辺りが明るくなった。同時に鈍い爆発音が響く。巨大な炎が穴の中から吹き上げてくる。

二人は爆風と熱によって、背後に飛ばされた。穴は巨大な窯のように、炎に包まれた。

「逃げましょう。ここは危険すぎる」

立ち上がったレオニードがカールの腕をつかんで引き起こした。

辺りは騒然としていた。怒号と悲鳴に似た叫び声がいたるところで上がっている。軍の車とガスポルトの警備員の車が集まり、入り乱れている。時折り銃声が聞こえた。爆発音と共に、炎がさらに大きくなった。地下の永久凍土内のガスに引火して爆発しているのかもしれない。

二人は必死に走った。ガスポルトの敷地を出て、五キロほどの所に車を隠している。イリヤもそこで待っているはずだ。一時間ほど走ると道路の横で手を振る人影が見える。

「イリヤです。彼も無事です」

レオニードがほっとした表情で声を上げた。

カールたちはチェレムレフカに戻った。イリヤを家まで送り、カールとレオニードはジェニファーを交えホテルの部屋にいた。

「ガスポルトで爆発事故発生」

レオニードがテレビのアナウンサーの言葉を通訳した。画面には黒煙を上げるガスポルト敷地内の映像が映し出されている。だが、マンモスの穴については一言も触れられていない。

「終わったな」

カールがかすれた声を出した。

「我々は太古の貴重な宝と歴史を消し去ったんじゃないでしょうか」

「過去を振り返るのもいいけど、未来を創る方が大切」

ジェニファーがレオニードを慰めるように言う。

「人類を救ったんだ。コロナでは七百万人が死亡した。今度はそれ以上の死者が出る可能性があった。乾杯すべきだ」

カールはジェニファーのグラスにウォッカ、自分とレオニードにはスビテンを注《つ》いだ。

「ニックたち、ナショナルバイオ社は、マンモスの復活だけを狙《ねら》っていたんじゃない。おそらく――」

カールは次の言葉を選ぶように、しばらく無言だった。代わりにジェニファーが続ける。

「ウイルスから生物兵器を作ろうとしていた。十分考えられる話」

「同時にワクチンもね。兵器とワクチン。セットになれば、巨額の富を生む」

「考えたくないことね。でも――」

ジェニファーも言葉を濁している。

「感染力が強くて、致死率も高い未知のウイルス。まだワクチンも治療薬もない、性質すらよく分からないウイルスだ。ウイルス兵器としては理想的だ。ユリュート村ではひと夏で村人が全滅して、痕跡《こんせき》も残っていない。人間とウイルスの死骸《しがい》以外はね」

「やめてよ、そんな話」

ジェニファーが抑えた声を出した。

「いずれ向き合わなければならない問題だ。ＣＤＣメディカルオフィサーとしては」

「分かってる」

ジェニファーが呻《うめ》くように言う。

深夜の研究室。カールはウイルスのデータをまとめていた。どうしても矛盾している事実が現れる。ダンの行動が説明できないのだ。彼の言動を思い出すと、疑惑はますます膨らんでいく。

「どうかしたの。浮かない顔をして。また発作が始まったんじゃないでしょうね」

振り向くと、ジェニファーがカールを見ている。

「どこかが違っている」

カールは呻くような声を出した。

「もっとはっきり言って。もう問題は解決したのよ。あなたはよくやった。いい加減に自分を許したらどうなの」

「そんなんじゃない。もっと重要なことを抜かしている気がする」

「まだパルウイルスにこだわってるの。ウイルスは日々変異してる。人は三十七兆二千億個の細胞でできている。ウイルスは、その細胞に取りつき増殖する。中には、遺伝子のコピーが失敗する場合もある。変異ウイルスの誕生。そのウイルスはどんな性質を持っているか分からない。確率の問題か神さまの気まぐれか。私は後の方だと思う」

ジェニファーがカールを説得するように言う。

「そうじゃない。我々は何かを見落としている。もっと簡単で単純なことだ。しかも重要なことだ」

カールの声が大きくなる。動揺を押さえ込むように、両腕で自分自身を抱きしめて頭をデスクに付けた。

「落ち着いて。あなたは全力を尽くした。いま必要なのは休むこと。ご両親だって、そう望んでいる」

「ウイルスは待ってくれない。次の宿主を求めて鳴りを潜めているだけだ」

カールは顔を上げジェニファーを見た。

「ダンが送ってきたウイルスは、AウイルスともSウイルスとも違う。パルウイルスだ。彼は何の目的で送ってきた。何を望んでいる」

カールは自問するように呟く。

「変異してるって言ってるでしょ。AウイルスかSウイルスが変異してパルウイルスになった。両方の負の遺伝子を引き継いで、感染力が強く致死率も高い最悪のウイルスにね」

「我々が二つのウイルスを発見して、ひと月ほどだ。変異するには短すぎる時間だ。やはりパルウイルスは独自のウイルスだ」

「だったら、別のウイルス、つまりパルウイルスに感染したマンモスがいるというの」

「ダンはパルウイルスを見つけた。そしてその宿主を探している」

思わず出た言葉だったが、妙に現実感を持って心に響いた。ジェニファーもカールの突然の断定的な言葉に、唖然《あぜん》とした表情をしている。

「どこかに別のマンモスがいるはずだ。おそらく、ダンはマンモス復活計画の初めから関わっていた。シベリア、アラスカの永久凍土にも何度も足を運んでいる。そのどこかでパルウイルスを発見した」

「でも、私たちが知るどのマンモスにもパルウイルスはいなかった。きっと、あのガスポルトの穴の中で燃えたマンモスの中にいたのよ。パルウイルスも死んでしまった」

「もっと自分自身に誠実になるべきだ。きみは納得してないだろ。自分自身の言葉に」

カールの言葉にジェニファーは視線を外した。下を向いて何かを考えていたが、やがて顔を上げた。

「これ以上、私たちにできることはない」

「ダンが立ち寄った場所をもう一度調べる」

「もう調べている。別のやり方に変えるべき」

カールはパソコンを立ち上げた。世界地図が現れ、赤い線が二つの大陸を越えて引かれている。

「これはダンの行程だ。ダンはどこかでパルウイルスを見つけた。その宿主を探してニックのチームに入った。ニックはシベリアでマンモスを探していた。そしてガスポルトのマンモスに行き着いた。しかしそれはパルウイルスではなかった」

カールは自分自身の考えを整理するようにゆっくりと話した。

「ウイルスに接触した可能性があるのは、シベリアとアラスカだけなの。彼が他にマンモスと出会った場所がどこかにあるの」

ジェニファーが地図を覗き込みながら言う。

「世界でユリンダ村と同じ患者が出た報告がないか調べてくれ。特に、アラスカ、シベリア、そしてアメリカの主要都市だ。CDCなら分かるだろう」

カールの脳裏にシベリアのユリンダ村で見た光景が浮かんだ。その光景がユリュート村へとつながっていく。その先にあるものは——。

コロナウイルスは世界にまん延し、七億人の感染者を出し、七百万人の死者を出して終息に向かっている。だがもし、パルウイルスが世界に広がれば——。

「何としても、食い止めなければならない」

カールは無意識のうちに呟いていた。

「ここで、ダンの痕跡《こんせき》は終わっている」

カールは地図の一点を指した。アラスカ州アンカレジ。カールたちが最初にマンモスを見た所だ。ダンはここからCDCのカール宛《あ》てにパルウイルスを送っている。日付を見ると、カールたちがサンバレーでSウイルスと戦い、終息に向かっているときだ。ダンはカールの動向を追っていたのか。少なくとも、カールがCDCにいることを知っていた。

## 3

遠くで音が聞こえる。重く鈍い響きだ。カールの全身を抑え込み、脳に直接響いてくる。身動きが取れない。撥ね除けようとするが、ますます強い力で締め付けてくる。最後には逃れる気力さえ失せて、力に身を任せる。身体《からだ》がゆっくりと闇の中に引き込まれていく。夢だということは分かっているが、抜け出せない。すぐにこの闇は精神までも包み込んでいく。大声を上げたが声にはならず、かすれた呻き声になって消えていく。これが最後だ。

ワン、ツー、スリー――意志の力でベッドの上に上半身を起こした。闇の中にドアを叩《たた》く音だけが響いている。

カールは立ち上がり、ドアを開けた。冷気と共に数人の男が入ってくる。

「カール・バレンタイン教授ですね」

「そうだが、何時だと思ってる」

ベッドの横の時計に目をやると午前二時だ。

「警察です。あなたを逮捕します。密入国の容疑です」

警官は流暢な英語で言うと手錠を出した。

「待ってくれ。服を着る。寒いのは苦手なんだ」

カールは椅子《いす》に掛けてあったズボンとセーターを着た。

廊下に出るとやはり後ろ手に手錠をかけられ、女性警官に付き添われたジェニファーが部屋から出てきた。

「悪いのはすべて僕だ。彼女は僕が脅して連れてきた」

カールが大声を出すと、ジェニファーが呆《あき》れたような顔で見ている。

「今さら遅いわよ。彼ら、言い訳は聞いてくれない。電話が一度だけ許されるなら、あなたはモスクワのアメリカ大使館にかけるのよ。私はCDCの上司にわけを話す」

「わけなんてあるのか」

「正直に話せばいいの。嘘《うそ》はすぐにばれる。特に、あなたの下手な嘘はね」

カールはよろめいたふりをしてジェニファーにぶつかった。

「ロシア語は分からないふりをしろ。弁護士を呼ぶように言い続けるんだ」

約束してくれ、と小声で早口に言う。

「ロシア語は元から話せない。ここに弁護士なんているの」

「マンモスについては絶対に話すなよ。話せばレオニードたちに迷惑がかかる。そうなると、良心が痛むだけではすまないぞ」

ジェニファーはカールに向かって顔をしかめて、パトカーに乗り込んでいった。

二人は別々のパトカーに乗せられて、町の中央にある警察署に連れて行かれた。

カールは唯一覚えている電話番号をロシア語で言って、電話をするように頼んだ。モスクワの連邦保健省の番号だ。

「何とかしてくれないか。とりあえず、ここから出してくれ。ＣＤＣのジェニファー・ナッシュビル博士も同じ警察署にいる」

カールは英語で話した。

〈何をしたんだ〉

「アンカレジから直接シベリアに来た」

〈入国手続きをパスして、マンモスの牙を掘りにか〉

「そういうことでいい」

〈話してみるよ。だが色んなことが起こりすぎた。私のところにも報告があった〉

最後にあまりあてにはしないように、という言葉があって電話は切れた。

一時間後、レオニードに連れられたサハロフ教授が来た。三十分ほど警察署長と話していたが、とりあえずホテルに帰ってもいいということになった。

「我々はなんで捕まったんだ。密入国の容疑と言ってはいたが」

車に乗ると、カールはレオニードに聞いた。

「ガスポルトの炎上の件です。怪しい者は連行して、調べているようです」

「なぜ、釈放された」

「ロシアの役人は権威に弱いんですよ。彼らにとって、モスクワ大学の教授は権威の象徴です。先生は教授の重要な研究のパートナーで、入国ビザは申請中です。パスポートは持ってきてるんでしょ」

「ホテルに預けている。警察が持って行ってなければ」

カールとジェニファーは、教授に頭を下げ続けた。

「これからどうなるか分かりません。しかし、ことが重大すぎます。あなたがたは重要な情報を持っています。ただしそれは、救いでもあるし、その逆ともなります。どうか、慎重に行動してください」

ホテルに着き、車を降りるときに教授が言った。

ホテルで二人きりになると、突然ジェニファーがカールに聞いた。

「ダンとあなた、どういう関係なの。すべてを正直に話して」

「なんでダンなんだ。彼は関係ない」

「あなたはダンが送ってきたウイルスを探しにシベリアまで来た。私たちは不法入国してウイルスを探し、感染症で全滅する村を見た。あなたは墓も掘り起こしたんでしょ。おまけに、私まで警察に捕まった。すべてあなたがダンを信じたから」

カールは長い時間考えていた。ジェニファーが無言でカールを見つめている。やがてカールは話し始めた。

「大学一年からの友人、研究室が同じ、ルームメート、色々ある。ライバルでもあった。そして――」

あとの言葉が続かない。カールは考え込んだ。親友――、ライバル――そうに違いなかった。

「兄弟以上の存在だったかもしれない。精神的な意味でね。僕たちはいつも競い合ってた。勉強、スポーツ、遊び。あらゆるものでライバルだった。楽しんで、ふざけ合っていても、いつのまにか本気になっていた。彼にだけは負けたくなかった」

「成績はダンより、あなたの方が良かった」

「思い違いだ」

思わず声が大きくなった。長年心の奥に封じ込め、消し去ろうとしていた思いが一気に噴き出してくる。そんな感じだった。

「あなたの方が成績が良かったから、教授はあなたを選んだ」

「違う。教授はダンを恐れていたんだ。彼の才能を恐れて、自分から遠ざけようとした。いつか必ず自分の上を行く存在だと分かっていた」

今度はジェニファーも黙ったままだ。

「僕はダンに勝つために必死で勉強をした。だが、ダンはなぜそんなにムキになるんだという顔で僕を見ていた。彼にとっては大学の成績なんてどうでもよかったんだ。大学は、自分のやるべきことの通過点としか思っていなかった」

「じゃダンは何のために大学に行ってたの」

「それを探すためじゃないのか。何のために自分は存在しているのか。それを見つけようとしていた」

そしてあるとき、突然消えてしまった。卒業まであと半年という頃《ころ》に。過激派と言われている自然保護グループ、グレート・ネイチャーに入ったと噂《うわさ》が流れてきた。カールは今まで封じ込めていた思いを引き出すように、考えながらゆっくりとしゃべった。

「その後もダンは僕の頭から離れなかった。何かを決めるとき、無意識の内にダンならどうする、と自分に問いかけていた。ダンにとっては、僕などどうでもよい存在だったにもかかわらず」

ダンの姿を思い浮かべようとした。しかし、彼の顔が浮かんでこない。浮かぶのは断片的な彼の言葉だけだ。

「それは違う。ダンもあなたを意識してた。だからこそ、パルウイルスをCDCにではなく、あなた宛てに送ってきた。あなたなら最適に処理してくれると信じて」

答えることができなかった。そうである気もしたし、ない気もした。

「あなた疲れてるのよ。すべてを忘れて眠りなさい。私たち、とんでもない目に遭ったんだから」

ジェニファーがカールの頰にキスをすると、立ち上がった。

カールはベッドに横になった。目を閉じていると、突如ダンの姿が鮮明に浮かんでくる。

「やはりもう一度、アンカレジに行く。僕は何か重要なことを見落としているんだ。もう時間がない」

カールは声に出して言うと、飛び起きて衛星電話のボタンを押した。

「迎えに来てほしい。急いでいるんだ」

〈電話がないので心配してたんだ。おまえ、声の調子が変だぞ〉

ボブの驚いた口調の声が返ってくるが、どこまでが本心なのか分からない。周りからは酔った男女の声と音楽が聞こえてくる。

「警察に目を付けられた。密入国がばれたらしい」

マンモスの墓場とそれを燃やしたことは省略した。

〈金で片を付けろ。五百ドルも握らせれば問題ないだろう〉

「帰りたいんだ。迎えに来てくれ」

〈それで、マンモスは見つけたのか〉

「警察に捕まったんだ。しばらくホテルを出ないように言われている」

〈何と言われても、アメリカに帰りたいんだろ。悪くない選択だ〉

ボブは場所と時間を言った。

「あんたらを降ろした場所じゃないが、緯度と経度が分かれば行けるだろ。何もない場所だ。あとは俺が見つけてやる。ただし、時間厳守だ。午前十時。日の出の時間だ。あんたら相当ヤバい状況だ。絶対に当局に悟られるな。シベリアの刑務所はきついぞ。俺は死んでも入りたくないね」

時間には遅れるなと、繰り返して電話は切れた。カールはレオニードにメールを送り、いつもの酒場で会う約束をした。


カールが酒場に行くとレオニードはすでに来ていた。タブレットに地図を出して、ボブが指定した場所を示した。

「今日の午前十時までにこの場所に連れていってほしい。ジェニファーも一緒だ」

「アメリカに帰るのですね。何となく、そうだと思っていました」

レオニードが真剣な表情でカールを見ている。

「きみとルドミラには世話になった。落ち着けば必ず連絡する。サハロフ教授には――」

カールが口ごもっているとレオニードが話し始めた。

「できる限り、あなた方の便宜《べんぎ》を図るようにと言われてます。こうなることは教授も分かっていたのでしょう」

「迷惑は掛からないか」

「感謝していると伝えてほしいと。人の命の意味を考え直し、医学、科学に対する情熱も思い出したと言っていました。これから忙しくなります。感染した村の医療体制を整えると同時に、ガスポルトの敷地内の調査も行われることになるでしょう。実は、僕とルドミラも教授のグループに入ることになっています」

レオニードは姿勢を正してカールを見た。

「僕たちがやったことは絶対に無駄にはなりませんね」

「パンデミックを封じ込めたんだ。胸を張っていい」

二人はスビテンで乾杯して別れた。

## 4

ホテルに戻ると、ジェニファーの部屋に行った。

「黙って僕の指示に従ってくれ」

カールは手でジェニファーの口を押さえた。ジェニファーが頷くと、口を押さえたまま小声で言う。

「一時間以内にここを出る用意をしてくれ。裏口にレオニードが待っている」

「やめて。もう、あなたに振り回されるのはいや。どこに行くか知らないけど行きたいのなら一人で行って」

ジェニファーがカールの腕を振り払った。

「ダンは新しいウイルスを見つけた。感染力が強く、致死率も今までのウイルスを超えている。ダンはそれをパルウイルスと名付けた。しかし、そのウイルスの宿主が分からなかった。それを見つけるためにダンはニックたちと行動していた」

すでに何度となく繰り返した言葉を言った。推測にすぎなかった思いが確信へと変わってくる。ジェニファーの顔も次第に真剣なものに変わっている。

「ダンはここでパルウイルスの宿主を見つけたの」

「まだだと思う。しかしニックたちがそれに気付いた。パルウイルスの存在に」

カールは声を低くして囁くように言う。

「クローンマンモスの研究は、単にクローンを作るためじゃなかった。軍事用の生物兵器を目指してたってことなの」

「ダンはそれを阻止しようとした。だから僕にパルウイルスのサンプルを送ってきた」

「すぐに廃棄しろ。メモにはそうあったんでしょ。すべてはそれで終わりになる」

「ウイルスはまだ残っている、この地球上のどこかに。ダンは偶然というか、運命的というのか、パルウイルスを見つけた。だが、それは全体のほんの一部だ。彼は宿主を探してシベリアまで来た」

カールの声がわずかに大きくなった。

「なぜそんなに宿主を見つけるのにこだわるの」

「宿主を突き止めなければいつかまた現れる。その時には変異を繰り返し、ウイルスの感染力はさらに強く、致死率は高く変異しているかもしれない。ダンも同じ思いで宿主を探している。コロナだって同じだ。未《いま》だに宿主は判明していない。もっと徹底的に調べる必要がある」

話しているうちに、カールの精神にダンが話しかけてくる。僕はきみを信じている。パルウイルスの宿主を探して、雪原を歩くダンの姿が鮮明に浮かんでくる。

「ダンは今どこにいるの」

「ダンを見つけるためにアメリカに帰る。アンカレジ経由だ」

「車やスノーモービルじゃ帰れないわよ」

「十時にボブが迎えに来る。十分待つそうだ。時間厳守を繰り返してた」

「私たちにマンモス発掘場所の嘘を言った男よ。あんな男に帰りの飛行機を頼んだの」

「CDCに迎えを頼むか。きみは懲戒免職。僕はアメリカの刑務所。僕たちは正規の出国も入国もしてないんだ」

ジェニファーは答えない。答えることができないのだ。

三十分後、二人はホテルの裏口に向かった。裏口にはレオニードとルドミラが、スノーモービルに乗って待っていた。辺りはまだ闇に包まれている。

カールとジェニファーはボブが指定した場所まで送ってもらった。

雪原に続いて小さな湖がある。他に何もない場所で、確かに見つけやすいところだ。ボブはヘリではなくセスナで来るつもりなのだ。

「ホテルを出る前に、きみのパソコンにサンバレーでのウイルス対策の資料を送っておいた。参考になるはずだ」

車を降りる前にカールがレオニードに言った。ジェニファーが目を剝《む》いたが、何も言わなかった。

「色々助けてくれて感謝している。僕たちのことを聞かれたら、知らないで押し通してくれ。落ち着いたら、必ず連絡する」

「あなた方と知り合えて勉強になりました。こちらで何かあれば連絡します」

「ガスポルトもすべてを公表できないはずだ。超危険なウイルスを持ったマンモスがいたことが公になれば、操業はストップせざるを得ないから」

カールは二人にチェレムレフカに帰って大学に行き、以前の生活に戻るように言い聞かせた。

スノーモービルの方に歩き始めたルドミラが二人の前に来た。

「お二人はやはり恋人同士です。私にはそう見えます。早く結婚すべきです」

ルドミラは丁寧に頭を下げるとスノーモービルの方に戻って行った。

約束の十時から一時間がすぎたが、ボブは現れない。雪原の寒さが身体に染み込む。

「だから私は言ったでしょ。あの手の男は信用できない」

「モスクワまで行って、アメリカ大使館に駆け込むか。きみはどうなる。CDCにいられなくなる」

「誰の責任か分かるでしょ。やはり正規の手続きを踏むべきだった。あなたの言葉なんか、信じた私がバカだった」

「ロシアのガス田の一部を吹き飛ばしたんだぞ。マンモスの墓場もだ。ロシア政府と世界の古生物学者を敵に回すことになる」

「凍えて死ぬよりいい。レオニードに迎えに来るように頼んで」

ジェニファーが足踏みをしながら言う。

その時、かすかな音が聞こえてくる。カールは東の山々に視線を向け、目をこらした。小さな機影が現れ、その大きさが増してくる。セスナだ。

「こっちよ」

カールは、雪原に飛び出し手を振りながら声を上げるジェニファーを制止した。セスナは二人の頭上を通りすぎると、大きく弧を描き戻ってくる。高度を下げ湖の氷の上に着陸した。特殊なタイヤを付けているのだ。

「一時間三十五分の遅刻だ」

「エンジンの整備に時間を食ってな。あんたから、連絡が来ると思わなかったもんでね」

ボブは来てやったのだから、感謝しろという顔だ。

ジェニファーがカールを押しのけてボブの前に出た。

「あなた、私たちを凍死させる気なの。アメリカに帰ったら、訴えてやる」

「だったら、文句を言ってないで、さっさと荷物を積み込め。俺だってこんな所からは早くオサラバしたいんだ」

ボブは二人の荷物を目で指すと、機体から燃料の入ったタンクを下ろして給油を始めた。

「うまく行かなかったのか。浮かない顔をして」

飛び立ってすぐに、ボブが聞いた。操縦桿《かん》に手を置いたまま、振り返ってカールの顔をしげしげと見ている。

「最後のピースがはまらない」

「難しいことを言うな。マンモスはいたんだろ。色んな噂が流れてくる」

「聞きたいね、どんな噂か」

「マンモスの墓場があったとか、すべて燃えてしまったとか。ロシアのガス田建設が中止になったとか。色々だ」

ボブは笑いをかみ殺した顔で言う。

「ガス田の操業が中止になったのか。誰から聞いた」

「俺だって業界の情報には神経を尖《とが》らせてる。広いようで狭い世界だ。おまけに、インターネットで写真も動画も見ることのできる時代だ。昨日のはガス田の爆発と火事だった」

ボブはスマホの写真をカールに見せた。兵舎が燃えている写真と軍用車が爆発している写真だ。最後の写真は穴から巨大な炎が吹き上げている。

「誰が流したの。まさか、レオニードとルドミラじゃないでしょ」

覗き込んできたジェニファーが小声で言う。

「この写真だとイリヤだ。彼はしきりにスマホをいじっていた」

「レオニードとルドミラは大丈夫かしら」

「できるだけ早く、アメリカに呼んでやりたい」

カールは心底そう思った。彼らはよくやってくれた。ジェニファーも納得しているはずだ。ガスポルトのガス田の一つで爆発が起こった。安全確認のために一時操業を中止して点検を行うという公式発表らしい。政府もガスポルトも、公にしたくないことは山ほどあるのだ。

「シベリアにはよく来るのか」

カールはボブに聞いた。

「夏場はね。マンモスハンターが増える。冬場に行こうなんてもの好きは、あまりいないがね」

「この男は乗せたことがあるか。おそらく、今は髭《ひげ》が伸びている」

カールはスマホのダンの写真を見せた。学生時代、大学で撮った写真だ。メガネをかけた硬い表情の男が睨《にら》むように見つめている。ボブは写真をチラリと見ただけで、前方に目を移した。

「髭面は掃いて捨てるほどいるが、この手の顔は珍しい」

「彼はいつもニックと一緒だったはずだ。知的でもの静かな男だ。タブレットを手放さない。スマホじゃない。そういう男も、ここじゃ珍しいだろ」

ジェニファーが驚いた顔でカールの話を聞いている。

「その男がどうかしたのか」

「学生時代の僕の友人だ。プレゼントを送ってくれた。会って礼を言いたくてね。やはり、マンモス好きの男だ。本名はダンだがホープ・ホワイトと言えば分かるだろう。知らないはずはない」

ボブはしばらく考えていたが、口を開いた。

「最後に乗せたのはひと月前だ」

カールは思わず身体を乗り出した。ジェニファーもボブを見ている。

「何度か乗せたことがあるのか」

「合計で三回。送ったのは、あんたと同じ場所だ。最後は一人だった」

「最後は、どこからどこまでだ」

「シベリアからアンカレジ。アンカレジから――その先は忘れてしまった」

わざとらしくそう言った。

「これで思い出してくれ」

カールは百ドル札を三枚、ボブの胸ポケットに入れた。

「思い出したよ。デナリ国立公園。アンカレジの北方百七十キロのところだ」

カールは地図を思い浮かべた。雪原の続くツンドラ地帯だ。

「ダンはなぜそこに行くか言ってなかったか」

「俺は客には何も聞かない主義なんだ。だから今まで、問題なくやってこられた」

「飛行場はあるのか」

「言っただろ。俺はどこでも降りることができるんだ」

「そこまで連れて行ってくれないか。アンカレジはパスして、このまま直行だ」

「コース変更しなきゃならない。別料金が必要だ。途中給油も必要だ」

給油は離陸前にしただろうという言葉を呑《の》み込んで、カールは百ドル札を追加した。

「半分も行けやしない。ガソリン代も値上がりしているし、金も時間も倍かかる」

ジェニファーがさらに三百ドルをボブのポケットに入れる。

「何とか飛べるかな。帰りが心配だが、何とかなるだろう」

「あんたはダンを送っていっただけか」

「それ以上何ができる」

「なぜ、ダンがそこに行ったかは考えなかったのか」

「マンモスに関係あるんだろ。彼もあんた同様、憂鬱《ゆううつ》そうな顔をしていた。マンモスに関わる奴はみんな、おかしいか、おかしくなるんだ」

ボブの答えが正しく思えた。カール自身も正常ではなくなっているような気がする。

# 第八章　蒼い墓場

## 1

セスナはベーリング海峡を渡り、アメリカ国内に入った。

アラスカ北部の小さな空港に降りて、燃料を補給した。ボブが空港の男と話している間に、カールはジェニファーに言った。

「きみはここで降りてくれ。アンカレジ行きの飛行機はあるだろう。これからどうなるか僕にも分からない」

「パルウイルスを探しに行くんでしょ。それはCDCの役割。つまり、私のね」

ジェニファーは給油のすんだセスナ機に向かって歩いていく。

アンカレジに向かって飛んでいたセスナは、ユーコン川を越えてから北寄りのコースに変更した。

「下を見てみろ。すぐに大きな白い山が見え始める。その辺りがデナリ国立公園になっている。町が見えるだろ。あれがキャントウェルだ」

「ダンはあの町に行ったのか」

「たぶんね。俺《おれ》が下ろしたのは山のふもとだ」

ボブは曖昧《あいまい》な言い方をした。

眼下には雪に覆われたツンドラ地帯が広がっている。シベリアからまだ陸続きだったベーリング陸橋を北アメリカへと渡ってきたマンモスの群れは、この雪原を歩いたのか。

セスナは高度を下げ始めた。眼下に湖に続く平らな雪原が見える。雪煙を上げながらセスナは着陸した。確かにボブの腕は大したものだった。雪が少なく、大地が平らで硬い所を選んでいる。

「あんたはここにダンを下ろしたのか」

「間違いない、ここだ。いや、この辺りだ。半径十メートル以内だ」

ボブは周りを見回しながら言う。雪と白樺《しらかば》の世界で、目印となりそうなものはない。

「何もない所だ。どうやって特定した」

「緯度と経度は大地に線が引かれているわけじゃない。ここだよ」

ボブは人差し指で頭を指し、拳《こぶし》で胸を叩《たた》いた。

「頭脳とハートというわけね」

ジェニファーがカールのポケットから衛星電話を取ると、位置情報を見ている。

「この辺り、電波状態が悪いの？」

「時々ね。オーロラが出るときは携帯電話の電波状態が悪くなると聞いたことがある。もちろん、衛星電話もだ」

ボブが肩をすくめた。

「ダンはここからどっちに向かった」

ボブは北の方を指した。その先にはデナリ山をいただくデナリ国立公園が広がっている。

「俺は事実を言ってるが、その先は知らない。まずは、北に行け。五キロばかりで村がある。先住民の村だ。何ごともなければ、二時間もあれば行き着ける」

ダンはそこで何を見つけた。口に出そうとした言葉を呑《の》み込んだ。

「村まで行き着けば、その先はどこにでも行ける。車もあるし、道路も通っている」

ボブは機内からスノーシューを出して、二人の前に投げた。

「俺からのプレゼントだ。これがなければ、百メートル進むのに一時間かかる」

ボブはカールに向かって手を差し出した。握手すると、「良い一日を」と言って、セスナに乗り込んでいく。セスナは雪煙を上げて離陸し、轟音《ごうおん》を響かせて飛び立っていった。

ジェニファーが衛星電話のGPSを見ている。

「本当に何もない所だ。まずは先住民の村に行ってみよう」

カールはスノーシューをはくと、リュックを担ぎ上げた。

「なぜ、こんな所に降りたの。もっと町に近い所で降りるべきよ」

「ここが着陸にもっとも都合がいい場所なのかもしれないし、町の者に見つかりたくなかったのかもしれない。ただ、おそらくダンもここで降りて歩いたんだ」

カールはポケットから地図を出した。

「ボブの言葉から考えると、ダンはここから五キロほど北のタルエント村に行っている。

先住民のネイティブアメリカンが五十人ほど住んでいる」

「なぜ、そんな村まで行ったの」

「それを調べたい」

ジェニファーは時計を見て空を見上げた。

「急ぎましょ。すぐに暗くなる」

ジェニファーはすでに歩き始めている。


目の前には荒涼とした雪原が広がっていた。どこかで見た光景だ。

一時間ほど歩いたところで陽《ひ》が沈んだ。辺りは月明かりでぼんやりと明るい。

見上げると、透明な空気の中にわずかに欠けた月が浮かんでいる。天空いっぱいに無数の星の輝きが見えた。月はこんなに明るく、星はこれほど多かったのか。わずかに見える緑の輝きはオーロラか。カールの精神に今まで感じたことのない思いが湧《わ》き上がってくる。

二人は天空からの光の中を無言で歩き続けた。

ボブの言葉通り、二時間ほどで雪原の端に村が見え始めた。月明かりの雪原に十軒余りの家が寄り添うように建っている。タルエント村に違いなかった。

二人は村に入った。月明かりに照らされて、プレハブ式の家が並んでいる。アメリカの一部とは思えなかった。

カールは周りの家々を見ながら歩いた。人の姿はなく、村全体が薄い闇《やみ》の中に沈んでいる。どこか不気味なのだ。シベリアで見たユリンダ村に似ている。

「まさか、すでに全滅じゃないだろうな」

「縁起の悪いことは言わないで。ここはアメリカのアラスカ州、ＣＤＣの管轄区の一つよ」

「この村の存在を知っていたか」

ジェニファーはカールに視線を向けただけで、何も言わなかった。

「政府から取り残された村の一つだ」

「注意して。どこかおかしい」

カールは思わず村を見直した。無意識に出た言葉だろうが、妙に気になった。二人はわずかに明かりが漏れる家に近づいていく。

「医者はいるか。ユリンダ村には一人いた」

ジェニファーは無言だ。表情が変わり、立ち止まると家の方を見ている。

ジェニファーが歩き始めたカールを制止した。腰のポーチからサージカルマスクとゴム手袋を出して、一組をカールに渡した。カールは無言で受け取り、マスクと手袋を付けた。

「まず、生存者の確認だ。絶対にこの村の住人には触るな。家の中のものはもちろん、屋外にあるモノでも接触はなしだ」

分かったな、とお互い目で確認し合って通りを歩いていく。

「明かりがついているのが集会所か何かだろう」

カールはドアの前に行き、中の様子をうかがいながらノックをしたが返事はない。

「蹴破《けやぶ》るか」

ジェニファーが横から手を出してドアノブを回した。ドアは開いた。薄暗い明かりの中に人の気配はない。不気味さだけが漂っている。カールは入り口に立ち、懐中電灯で部屋の中を照らした。

「明かりをつけないで。眩《まぶ》しくて頭痛がひどくなる者もいる」

部屋の隅からやっと聞こえる程度の女性の声がした。カールは光を天井に向けて、声の方に行こうとした。

「待って」

ジェニファーがリュックから医療用のガウンを出した。二人はガウンを着て中に入った。

ソファに女性が座っている。女性の膝《ひざ》には、幼さの残る少年が目を閉じて横たわっていた。

「何が起こってる。正確に話してくれ」

「悪魔が——降りてきた。気が付くとこうなっていた」

「どうなったんだ。具体的に教えてくれ」

「最初の病人が出たのが二日前。村の人口は五十二人、今私の知っている限り生きてる人は十四人。他の人は知らない」

「二日で残りの者は死んだというのか。きみは確かめたのか」

女性は答えず目を閉じている。ジェニファーがカールを押しのけて前に出た。

「私たちはＣＤＣの医者よ。あなたたちを助けるためにここに来た。何が起こったか、話してください」

「誰《だれ》も助けられなかった。薬も効かない。電話も通じなくなっている。私たちは神さまに見捨てられた」

女性が目を閉じたまま答える。

集会所の中には二十人あまりの村人がいたが、十人はすでに死んでいた。ベッドに数人で横たわっている者や、床に座り壁にもたれている者たちもいた。五人は死にかけている。残りの者もかろうじて動ける程度だ。

カールとジェニファーは遺体を慎重に一つの部屋に移し、残りの者をリビングに集めた。医薬品はすでになく、各自に台所にあったペットボトルを与えることしかできなかった。

「この村にはもっと住人がいるんでしょ。残りの者は各家にいるの」

「そうでしょうね。行ってみるのがこわい。それに私たちには無理」

「行く必要はない。行っても、何もできない。早く助けを呼ぶしかない」

「携帯電話が通じません」

「我々は衛星電話を持っているが入るのは雑音ばかりだ」

「電波状態が良くなるのを待つしかありません。地形のせいでこうなるんです。オーロラとデナリ山が電波の邪魔をします。特にオーロラの影響は大きい」

「通じるまでかけ続けるしかないということね」

ジェニファーが覚悟を決めたように言う。

「しかし、二日でここまでひどくなるとはね」

「朝には咳《せき》と頭痛程度の患者がその日の夕方に突然、呼吸困難に陥り血を吐いた。そして、翌朝には死んでいた」

女性がやっと聞き取れるほどの声で話した。

「半日で病状が悪化し、一日で死に至るってわけね。急変はコロナでも聞いたけど、ここまで極端なのは初めて」

カールが立ち上がってドアの方に行った。

「他の家を見てくる。きみはここにいればいい。危険を冒すのは一人にしよう」

「どこにいても危険は同じ。ここにいても何もできない。できる限りのことはやりたい」

二人は集会所を出たところで、マスク、手袋、医療用ガウンを新しいものに代えた。隣の家には鍵《かぎ》がかかり、窓から覗くと誰もいない。全員が集会所に行ったのだろう。

通りを隔てた家にも鍵がかかっていた。通りに戻ろうとするとドアが開き、四十代の男が二人を見ている。

「中に入れてくれ。話を聞きたいんだ」

「悪いが入らないでくれ」

ジェニファーがCDCの者であることを伝えるとホッとした顔になったが、中に入ることは拒否された。正面のソファには母親と十歳前後の娘が両側に座って、見ている。

「私たちを助けに来てくれたのですか」

「助けを呼びたいが電話が通じない」

「この時期は数日通じないことはよくあるんです。集会所はどうなっていますか。様子が変なので家に鍵をかけて閉じこもっていました」

「それが正解です。集会所はひどい状態です。絶対に近づかないように」

「何が起こってるんですか。感染症ですか。コロナがこんな所までやってきたんですか」

「コロナウイルスとは違います。もっと、ひどい」

母親が娘たちを引き寄せた。娘たちは怯《おび》え切っている。

「やめなさいよ。怖がらせるだけでしょ」

ジェニファーがカールを制止した。

「他の家の状況は分かりませんか。この村には五十二人が住んでるんでしょ。集会所には二十五人いました。何人かは生き残っていた。でも時間の問題だと思う。あなた方家族は全員無事だった」

「感染症なんでしょ。コロナで学んでいたので、おかしいと思って家に閉じこもっていました。あなた方、他の家族を調べに行くんでしょう。だったら、ここには帰ってこないでほしい」

母親が二人の娘を抱きしめ、二人に訴えるような視線を向けている。

「とりあえず、生存者を調べます」

カールとジェニファーは通りに戻り、他の家を調べて回った。

残りの家の半数に感染者がいて、他の者は分からなかった。症状は出ていないが感染者の家族と暮らし、看病していたのだ、感染している可能性は高い。

二人は村に一軒あった雑貨屋の食料と水を各家庭に配った。雑貨屋は無人だった。

「感染者が出た家族は集会所に集まったってことか。賢明な判断だな。自ら隔離したわけだ。そのおかげで感染を免れた家族もいる。コロナの教訓だ。歴史は無駄ではなかった」

ジェニファーは頻繁に衛星電話の電波状態を試しているが通じる気配はない。

「オーロラが出ている間は通じないんじゃないか。しかし、アメリカ国内にこんな取り残された場所があったとはね」

カールはもどかしさを隠しきれない口調で言う。

「いちばん近いCDCの事務所はどこだ」

「アンカレジね。でも、ヘリでも二時間はかかる」

ジェニファーが空を見上げた。北の空を覆っていたオーロラが薄くなったように感じる。

衛星電話が通じ始めたのは、オーロラが消えて二時間後だった。二人が交代で三十分おきにCDCに電話をかけていたのだ。

カールはジェニファーと自分の身分を説明した後、タルエント村の位置を伝えた。

〈衛星電話からタルエント村の正確な位置は確認できます。村の状況を詳しく教えてくだ

さい〉

電話の向こうから女性の落ち着いた声が聞こえる。

「僕の指示に従ってからだ。医療班の緊急出動と、村にいちばん近い警察か軍に村の封鎖を要求してくれ」

カールの言葉に慌ただしく指示を出す声が聞こえる。

〈バレンタイン博士の指示に従いました。何が起こっているか教えてください〉

カールは村の状況を話した。彼女は無言で聞いている。周りに複数の人がいる気配が伝わってくる。電話をスピーカーにしているのだ。

〈警察と州兵に緊急出動を要請しました。村の封鎖を行います。CDCからはすでにヘリで緊急医療部隊が出動しました。バレンタイン博士の指揮下に入ります〉

「僕はCDCを辞めている。ジェニファー・ナッシュビル博士が指揮を執る」

カールは衛星電話をジェニファーに渡した。

一時間後、村の周辺は騒然としていた。村の出入り口は軍の車両で埋め尽くされている。白い防護服を着たアラスカの州兵たちが村を封鎖した。村を貫いて走る一本の道路の出入り口二カ所に、車止めと軍用車両をおいて、交通を完全に遮断したのだ。もっとも、冬場にこの辺りを通る車はいない。

上空には十機近くのヘリが飛び交っている。村の中央には数個のコンテナが運ばれ、臨時の感染症対策本部とウイルスの検査室が設置された。

その横に作られたプレハブ式の病院に、生き残っていた感染者が運ばれた。二十代の男女が五人、十代の女性が二人。最後の一人は、七十代の男性だった。全員が脱水状態で、あと半日遅れれば死んでいただろうと医師は言った。

「マスコミに漏れないようにお願いします。ここにまで押しかけられると、感染が広まる可能性が高い。新規のウイルス感染の可能性があり、現在、詳細を調べています。時期を見計らって、政府が発表します」

ジェニファーがCDCメディカルオフィサーとして指示を出している。CDCの迅速で適切な行動で、村はロックダウンされた。

「感染者の血液をCDCに送って、ウイルスの特定と培養を始めるように伝えてほしい。遺伝子解析もだ」

「血液はすでに送った。ウイルスの特定と培養も最優先でやるように伝えてある。遺伝子情報については明日の朝には連絡が来る。おそらく、ここのウイルスがパルウイルス」

カールの言葉にジェニファーが答える。

「まだ確定されたわけじゃない」

カールの脳裏にユリンダ村が浮かんでいた。さらにサンバレーの二つのウイルスが蠢《うごめ》いている。ウイルスは何万年もの長い年月をかけ進化を続けながら、シベリアからアラスカに到着し、パルウイルスに進化していったのか。しかし、という思いもある。ダンとパルウイルスの姿が重なる。ジェニファーが不満そうな表情でカールを見ている。

カールはジェニファーと集会所前のベンチに座っていた。

温度は昼間でも零度より数度高いだけだ。

「ダンは本当にこの村に来たの」

「あの夫婦はそう言った」

カールは集会所の向かいにある家の夫婦に聞いたのだ。

CDCの医療班が到着して、家族四人で隔離のために村から出ることになった。バンに子供たちを連れて乗り込んだ夫婦にダンの写真を見せて、この男を知っているか尋ねた。彼らは目を合わせ、二人同時に頷《うなず》いた。

ダンは丁寧な口調で、近くで感染症が出ていないか聞いた。彼らは知らないと答えたという。ダンはホッとした様子で隣の家に回っていった。しかし子供たちは、あのおじさんはがっかりした様子だったと言う。

「どういうこと。大人と子供ではダンから受ける印象が違ったっていうの。まさかダンがウイルスを持ち込んだんじゃないでしょうね」

「ダンは感染で滅びた村を追っている。彼はパルウイルスを探してこの村まで来たんだ」

「この村の感染はその後に起こった。だったら、どこから起こったの」

「僕もそれを知りたい」

カールは今まで起こったことをまとめようとした。ニューヨークの郊外でAウイルスが感染を引き起こした。しかし、Aウイルスは感染力は強いが毒性は低く、感染者に発熱と倦怠感《けんたいかん》、そして病院の封鎖を主張したカールの悪評のみを残した。

Sウイルスは、サンバレーで感染者を三千五百人余り出し、死者を千百人以上出しながらも、CDCの対応で感染が始まってひと月余りで封じ込められた。今では、感染者はゼロになったと聞いている。シベリアで村をいくつか消滅させたウイルスは、Sウイルスが変異したものだった。

では、ダンが送ってきたパルウイルスは何なのだ。AウイルスともSウイルスとも違う。感染率も致死率もはるかに大きな数値になると遺伝子情報からは推測される。パルウイルスはどこにいて、原株はどこにある。宿主はどこにいる。ダンは確かにパルウイルスを発見し、それをカールに送ってきた。ダンの足跡をたどってここまで来た。サンバレーからCDCに送ったパルウイルスの検査結果は、なぜまだ届かない。カールの脳裏に様々な疑問が湧き上がってくる。

「ダンは町の人に他には何か聞かなかったの」

「ここらでマンモスの牙《きば》が出なかったか聞いたらしい。出てないと答えたそうだ」

「そういえば、雑貨屋にヘラジカの角やセイウチの牙があった。でもマンモスとは違う」

マンモスの牙――カールの脳裏に何かが浮かんだ。その時、ジェニファーのスマホが鳴り始めた。

ジェニファーは何度も頷きながら聞いていたが、有り難うと言ってスマホを切った。

「CDCから。この村のウイルスはパルウイルスだった。ダンはパルウイルスを追ってこの村まで来た。彼が来たときはまだ感染はなかったけれど」

ヘリのローター音が聞こえる。音の方を見ると、CDCのヘリのローターが回っている。

「アンカレジに帰る便よ。サンプルを持ち帰り、医療品を積んで帰ってくる」

「乗せてくれるよう頼んでくれ」

カールは立ち上がった。

2

その日の夕方、カールとジェニファーはアンカレジに着いた。

ホテルに行く前に二人は博物館に寄った。閉館までに三十分しかない。

博物館に入ると、元学芸員の男、サミュエルを探した。サミュエルがカールたちに気付いて近づいてきた。

「前にいらした方ですね。たしか、マンモスに興味があった人だ」

「ダン・ウェルチについて聞きに来ました。あなたは彼と話したと言っていました」

「髭《ひげ》を生やした物静かな方ですね。彼なら先週も来てました。たしか五日前です」

カールの動悸《どうき》が速くなった。ジェニファーも驚きの表情を隠せない。

「何の話をしたんですか。かなり変わった奴《やつ》で、今何に興味を持ってるか知りたい」

サミュエルが考え込んでいる。

ダンはパルウイルスについて何かを探している。おそらく宿主だ。ダンは偶然、パルウイルスを手に入れた。だが宿主が分からない。そのヒントを得るためにここに来た。

「彼は何を調べにここに来たんですか。大事なことです。思い出してください」

「待ってください。彼が来たのは一度や二度じゃないんです。一年ほど前から二、三カ月に一度くらいの頻度で来ています。そのたびに色んな話をしました」

「先週も来たんですね。その時の話を聞かせてください」

気が付くとカールの声が大きくなっていた。周りの入場者がカールの方を見て顔をしかめている。カールの突然の大声に驚きながらもサミュエルは話し始めた。

「最初はアラスカの歴史の話をしました。その後、原住民についてです。イヌイットの生活に興味があったようです。何度も話しているので、確認のように聞いてきました」

サミュエルは考え込んでいたが、やがて続けた。

「シベリアから来たマンモスはどこを目指していたか。しいて言えば、そういうことではなかったのかな」

「どう答えましたか」

「生物の習性について話しました。生き残るのにもっとも適した場所を求めて移動する。人類と一緒です。つまり、食べ物を求めてです。マンモスの場合、草を求めて」

「死に場所を求めてということは考えられませんか」

サミュエルが怪訝《けげん》そうにカールを見ている。唐突ではあったし、そういう質問は初めてだったのだろう。

「ダンはすべての生物には意思があると考えていました。もちろん、マンモスにもです。仲間を思い、そのために自分を犠牲にすることさえあると。自分の欲望のために仲間を犠牲にするのは人間だけだと」

ふと、昔のダンの言葉が浮かんだのだ。

「子供の時、父から聞いたことがあります。ゾウの墓場というものがある。ゾウは自分の死期を悟ると、誰も知らない滝の裏側なんかにある、墓場に向かうと」

「本能として、そういう習性があるかもしれません。しかし、そうだとしても、一世代の話ではありませんか。一つの地域で生活していた動物が、ある特定の死に場所を決めている。しかしシベリアからアラスカまでは、何カ月も、あるいは何年もかかる旅です。生活環境は変わり、一世代では決めきれない」

サミュエルは戸惑いながらも答えた。

「マンモスは種の死期を感じ、ベーリング陸橋を渡って見知らぬアラスカの地にきた」

カールは思わず言った。サミュエルは真剣な眼差《まなざ》しで聞いている。

「そういう学説は存じません。あなたはどこで読みましたか」

「いや、僕の想像です。ダンはそういう話はしなかったですか」

「最後のマンモスの骨は東シベリア海のウランゲリ島で発見されました。しかし私たちが知らないだけで、他の場所で生き続けていたのかもしれません」

「ダンはこれからどこかに行くとは言ってませんでしたか」

「ホテルに帰って考えると言ってました。マンモスの本とアラスカの地図を買っていきました。その場所を探すつもりですかね」

「ホテルはどこか聞いてませんか」

サミュエルは知らないと答えた。

「歩いて帰ると言ってましたから、ここから近いはずです」

カールは売店でダンのことを話して写真を見せた。中年の女性店員は写真とカールを交互に見て、ジェニファーに視線を留めた。

「一年ほど前から時々来てましたよ。不定期だけど。数カ月、間が空くこともあった。来たらいつも、二、三時間はいました。熱心に展示を見たり、サミュエルと話したり」

「彼、どこに住んでるか言いませんでしたか」

「アンカレジじゃないね。アラスカ関係の学者じゃないの。アラスカの本や地図を多く買ってたから。ここには、それしか売ってないんだけど」

ちょっと待っててよ、と言って店の奥に入っていった。

「最初のころ、十冊ばかり本を買ってね。この住所に送ったことがある。彼、これからシベリアに行くからって」

住所を書いたメモをガラスケースの上に置いた。住所はチャディーズになっている。

「アンカレジから西に二百キロほど。チャガック国立森林公園の外れの町。静かですごくいい所よ」

「この住所、メモしてもいいですか」

「ダメよ。お客さんの住所だもの。知らない人に教えるなんて、マズいでしょ」

店員は慌ててメモをポケットに入れた。

「ダンの住所は覚えたんでしょうね」

「そんな時間はなかった」

博物館を出たとき、ジェニファーが聞いた。

「ダンについてあんな話は知らなかった。あなたのお父さんがあなたにした、死にかけたゾウの話も初めて聞いた」

「父は株と投資の話しかしなかった。ダンは頭の出来は最高だったが、変わった奴だった。ウイルスにも意思があると言って、教授と言い合いになったこともある」

「哲学的な言い方じゃないの。本能は意思に通じる。生物とは遺伝子の乗り物だっていう考え方と同じ」

「ダンは、いずれ人類は自滅し、ウイルスや細菌が生き延び、進化していくって本気で信じてたところがある。だからいつも噛《か》み合わなかった。研究室では、ダンとは議論するなという雰囲気が広まり、彼は孤立していった。突然大学からいなくなって、グレート・ネイチャーに入ったって聞いたときも、やっぱりと思った奴が多いんじゃないかな。でも、ニックと一緒だと聞いた時は冗談かと思った。何かあると思ったらやっぱりだ」

「マンモスは種としての死に場所を求めてアラスカまでやってきた。サミュエルに言ってたでしょ。それって、どういうことなの」

「シベリアに住んでいたマンモスが、自分たちの運命を感じ取って、新しい土地に移住した。死に場所を求めてというより、新しく生き直すためかもしれない」

カールはシベリアの、ガスポルトの敷地内にあったマンモスの墓場を思い浮かべた。数十頭のマンモスが折り重なるように死んでいた。あのマンモスたちは他のマンモスに感染させないために、一カ所に集まったのではないか。究極の隔離だ。シベリアにはあんな墓場がまだいくつもあるのかもしれない。

「シベリアでウイルスが発生して、マンモスの群れが次々に死んでいった。マンモスはウイルスから逃れるために、本能的に新しい地を目指したのかもしれない。あるいは――感染していないマンモスを守るために、感染したマンモスの群れは他の地を目指した、」

と言いたかったのだ。

「ものは言いようね。マンモスは食料となる草原を目指してアラスカに来た。私はそう教わった」

ジェニファーが素っ気なく言って、スマホを出して写真をカールに送った。店員が見せたメモが写っている。拡大するとダンの住所が読み取れた。

「体内にウイルスを宿したままね」

転送されたメモを見ながらカールが呟《つぶや》いた。

カールとジェニファーはホテルの前のレストランに入った。

ジェニファーがタブレットを出して、地図を表示する。

「チャディーズ。聞いたことがあると思ったら、やはりここ。永久凍土の上に作られた町」

人口四万人。チャガック国立森林公園の外れにある町。南側にコロンビア大氷河がある。

「コロナ禍の前、調べたことがある。アラスカ州中南部の先住民の村に、正体不明の感染症の記録があってね。一九七三年、一九八八年、二〇〇一年。けっこう起きてる。すべてチャディーズから半径百キロ以内。カナダ側でも起きている」

ジェニファーがタブレットを見ながら言う。

「被害状況は？」

ジェニファーはタブレットを操作して表を出した。

「最初の時は、感染者三十五人、死者二十八人。二番目が感染者二十三人、死者十九人、最後が感染者三十五人、死者二十八人。これらの村は、すべて人口五十人以下。それで、これだけの感染者が出て死者も出ている」

「立派な感染症だ。致死率八十パーセントのね。問題にはならなかったのか」

「先住民の村よ。衛生状態が劣悪、で片付けられてるんじゃないの。当時はインターネットが今ほど一般的じゃなかった。SNSもね。おかしいと思って私がチェックしようとしたら資料がほとんどない。その後すぐにコロナ・パンデミックが本格化して、それどころじゃなくなった」

「すべて致死率が八十パーセント以上。医者はいなかったのか」

「データには出ていない。感染力はかなり強い。ウイルスはサンバレーやユリンダ村と同じかしら」

「感染力はもっと強く、致死率も高い。違うウイルスによる感染症だ。早急に調べる必要がある」

パルウイルスが頭に浮かんだが言葉には出さなかった。ジェニファーも同じはずだ。

ジェニファーはCDCに電話をすると、要点を述べてさらに詳しい調査を依頼した。

「明日の朝には分かるな。ダンはおそらく、このウイルスを追っていたんだ」

「ダンはこのウイルスの存在を知っていたと言うの。じゃ、どこで知ったのかしら」

「僕だって、それを知りたい」

カールはタブレットの写真を見た。山々に広がる森林と湖、チャガック国立森林公園。南側にはコロンビア大氷河が続いている。その氷河の後退も近年は激しいと聞いている。

翌朝、レンタカーを借りて、カールとジェニファーはチャディーズに向けて出発した。アンカレジからチャディーズまでの道では数台の車を見かけたが、途中の山道に入ってからほとんど他の車を見なくなった。山と木々と湖の世界だと観光ガイドには書いてある。

「ダンはここにマンモスを探しに来たのね」

ジェニファーが、前方と左右に連なるチャガック国立森林公園の山々を見ながら呟いた。

いや、ダンが探していたのはマンモスじゃない。パルウイルスを探しにここに来た。

ダンが本を送るように指定した住所のゲストハウスは、チャディーズの東の外れにあった。十キロほど北に行けばチャガック国立森林公園だ。

ゲストハウスはすぐに見つかった。呼び鈴を押すと女性が現れた。愛想のいい中年女性だ。カールはスマホを出して、写真を見せた。

「この人、ダン・ウェルチさん。そうなんでしょ」

ダンはここでは本名を使っていた。

「僕の大学時代の友人です。彼、どこに行ったか分かりませんか」

女性は答えず、二人を値踏みするように見ている。

「僕たちはアンカレジからカナダに向かう途中です。ダンがこの町にいると言うので寄ってみたんです。彼、もう町を出ましたか」

ジェニファーが身分証明書を出して大学時代、同じ研究室にいたことを説明した。

「おかしな人たちじゃないみたいね。私はこの家のオーナー、マーサよ」

マーサは二人を家の中に入れた。

「実は私も、どうしようかと思っていたところ」

ついてくるように言って、二階に上がっていく。

「ここがダンさんの部屋。彼は大学の先生なんでしょ。いつも難しそうな本を読んでた」

マーサは突き当たりの部屋の鍵を開けた。

デスクとベッドだけの質素な部屋だ。ベッドの上に旅行用トランクがあって、衣類と数冊の本が入っている。ジェニファーがその中の一冊を取って、カールに見せた。『遺伝子、その生命の起源』。

「ダンはあなたのこと、無視してたんじゃない。しっかり敬意を払ってる」

カールは本を受け取って開いた。所々に赤線が引いてあり、書き込みもある。

「帰ってこなくなって三日目。部屋を空けるときは必ず私に言うんだけどね。今回はそれもなし。どこかで事故にでもあったのかと思って警察にも届けた。失踪《しっそう》と断言するには、まだ早いって。でも、突然死んじゃうってこともあるでしょ。身元不明者の遺体安置場なんて一人じゃいけないし」

マーサはすっかり困った顔をしている。

「ダンはマンモスを追っていると言ってました。昔、シベリアからベーリング陸橋を歩いてきたマンモスです。知っていることを教えてください。どんなことでも構いません」

「昔と言っても大昔、三万年前です。当時はアラスカとシベリアはつながっていました。

一つの大陸だったんです」

カールとジェニファーが交互に話した。

マーサはしばらく何かを考えるように黙っていた。やがて、ゆっくりと話し始めた。

「ダンさんが初めてうちのゲストハウスに来たのは、一年ほど前。それから、たびたび来るようになった。来ると十日はいた。その間、山に出かけることが多かった」

「山で何をしてたか分かりませんか」

「マンモスに興味を持ってたのは確かよ。この辺りでマンモスが発見されたなんて聞かないけど。でもいつだったか、マンモスの痕跡《こんせき》を追ってたらここまで来たって言ってた。マンモスが人類を引き連れてきたと。どういうことかしら。それに、先住民の村を回っていたようね。私にお土産を買ってきてくれたこともある」

マーサは右腕のブレスレットを見せた。木の球を糸に通したもので、球には彫り物がしてあった。

「数日、アンカレジに行ってたこともあった。大学と博物館に行くって」

「アンカレジから帰ってきて、何か言ってませんでしたか。どこかに行くとか」

「マンモスを追っていると言ってた。私は冗談だと思ってた。でも冗談を言う人でもないし。マンモスがいたのはもっと北の方なんでしょ」

「ダンはこの町に何をしに来たのですか」

マーサは考え込んでいたが、しばらくして話し始めた。

「最初は永久凍土の研究だと言ってた。何万年も前の真実を語ってくれるんだって。私にはよく分からなかったけど」

「マンモスを探しに来たんじゃないですか。永久凍土じゃなくて」

「地球温暖化で永久凍土が融け出して、氷河の後退が話題になってたからね。世界は色んなことでつながってると言ってた」

デスクにパソコンが置いてある。

「見てもいいですか」

「それはだめ。いくら大学の同級生でもね。それに、開けないと思う。パスワードがなければ」

マーサは大げさに顔をしかめた。

「さあ、そろそろ行きましょ。本人がいないとは言っても、来月まではダンさんの部屋なんだから」

マーサは二人に帰るように促しているのだ。

「今日、僕らはこの町に泊まります。どこかホテルはありますか」

「そうね。今は冬だから、スキー客が多いかもしれない。でも、うちは空いてるわよ。一部屋だけどいいでしょ」

「明日は早いですが、よければお願いします」

カールはジェニファーを見ると、眉を吊り上げている。

## 3

二人は部屋に荷物を置くと、近くのレストランに入った。

「私がベッドで、あなたは床で寝袋ね」

テーブルに座るなり、ジェニファーが言う。

「気が付いたか。ダンの部屋のデスクにあった本」

「建物解体用爆発物の本のこと。ダイナマイトの取り扱いの本でしょ」

デスクの上にマンモスやアラスカの永久凍土の本に交ざって、ダイナマイトの本があったのだ。

「まさか本物はなかったわよね。もっと調べればよかったのかしら」

「部屋には何か手掛かりがあるはずだ。ダンがどこに行ったのか」

「でも驚いた。一年も前からダンはあのゲストハウスに泊まって、この辺りを調べてたんだ」

窓からはチャガック国立森林公園の木々が見える。一歩踏み込めば、別世界が開けそうな所だ。

「あの山に入ったのかもしれない。ということは、マンモスがいる可能性がある」

「約七百万エーカーある公園よ。どうやって探すの」

カールはタブレットでチャガック国立森林公園を検索した。

アメリカ第二の面積の国立森林公園で、森林、河川、湖、山岳、氷河などの素晴らしい自然景観を楽しむことができると書いてある。森や湖の写真が多数掲載されていた。しかしマンモスの記述はない。

「マーサはダンのパソコンを開こうとした。でも、パスワードを知らないので開けることができなかったんだ」

カールはタブレットを出して、ダン・ウェルチを検索した。環境保護の過激組織グレート・ネイチャーに所属して、何度か新聞やテレビにも出たことがある。逮捕歴二回。今もFBIの要注意人物のリストに載っているとある。しかしある時期よりピタリとマスコミには出なくなっている。グレート・ネイチャーからも距離を置いている。誕生日、生まれた町、両親の名前など思いつく単語を書き出した。三十ほど書いてボールペンを置いた。

「部屋のカギはどうするの」

「マーサはリビングの壁にまとめてかけている」

二人は午後九時をすぎるまでレストランですごし、部屋に戻った。

階下で聞こえていた物音も十時をすぎる頃には消えていた。マーサが寝室に入り眠ったのを確認すると、二人はリビングからカギを持ち出して、ダンの部屋に入った。

パソコンを立ち上げて、レストランで書き出したワードを打ち込んでいく。一時間ほど試したが、パソコンは開かない。

「諦《あきら》めましょ。やはりムリなのよ。私たち、ハッカーじゃないし」

カールはジェニファーの言葉を無視して打ち込んだ。〈パルウイルス〉

パソコンは開いた。カールはメールアプリにカーソルを持っていった。

「メールを読むのは気が引ける。生のダンに触れることになる」

「ダンの居場所が知りたいんでしょ」

ジェニファーが手を伸ばしてマウスをクリックした。最初の画面は書きかけのメールが入っている。

「誰に出すつもりか書いてない。あなただったかもしれない」

ジェニファーがカールを押しのけ、ディスプレイに身体《からだ》を近づけ声に出して読み始めた。

〈僕はいま、美しい街にいる。北の海の近くにある町だ。そこで、太古に思いをはせている。この冬の時期、ここでは夜は長く、昼間は短い。都会とは時の流れる速さが違う〉

「ロマンチックなところもあったのね」

カールが代わって続けた。

〈こうして時の流れを考えていると、人類など取るに足らない生物に思えてくる。地球上の生物は、何度も滅びては復活している。隕石《いんせき》の衝突、氷河期の到来、巨大火山の噴火……、人類の存在もその過程の一つにすぎないのではないか。人類——。僕に言わせれば、もっともずる賢く罪深い生物だ。他の生物を犠牲にしても生き残ろうとする。いや、繁栄を望んでいる。この地球をすら汚染し、枯渇させ、死の惑星にしようとしている。だがそ

れも、あとわずかかもしれない〉

カールの脳裏に自然破壊、自然汚染に本気で怒りをあらわにする学生時代のダンの姿が浮かんだ。

ジェニファーが早く読めと言うふうにカールの肩を指で突いた。

〈宇宙誕生から百三十八億年、地球が誕生して四十六億年、生命誕生は三十五億年前だ。さらに人類が生まれて七百万年。瞬きにも満たない時間だ。その人類が、わずか数百年で地球の環境を変えようとしている。コロナウイルスを含め、新しいウイルスは、地球が自分自身と他の生物たちを守るために太古の生命に託した祈りなのかもしれない。ここですべてを白紙に戻す。リセットされた地球に、人類に代わる知的生命が生まれるかもしれない。しかしそれもまた、消え去る運命かもしれない。いずれ、命を育み、尊び、愛し、慈しむ生命体が現れるまで、その過程は繰り返される〉

「なんだか不気味ね。科学というより宗教。それも破壊的な。でもダンらしい気がする」

ジェニファーの呟きが耳元で聞こえる。カールは続けた。

〈マンモスたちはベーリング陸橋を渡り、アラスカにやってきた。将来、地球を滅ぼす者たちを引き連れて。僕はどうすればいい。僕の使命は――〉

カールの声が途切れた。

「どうしたの。続きを読んでよ」

「ここで切れている。書く気がなくなったのか。それとも何か急用ができたのか」

「ダンは何を言いたいのかしら」

「昔から言ってたことだ。人類を滅ぼすのは人類自身だって。人類は果てしなく進化を続けると言った教授と衝突したこともある」

「だから自然保護グループに入り、最近はニックとマンモスを探してたってわけなの」

「偶然だと思うか、パルウイルスを見つけたのは。そうじゃない。ダンだから見つけることができた。ウイルスがダンを引き寄せたんだ」

カールはダンの様々な言動を思い出しながら言った。唐突だが意外と真実であるような気がした。

ジェニファーが写真のファイルをクリックした。数十枚の写真が入っている。スマホからパソコンに転送したものだ。

「最近の写真は、チャガック国立森林公園内の写真ね。ダンは、少なくともこの景色が見える所にいた。いちばん新しい写真は、二日前になってる」

ダンはマンモスを探して移動し、写真を撮ってパソコンに送った。写真に交ざって地図がある。カールはその写真と地図を自分のタブレットに転送した。

ジェニファーのスマホから着信音がした。

「CDCからよ。部屋に戻りましょ。あなたはカギを返してきて」

カールがカギをリビングの壁に戻して部屋に戻ると、ジェニファーが深刻そうな顔をしてベッドに座っている。

カールを見て、耳に当てていたスマホをスピーカーにしてベッドに置いた。

「カールが帰ってきた。もう一度話して」

〈ダンがきみに送った肉片はマンモスではなかった。人間のものだ〉

意外な言葉だったが、カールは何とか平静を保った。心の深層部分では感じていたのかも知れない。ジェニファーが顔をしかめている。

〈それもそんなに古くはない。せいぜい五年以内だ〉

スティーブ・ハントの声が聞こえてくる。彼はまだサンバレーのCDCを仕切っていると聞いていた。

「古くないことは分かっていた。だからパルウイルスはまだどこかで生きている」

〈人の肉片だってことで、CDCでは上層部で扱いに時間がかかっていた。つまりヒト・ヒト感染がすでに起こっている可能性がある。カールの暴走には気を付けろという指示が回っている〉

「彼らには本質が分かっていない。何が本当に重要なことなのか」

「あなたにも責任がある。あなたの無責任さにね」

ジェニファーが強い口調で言うと、カールを睨《にら》みつけた。

「だから上層部はきみに僕を見張らせていたわけか。カールに貼《は》りついて報告しろと」

「違う。私は自らの意思であなたと一緒だった。それは今も変わらない」

カールに反論する言葉はなかった。ジェニファーの目に涙が浮かんでいたのだ。

〈内輪もめはあとにしてくれ。僕の電話も上とは関係ない。僕自身の判断でかけている〉

スティーブの声は今までになく真剣だった。

〈CDCの研究所から情報が届いてる。まず、きみがサンバレーから送ったウイルスの電子顕微鏡の写真と遺伝子解析の結果。それに、二日前に送ってきた、タルエント村の先住民から採取した血液からのウイルスの電子顕微鏡写真と遺伝子解析の分析結果だ。色がついているのは光学顕微鏡を使ったものだ。デカいので何とか映像が撮れた〉

ジェニファーがタブレットをタップした。ディスプレイに画像が現れる。全体に青みがかったエボラウイルスに似たウイルス。蒼《あお》ざめたウイルスだ。

〈二つのウイルスの電子顕微鏡写真は同じだった。つまり、きみたちがタルエント村で採取した血液からのウイルスと、ダンがきみ宛《あ》てに送ってきたウイルスは同じ、パルウイルスだった〉

「ガスポルト内で採取したウイルスの遺伝子解析結果は分かったのか」

〈サンバレーのウイルスとほぼ同じ。Sウイルスの変異株。感染力が高く、強毒性のウイルスだ。すでに治療法は分かってる。ワクチンと抗ウイルス剤の開発に入ってる〉

問題は――と言って、スティーブの声が途切れ、沈黙が続いた。

「パルウイルスの遺伝子情報が分かったんだな」

数秒の間があってスティーブが話し始めた。

〈CDCは遺伝配列から、ウイルスの特徴を推測した。致死率は八十パーセント、感染力はSウイルスのほぼ三倍。変異は異常に早い。つまり、ワクチンが作りにくい。こんなウイルスが世界に広がったら、コロナどころではなくなる。人類は滅びる〉

ジェニファーがすがるような視線をカールに向けている。

「もう感染者は出てる。タルエント村だ。CDCは何とか封じ込めに成功した。これからどうするつもりだ」

〈きみたちが迅速に行動したおかげだ。僕は評価している。だから僕は――〉

再び声が途切れた。

〈この電話はCDCには内緒でかけている。きみたちもそのつもりでいてくれ〉

背後でドアの開く音がしたと同時に、スティーブの声は途絶えた。

「ダンはパルウイルスの宿主を探していた。シベリアに飛び、アラスカに戻ってきた」

ダンはパルウイルスをサンバレーのカール宛てに送ってきた。どこで手に入れた。タルエント村ではない。彼がタルエント村を訪れたのは、村に感染が広まる前だ。「がっかりしたように見えた」感染を免れた家の子供が言っていた言葉だ。

ダンはかなり前にパルウイルスを手に入れていたのだ。アラスカ、シベリアと、その宿主を探していた。「すぐに廃棄しろ」とメモにはあった。危険性は十分に承知していた。パルウイルスの存在をカールに報《しら》せようとしていたのか。様々な思いがカールの脳裏を駆け巡った。

「ダンは宿主を見つけたのかしら」

ジェニファーの声で我に返った。

「原株は分かっている。シベリアのマンモスを宿主にしたAウイルスだ。それが変異を繰り返し、感染力を増し毒性を増したのがSウイルスだ。パルウイルスはウイルスの変異、いや進化の過程で、どこかで大きく枝分かれしたものだろう。人類がホモサピエンスとネアンデルタール人に分かれ、やがてホモサピエンスが本流となったように、いずれパルウイルスが大きな流れとなる可能性もある。そうなると、コロナウイルスよりも人類にとって大きな脅威となる。その存続を左右するほどに」

カールはタブレットを手に取って、パルウイルスの電子顕微鏡写真を見た。ニューヨークで初めて見た、青白い影のような姿はカールの精神に今も鮮明に焼き付いている。

「先住民の村にパルウイルスが広まっていたということは、近くに感染源がある」

「ダンはそれを見つけたのね」

アラスカ先住民のタルエント村やシベリア先住民の村の惨状が浮かんだ。口や鼻、耳、目、身体中の穴から血を流し、細胞を溶かして横たわる人間たちだ。ジェニファーの顔も引きつっている。同じことを考えているのか。

「タルエント村の状況から推測すると、パルウイルスは感染から発症が極めて早い。二日で発症している。強毒性なので、発症後一日で重症化して、早い場合は翌日には亡くなっている」

「感染を止めることは、そんなに難しくはないということね」

「そうとは限らない。一個のウイルスで感染し、死に追いやられる。パルウイルスは感染と同時に、体内で異常なスピードで増殖を始める。数時間で全身に広がり、各臓器を侵し始める」

カールはCDCからのデータを見ながら言い切った。

感染源を見つけ、それを断たないと、爆発的な感染はいつの日か必ず起こる。そして、世界に広まる恐れがある。その時には――、カールの全身に悪寒に似たものが走った。

「ダンのパソコンの写真から、チャガック国立森林公園に行ったと推測できる。公園内にパルウイルスを持ったマンモスがいるということだ。彼はそれを追って公園に入った」

「Sウイルスに感染したマンモスがベーリング陸橋を渡ってきた。Sウイルスがマンモスを追ってきた古代人に感染し、第三のウイルスに変異した」

「そのウイルスが強い感染力と高い致死率を持つウイルス、パルウイルスだ。約三万年前、人類は何の知識もなく、手の打ちようがなかった。多くの死者を出したのだろう。太古のパンデミックだ」

だがなぜ人類は生き残った。カールの脳裏にそう浮かんだが口には出せなかった。

「ダンは感染したのかしら。パルウイルスに。だから――」

ジェニファーは途中で黙り込んだ。戻ってこない、と続けるつもりだったのか。

カールはタブレットでチャディーズとチャガック国立森林公園の地図を開いた。

「ダンはマーサに外泊を告げずにゲストハウスを出た。夜には帰ってくるつもりだった。

しかし、何かの都合で三日間も帰ってきていない。おそらく事故にあった。あるいはパルウイルスに感染した」

カールは言葉に出したが、実感は湧かない。

「行ってみる必要がありそうね。でも約七百万エーカー」

「巨大な森だな。キャンプもできるが、夏の話だ。冬は雪に覆われ、吹雪になると動けない。白い牢獄《ろうごく》だ」

山腹にはいくつかの氷河が見られる。コロンビア氷河は山から直接海へ続いている最大の氷河だが、ここ十年あまりの間に融解が著しく進んでいるとある。

カールはタブレットに、ダンのパソコンにあった写真を出し、最後の数枚を指した。

「二日前、ダンはこの風景の見える所にいた。写真を撮って、ゲストハウスのパソコンに転送した」

木々に囲まれた空間、山の中だ。前方に雪の塊があり、崖《がけ》に続いている。その他に木々の間から山々が見える写真もあった。

「他にダンの位置情報が分かるものはないか」

二人でパソコンに入っていた写真と地図を調べた。

「ダンは先週この町に戻り、出かけた。目的はマンモスに関係がある。おそらくチャガック国立森林公園に入った。これらの写真はその時に撮ったんだ」

地図の中にチャガック国立森林公園の南東部のものがあった。三カ所にバツ印が付いている。

「この数字は何なの。ディスプレイの隅の六桁《けた》と七桁の数字。三カ所ある」

「緯度と経度だ」

カールが数字をタブレットに打ち込んでいく。地図上に三本の旗が立った。チャガック国立森林公園の中だ。

「この中のどこかに行ったのかしら。どれも十キロ以上離れてる」

「写真の条件に当てはまる場所を探せ」

さほど手間のかかる作業ではなかった。十分後には場所が特定できた。

「明日、この場所に行ってみよう。何か分かるはずだ」

「ダンはマンモスの墓場のような場所を見つけたのかしら」

カールはガスポルトのすり鉢型の穴を思い出した。数十頭、あるいはそれ以上のマンモスが折り重なって埋まる墓場だ。チャガック国立森林公園にもマンモスの墓場があるのか。

4

午前十時をすぎて辺りが明るくなり始めたころ、カールとジェニファーはゲストハウスを出た。

冬のアラスカは雪で覆われ、その中を道路が走っている。両側には背の高い針葉樹がそびえ、自然に抱かれている感覚に陥る。道路を外れると湖や川があり、冬でも数は少ないが観光客はいるとマーサが言っていた。

「山の天候は変わりやすい。吹雪にでもなれば凍ってしまうよ。あんたたちは道路の外には出ない方がいい。迷子になりやすいタイプのようだから」

マーサは昼に食べるようにと、サーモンのサンドイッチを二人に渡すときに言った。

「行き先への道は分かってるんでしょうね」

走り始めて十分ほどたった時、ジェニファーが聞いた。カールはカーナビを指した。画面には道路を外れた山の中にゴールの旗が立っている。

「パソコンにあった写真の緯度と経度が入れてある。途中から歩きだが、スマホさえあれば正確な場所に行くことができる」

「スマホが通じさえすれば、の間違いじゃないでしょうね」

「衛星電話がある。これで位置が分かる」

一時間ほど走ってカールは道路を外れて車を止めた。

「ここからは歩きだ。ダンの目的地までは直線距離で十キロというところ」

「冗談でしょ。マーサも言ってた。道路の外には出ないようにって。山道の十キロは普通の道とは違うでしょ。おまけに雪が積もってる」

ジェニファーの言葉を聞きながら、カールはボブがくれたスノーシューを付け始めた。

「無茶なことは分かってるが、どうしてもダンが何をやろうとしているか知りたい。上手く行けば、今日中にダンに会える」

カールは心底そう思っていた。諦めたようにジェニファーもスノーシューを出した。

「ダンは僕にパルウイルスを送ってきた。僕は何としても、彼に会う必要がある」

早く来い、僕は待っている。カールの心にはダンの呼び声が聞こえる。その声に向かって、カールはチャガック国立森林公園に一歩を踏み出した。

森に入ると雪原よりは歩きやすかった。すぐにジェニファーが横に並んだ。彼女は何も言わず黙々と歩き続ける。

いつの間にか雪が降り始めた。風も強くなっている。しかし、森にいると木々に守られてさほど気にならない。二人は肩を寄せ合いお互いの体温を感じながら歩いた。二時間ほどたった時、カールは立ち止まった。

「これ以上進むと危険だ。どこかで休憩しよう」

「家なんてない。私たちがどこにいるのかさえ分からない」

カールはスマホを出した。すでに圏外になっている。衛星電話で位置を確かめた。

「ダンが来たのはここだ。GPSの緯度と経度は同じだ」

カールの正面にトウヒの木がある。どこかで見た風景だ。スマホに写真を表示した。

「ダンが撮った写真ね。トウヒの木とその背景。ダンはここで何を見つけたの」

カールとジェニファーは写真と見比べながら辺りを探した。視野に入るのは雪と木々とその間から見える山々だけだ。

「こんな場所にマンモスが埋まっているとは思えない」

諦めかけたとき、ジェニファーが声を上げた。

「たしかに、誰かがこの辺りを通ってる。何週間も前じゃない。せいぜい数日」

指差す先に靴跡がある。雪で半分以上隠れているが、木の根の陰で残っているのだ。二人はもう一度、写真を確認して周囲を探した。

「この岩と岩の隙間《すきま》、人が通れそうだ」

カールの眼前の岩に、半分雪で覆われた亀裂が見える。おそらく氷河で覆われていたところだ。氷河が溶け出し、後退したことによって現れたのだ。懐中電灯を出して中を覗くと、人がやっと入れるほどの細い亀裂《きれつ》が続いている。

カールはリュックを下ろして頭から隙間に入り込んだ。数メートル這《は》うようにして進むと亀裂が広がり、立って歩けるほどになった。その亀裂は下へと続いている。

「待ってよ、私も行くから」

声と共にジェニファーが亀裂を這ってくる。二人は洞窟《どうくつ》を降りて行った。

急に辺りが開けた。懐中電灯を天井に向けたが光は届かない。ジェニファーの目が固定されている。

カールはジェニファーの視線の先に懐中電灯を向けた。光が反射して青白く輝いている。青よりもさらに深い青、蒼い氷の水源だ。

ジェニファーが強くカールの腕をつかんだ。もう一方の手で、悲鳴を抑え込むように口に手を当てた。その顔には驚愕《きょうがく》の表情が現れている。カールも平静さを保つのが精一杯だった。恐れ、畏敬《いけい》、そして驚きの感情が入り混じっている。

透明な蒼い氷の中には半裸の男女が閉じ込められている。いや、舞っているのだ。ある者は身体を丸め、ある者は両手を広げ、抱き合っている男女もいた。子供を抱いている女性も多い。愛《いと》おしそうに腹を抱える妊婦もいる。数人で手を取り合っている者たちもいた。家族だろう。子供、若者、老人、年代も様々だった。おそらくその数は数十体。

懐中電灯の光が壁、水源に反射して洞窟全体を幻想的に輝かせている。

カールとジェニファーの視線は吸いつけられ、引き込まれそうに身を乗り出した。

「何なの、これは。集団で死んでる」

「毛皮だ。彼らが身に着けているのは動物の毛皮。彼らは古代人だ」

男女とも髪は長く、男たちの多くは髭《ひげ》を生やしている。

「若者も多くいる。彼らはある時期に、ほとんど同時に死んでいる」

「それじゃ――」

ジェニファーが途中で言葉を止めた。

カールの脳裏にシベリアのガスポルト社の敷地内で見たマンモスの墓場が浮かんだ。数十頭のマンモスが折り重なって、永久凍土の中に埋まっていた。マンモスたちはウイルスに冒され、全滅したのだ。そしてここでは、古代人たちが眠っている。彼らはやはり――。

ジェニファーの目も氷の下に眠る古代人たちに吸い寄せられている。

「ダンはこれを見つけたの」

ジェニファーのかすれた声が聞こえた。

「おそらく……」

カールの口から呟《つぶや》くような声が漏れる。

凍った水源に近づこうとするジェニファーの腕をカールがつかんだ。

「彼らはパルウイルスに冒されている」

カールの口からかすれた声が漏れた。

「でも――彼らの身体はきれいなまま。顔の表情も穏やかに見える。発症前に死んでいる。ウイルスに冒されて死んだのなら――」

カールの脳裏にタルエント村で見た遺体が浮かんだ。ウイルスに細胞を破壊され、血にまみれ、やせ衰えていた。顔には恐怖と苦痛の跡があった。だが目の前の古代人たちは――。ジェニファーも同じ思いなのだろう。

「パルウイルスの宿主は人類だった。おそらくマンモスからヒトに感染した。最初は無毒だったが、ヒトの間で感染を繰り返しているうちに強毒化した」

カールは水源に目を落とした。氷の中には古代人たちが眠っている。パルウイルスはその体内に封じ込められた。そして永い眠りにつき、その復活を待っていたのだ。そして彼らの身体は――。

「でも、どうして彼らはあんなに美しい――」

ジェニファーが口ごもった。あのような姿で氷に閉じ込められたのか。

「過冷却水の水源だったんだ。ここの水源は永久凍土の洞窟で、何万年もの間、零度になっても凍らなかった。しかしある時、古代人たちが集団で水の中に入り、一瞬にして凍り付いた」

カールはかすれた声を出した。

「レポートで読んだことがある。時間をかけてゆっくり冷却すると、氷点下になっても凍らないってやつね。マイナス二百六十三度の水を作り上げた実験もある。でも、衝撃を与えると瞬間的に凍り付く」

「氷点下よりずっと低い温度の氷が、三万年前の姿のまま古代人たちと体内のウイルスを蒼い水源に封じ込めた」

二人は無言で古代人たちが眠る水源を見つめていた。ジェニファーの呟きが聞こえる。

「彼らの体内のパルウイルスが地上の村に現れて感染を広めたというの」

「この洞窟には僕たちが通ってきた穴以外にも外とのつながりがあるんだ。氷河期以来ふさがれていた道が、地球温暖化で氷河や永久凍土が融けて再び通れるようになった。そこから入り込んだ小動物が水源から融け出た水を飲んだ」

カールはシベリアで、マンモスが発見された永久凍土のそばで死んでいたヘラジカを思い出していた。

「その小動物と村人が接触し、感染が広がった」

ジェニファーがカールに続ける。

「この森をロックダウンする。カナダとアメリカ、いや世界が協力してこの感染を封じ込める必要がある」

「致死率は高いけど、感染力はコロナウイルスほどじゃないんでしょ」

「CDCの報告書を読んだだろ。先住民の村が全滅している。人の数と動きは止めることができない」

カールの脳裏にマンモスの群れが甦《よみがえ》ってくる。

ベーリング陸橋。はるか三万年前は、シベリアとアラスカはつながっていた。氷と雪で覆われた雪原。その中を草を求めて、マンモスの群れが歩いていく。それを追って古代人もベーリング陸橋を渡ったに違いない。

シベリアから東方を目指したマンモスの群れはアラスカにたどり着いた。そこで子孫を増やしていた。やがて氷河時代は終わりを遂げる。マンモスの体内に宿っていたウイルスは変異を繰り返し、毒性が強くなり、マンモスを滅ぼすと同時に人類の祖先をも襲った。

「そのウイルスが三万年の時を経て甦った」

カールは懐中電灯で洞窟の中を照らした。永久凍土の壁は光を受けて重厚な輝きを放っている。洞窟全体が巨大な棺《ひつぎ》のようにも見えた。

「ダンを探しているのね。この近くにいるはずなの」

「ここにたどり着いていればね。いや、彼は写真を送っている。彼は必ずここにいる」

カールはそう思った。ふと思ったことだが、確信となってカールの心に広がっていく。

水源の周りを、懐中電灯の光でダンを探してゆっくりと歩いた。凍った水の中から古代人たちが、自分を見つめている錯覚に陥る。彼らが呼んでいる。カールの歩みが乱れた。

「気を付けて。足元がふらついている」

ジェニファーの声で我に返った。

ダン・ウェルチは水源の反対側の壁のくぼみにいた。岩の間に座り、目を開けている。古代人たちを見つめているように見えた。ダンに触れようとしたカールの腕をジェニファーがつかんだ。

「ダンは――死んでいる」

「彼はパルウイルスに感染してるんじゃないの。だから死んだ」

違うと言って、ダンの右足を指した。ズボンが切り開かれて、ふくらはぎから骨が突きだしている。

「ケガをして動けなくなったんだ。洞窟で調査をしているときに、何かが起こり足を複雑骨折した。ここまで来たが動けなくなった。多少違っていても、そういうことだろう」

ダンは岩壁に身体をもたせかけ、膝に置いた手にはスマホが握られている。

カールはそのスマホを取った。ダンの指でスマホを開き、ボイスメモの再生ボタンを押すとダンの声が流れ始めた。

〈気を失っていたようだ。すでに五時間もたっている。熱で火照っていた全身が冷えてきている。あれほど痛んでいた足の痛みは今はない。大地に抱かれている感じがする。私の身体の下には数十、いや数百人の古代人たちが眠っている。彼らはマンモスを追ってこの地に来た。しかし、この地に来たのは、マンモスだけではなかった。マンモスを宿主とし、共存しているウイルスも共に来たのだ。マンモスを狩り尽くす古代人を殺し、マンモスが滅びるのを救うためだったのかもしれない〉

ダンの声が洞窟にうつろに響いた。

〈こうしてここに座り、彼らを見ていると自分が三万年前の世界に来たように感じる。そしてある思いに取りつかれる。ここに眠る古代人たちは、自分たちがウイルスに感染していることを知り、他の古代人たちを救うためにここで死んでいったのかもしれない。そして、この過冷却水の水源に入り、自らを封じ込めた〉

沈黙が訪れた。ダンの息遣いだけが聞こえる。ダンはカールたちと同様に水源に眠る古代人たちを見つめているのだ。

〈自らを犠牲にすることにより、人類を破局に導くウイルスを封印した。しかし三万年後の現在、人類は欲望に任せ地球を破壊しようとしている。古代人たちが封じ込めたウイルスを再び解き放とうとしている。愚かな人類を救う必要があるのか。このままウイルスを放出して、地球を救うことが神が望んでいることなのかもしれない〉

ダンの思考と沈黙を感じる。ダンは闇の中で呟きながら迫る死を受け入れるつもりだ。

〈あと少しで私も彼らの一人として、眠りにつくだろう。いつの日か、誰かが私を見つけ——人類もあとわずかだ——疲れた。少し眠りたい〉

ダンの声が途切れ、しばらくして再生が終わった。

「彼は自分の死に場所にここを選んだ」

「ここにいる古代人はパルウイルスに感染しているのね。彼らは自分たちの行く末を知っていた。だから発症前にここに来て、自ら死ぬことを選んだ。それが感染していない仲間たちを護《まも》ることになった。しかし、人類もあとわずかだ、なんて」

カールは立ち上がり辺りを見回した。水滴で蒼みを帯びて光る洞窟の壁。その下のダークブルーの水源とその中で眠る古代人たち。カールの全身を悪寒に似たものが貫いた。

「パルウイルス。やっと意味が分かったよ。蒼ざめたウイルス。蒼ざめた馬なんだ」

カールはポケットから出した紙に、ペイルウイルス、Ｐａｌｅ ｖｉｒｕｓと書いた。ジェニファーに視線を送ると、ペイルの最後のｅを斜線で消した。ペイルウイルスがパルウイルスに変わる。

蒼ざめた馬は「ヨハネの黙示録」に登場する。蒼ざめた馬、ペイルホースに乗った騎士は「死」を象徴する。蒼ざめたウイルス、ペイルウイルスも、やはり死を象徴している。ペイルウイルスに取りつかれた者は死へといざなわれる。

「学生のころから言葉遊びが好きな奴だった。ペイルウイルスとパルウイルス。だがダンにとっては、パルウイルス。仲間だったんだ」

「何を言い出すのよ。ここにあるのはペイルウイルス。蒼ざめたウイルス、死のウイルス。パルウイルスなんかじゃない」

ジェニファーはそう言うと辺りを見回した。洞窟全体がダークブルーに染まり、幻想的な雰囲気を醸し出している。たしかにここにあるのは、深く神秘に満ちた蒼ざめた死だ。しかしそれは、ダンにとって希望の光だったのかもしれない。

「ダンはこのウイルスを自分の仲間だと思おうとしたんじゃないのか。ペイルウイルス、死のウイルスではなく、共に人間から地球を救うウイルス。パルウイルスだ」

カールはもう一度、パルウイルスと呟いてみた。不思議な響きが洞窟に木霊《こだま》し、染み入るように返ってくる。ジェニファーがカールに身体を寄せてきた。その身体は細かく震えている。

「ダンはペイルウイルス、つまりパルウイルスを追って、チャディーズまで来た。そして、この洞窟を見つけた」

「なぜ、今まで見つからなかったの。こんな近くにあるのに」

「永久凍土の下だ。さらに氷河に覆われ、地下深くに埋もれていたんだ。それが最近の異常気象で入り口を覆っていた氷河と雪が融け出し、洞窟の入り口が現れた」

「過去にも、感染者が出てる」

「他に出入り口があるのか、同様な太古の洞窟が別のところにもあるのかもしれない。それが、地球温暖化で徐々に解き放たれて、三万年の年月を経て二十一世紀の世界に再度出現した。たまたまそれに出会った先住民が感染して、ウイルスと共に村に帰った」

話しながらカールの脳裏にゆっくりと雪原を歩くマンモスの群れがよぎった。その群れを古代人の集団が追っていく。

「マンモスがアラスカに来て、何百年も何千年も時間は流れていった。マンモスを宿主としていたウイルスがマンモスから古代人に感染するうちに変異を繰り返し、強毒化した」

カールの声が洞窟内に不気味に響いている。

「それが蒼ざめたウイルス、パルウイルスだ」

「そして、古代人は全滅した」

ジェニファーが続ける。カールは軽く息を吐いた。

「いや、全滅はしなかった。生き残った古代人もいる。だから我々が存在する」

ある時代、仲間たちが次々に死んでいった。彼らはウイルスの存在は知らなかったが、本能的に分かったに違いない。仲間の死の原因は自分たちの内にあると。だから仲間から離れ、この洞窟に来た。そして自らを封じ込めた。ウイルスと共に。

二人は長い間、無言で蒼い水源を見ていた。水源の中からも古代人が二人の方を見ている錯覚に陥っていく。

「このまま放《ほう》っておくとどうなるの」

「地球温暖化は続き、水源の氷が融けて古代人が現れる。彼らはパルウイルスに感染している。彼らを閉じ込めていた水は地下水となって流れ出る。その水は川に合流する。それを動物たちが飲み、人間が飲む。あるいは、野生の動物が洞窟に入り込み、古代人を食べるかもしれない。その動物を人間が食べる。ウイルスはいずれ人間社会に現れる。いや、すでに現れている」

「このままだと人類は滅亡する」

ジェニファーの声が聞こえる。カールはCDCが送ってきた感染シミュレーションを思い浮かべた。

「ダンはそれを止めようとしていたはずだ」

「ダンは目的を達したのかしら。パルウイルスを封じ込める」

ジェニファーが我に返ったように言った。

カールは立ち上がり、辺りを見回した。カールの頭にはアンカレジでの倉庫の爆発炎上の光景が浮かんでいた。あれはダンがやったのだ。マンモスの体内にいるウイルスを広めないために。ダンは人間を救おうとしていた。

「ダンはこの洞窟を再び埋めに来たんだ。ダンが残したものは何かないか」

カールは呟くように言うと、辺りを見回した。懐中電灯の光が洞窟の壁をなぞっていく。

## 5

懐中電灯の光の中に壁と水源が蒼く光っている。カールはゆっくりと見回しながら、自分の考えを整理するように呟き始めた。

「ダンはこの場所を見つけた。この辺りは何万年もの間、氷河の下にあったんだ。洞窟の入り口も氷河で埋まっていたはずだ。その氷河が融け、ゆっくりと山を下って行った。ウイルスと一緒にね」

「そして、洞窟の入り口が現れた」

ジェニファーがカールの言葉を続ける。カールは再度、ダンの周りに光を当てた。岩の隙間を探っていく。光の動きが止まった。岩の隙間に身体を近づけると、スマホ大の金属の箱が挟まっているのが見えた。

「爆薬の起爆装置だ」

カールは再び辺りを見回した。

ゆっくりと懐中電灯の光を洞窟内に当てていく。凍土の壁が巨大な恐竜の皮膚のようになまめかしく光る。

「これじゃ分からない。広すぎる」

カールはダンを見た。彼の視線の先には何があるのだ。ダンの身体の向いている方向に目を向け、懐中電灯の光を上下に移動させた。岩のくぼみに人の頭ほどのナイロン袋が置いてある。袋を開けると、三本のダイナマイトと信管がはいっている。

「洞窟を爆破するつもりだったのね。自分と古代人たちを永久に閉じ込めるために」

ジェニファーの声がうつろに響く。

「でも、たとえこの洞窟を爆破して外との接触を断って、小動物の侵入を阻止しても、地球温暖化により古代人が眠っている水源の氷は融け、ウイルスは地下水に混じり地表に現れる」

「それにはまだ時間がかかる。ダンは僕たちに時間をくれた。人類が賢ければ、地球温暖化は止まり、パルウイルスはそのまま封じ込められる」

カールは洞窟内に光を当てていった。光の輪の中に永久凍土の壁が浮かび上がる。

「爆薬は他にもあるはずだ」

注意して探すとさらに二つの袋に入ったダイナマイトと信管があった。

「ダンは起爆スイッチを押すつもりだったの。でも、押せなかった」

ジェニファーの声が聞こえたが、カールは答えることができなかった。

二人はダンの横に座り込んだ。無言で蒼い光の中の古代人を見ていた。静寂が二人を包み、お互いの鼓動の音が聞こえそうだった。時間だけがすぎていく。

カールは再度スマホのボイスメモの再生ボタンを押した。しばらく沈黙が続いた後、ダンの声が聞こえ始めた。

〈コロナ・パンデミックが始まった翌年、僕はアメリカ国内の僻地でのコロナの広がりを調べていた。その時、アラスカの先住民の村に流行る伝染病があることを知った。コロナとは違う。むしろエボラ出血熱に似ている。その病を調べていると、一人の感染者から、この洞窟について聞くことができた。しかし、彼も翌日には死んでしまった。その場所を彼は救世主たちが眠る洞窟と呼んでいた。救世主たち――。僕は初め、彼の話が信じられなかった。しかし、コロナウイルスが世界にまん延し、人々が死んでいく様を見ていると、人の命のはかなさ、人知を超えた力を感じざるを得なかった。朝、普通に話していた者が夜には呼吸困難になり、翌朝には死んでいる。こうした状況が世界に広がり、数億人が感染し、数百万人が死んでいった。これらは一個のウイルスがわずか数日の内に世界に広がり、起こった結果なのだ〉

ダンの声が途切れた。低い呻きのような声が聞こえる。泣いているのかもしれなかった。

〈僕は新しいウイルスを必死で探した。彼の言葉に従って、チャガック国立森林公園をひと月以上探し続けて、やっとここにたどり着いた。しかし、ここは古代人の墓場だった。だったらなぜ、彼は救世主と呼んだのか。僕は考えた。眠る古代人たちは自らの感染を知り、自分たちの意思でここにきたのではないだろうか。仲間たち、他の古代人たちを護るために、感染した自らを隔離したのだ。しかし現代人は愚かだった。自分たち自身で、滅びようとしている。自分たちの行いで太古のウイルスを復活させようとしている〉

音のない洞窟の中に、ダンの息遣いだけが聞こえている。やがてカールたちに語りかけるように、切れぎれのダンの呟きが響き始めた。

〈全身が熱の膜に包まれているようだ。寒さは感じない。周囲の温度は氷点下なのに。これは、神の情けなのか。私の下に眠っている、古代人たちもやはり、私のように穏やかに眠りについていったのか。彼らの――〉

沈黙が続いた。

「録音が切れている。ここで、力尽きたんだ。そして、眠りについた」

「結局、ダンは起爆スイッチを押さなかった。いや、押せなかったのでしょうね」

ジェニファーがカールの手を握った。

「それとも、誰かに後を託した。ダンは自分ができなくなった時、あなたに託そうと考えたのよ。だからあらかじめパルウイルスをあなたに送った」

「僕にはムリだ。押せば人類の歴史を破壊することになる」

「押さなければ、人類そのものを破壊することになるかもしれない。人類は愚か。今までの多くの戦争が物語ってる。そして、地球温暖化、環境汚染は止まりそうにない。自分たち自身で滅びようとしている」

ジェニファーの手に力が入った。

「過去の歴史なんて、何の意味があるのよ。私たちは未来を見て生きていければいい」

「きみはスイッチを押せと言っているのか」

「他に人間を救う方法があるの。私はあなたに従う」

カールは深く息を吐いた。自分は、どうすべきか。

「軍がウイルスを手に入れようとしているのは確かなのか」

「ありうることね。使い道は山ほどある。ナショナルバイオ社もウイルスを探してるんでしょ」

「生物兵器だ」

不気味な単語の響きが洞窟内にこだました。

「ダンはそれを恐れたのか。だから一人で始末をしようとしたのか」

カールは自問するように呟いた。アンカレジの倉庫の爆発と炎上の光景が浮かんだ。

「すべてを燃やそうとした。灰にして消し去るべきだと。いや、未来にこの歴史を託したのではないか。古代人は仲間を救うために、自らこの地に赴き死んでいった」

「スイッチを押せばどうなるの」

カールは改めて辺りを見回した。洞窟の至る所に爆薬が仕掛けられている。

「天井が崩れ、すべてが洞窟ごと埋まってしまう」

「ダンはあなたにそれをしてもらいたかった。次のパンデミックから人類を救い、チャンスを与えようとした」

「すでにCDCはパルウイルスを持っている」

「最高レベルで管理して研究すればいい。天然痘《てんねんとう》ウイルスと同じ。軍には渡さない。ワクチンを作り、治療薬を開発する。ダンはすべてを受け入れたうえで最後の決定をあなたに託した」

ジェニファーの声がダンの声となってカールの精神に響いてくる。

そうかもしれない。人類がもっと賢く、謙虚になった時、自分たちのルーツを知り、滅びていったマンモスや古代人たちを知り、さらなる未来を築くことができるようにと。

改めて洞窟の底を覗いた。蒼い空間が続き、それは遥か宇宙につながっている気さえした。その中に様々な肢体の人間がカールを促すように舞っている。さあ、あなたたちの未来を築け。

カールはダンのスマホをポケットに入れ、起爆装置を持って立ち上がった。

立とうとするジェニファーの身体が揺らいだ。カールが腕をつかみ、滑り落ちるのを防いだ。バランスを崩したカールはジェニファーの腕をつかんだままダンの上に倒れた。

## 6

カールはジェニファーを連れて、洞窟の入り口に移動した。

二人は立ち止まり、再度洞窟内を眺めた。正面に二人を見つめるダンの姿が見える。カールはスイッチを押した。爆発音と共に数カ所の壁が崩れ落ちる。

やがて静かな振動が伝わってくる。それは振幅と響きを増し、カールとジェニファーを包み込んだ。カールは呆然と大地の変化を見つめていた。洞窟の壁が押し寄せるように中央に迫り、天井が落下してくる。

「逃げましょ。行くのよ」

ジェニファーが腕を強く引いた。我に返ったカールはジェニファーをかばいながら、出口を目指して必死で走った。腹に響く地響きが追いかけてくる。

前方にかすかな明かりが見える。出口だ。背中に空気の振動を感じる。それはジェニファーも同じらしく、必死で走っている。

爆風を全身に感じた。無意識の内にジェニファーを抱きしめていた。身体が浮き上がり、壁に叩き付けられる。右足首が激しく痛んだ。その上を土砂が埋めていく。

「先に行け」

カールは倒れたまま、ジェニファーの身体を岩の亀裂に押し込んだ。ジェニファーが外に出たのを見届けて、土砂から這い出してジェニファーの後を追った。小さな光がすぐに大きく広がる。

二人が崖の割れ目から飛び出すと同時に、砕けた土砂が噴き出してくる。その大量の土砂は、一瞬で亀裂を埋めていく。

カールはジェニファーの上に覆いかぶさった。二人の上に土砂と雪が降り注いだ。

「私たち、助かったのよね」

「まだだ、できるだけ遠くに走れ」

二人は立ち上がり雪の中を懸命に走った。轟音とともに、亀裂のあった辺りに土砂と雪がなだれ落ちてくる。

しばらくして振り返ると、入り口のあった辺りは崖の形が変わり、土砂と雪で覆われていた。洞窟に入る数時間前からの吹雪は、ますます強くなっている。吹き付ける雪が洞窟の入り口があった辺りを見る間に覆っていく。

二人は森の中を歩き始めた。カールが遅れ始めている。

「足を見せて」

「どうもしない。先を急ごう」

近づいたジェニファーをカールは腕で払った。歩き出したカールがよろめいて、雪の中に倒れた。立とうとして足首に力を入れると激痛が走る。ジェニファーが腕をつかみ、ひきずるようにして木の陰に連れて行った。多少は雪よけになる。足首を見ると内出血で紫色に変色して腫《は》れている。

「捻挫《ねんざ》してる。爆風から私をかばったときね。岩に当たって」

「助けを呼んだ方がいい」

カールは衛星電話を出した。真ん中が大きくくぼんでいる。洞窟の壁に叩き付けられたとき岩に当たったのだ。

「先に進もう。雪は激しくなるし、陽《ひ》が沈む」

「五キロほど行けば監視小屋がある。そこまで行けば、スマホが使えるかもしれない」

カールは立ち上がって、歩こうとしてよろめいた。ジェニファーが腕をつかんで倒れるのを防いだ。

「大丈夫だ。先に行ってくれ」

ジェニファーはカールの言葉を無視して、無理矢理カールの腕を肩に回して歩いた。

一時間ほど歩いて、ジェニファーが立ち止まった。目の前が開け、湖になっている。対岸に小さな小屋が見えた。あれが地図にあった監視小屋だ。

「湖を横切れば小屋まで一キロほど。湖に沿って回り道をすれば五キロだ」

「湖を回りましょ。歩けなくなれば私が背負う」

ジェニファーが迷いなく言った。

「突っ切ろう。雪がますます激しくなる」

「マーサが言ってた。今年は暖冬だって」

「これが暖冬か。僕は凍えそうだ。きみ一人だったら、迷わず湖を渡るはずだ」

カールはリュックからロープを出してジェニファーに渡した。二人はロープでお互いの身体を縛り、数メートルの距離を取って慎重に氷上を歩き始めた。

湖の上に出ると風が強くなった。つま先に力を入れて足を踏み出していく。そのたびにカールの足首に激痛が走った。三十分近くかけて湖の半分以上を進んだ。カールの息が荒くなった。

立ち止まって身体を起こした時、足元でかすかだが鋭い音がした。氷が砕け、身体が湖に吸い込まれる。〈私につかまって〉ジェニファーの声が聞こえたが、身体が水中に引き込まれていく。両腕で必死に水をかいた。身体が浮き上がり、伸ばした腕で氷をつかんだが氷が割れ、再び水中に引き込まれる。思いっきり水を蹴った。頭が水の上に出た。リュックのひもをつかまれた。〈腕に力を入れて、氷の上に上がるのよ〉頭の中に声が響く。カールは全身の力を込めて、氷の上に這《は》い上がった。

それからのことはよく覚えていない。〈しっかりロープをつかんで〉〈放しちゃダメよ〉〈目を開けて、しっかり息をするのよ〉無意識のうちに声に従っていた。

氷の上をロープで引きずられていく。湖を渡ると、身体を支えられて小屋まで歩いた。吹き付ける雪と寒さでほとんど意識はない。

「早く服を脱いで。凍え死んでしまう」

ジェニファーが大声でしゃべりながらストーブをつけている。カールの服を脱がして、小屋にあった毛布でくるんで寝袋に入れた。カールの震えは止まらなかった。身体に感覚はなく、意識も混濁している。

闇が広がっている。深くて濃い闇だ。その中から無数の手が伸びて、カールの身体をつかもうとする。手から逃れようと必死で声を出し、身体を動かした。闇の中に引き込まれようとしたとき、強い力で引き戻された。柔らかいが信頼に足る手。ジェニファーが身体をこすって温めようとしている。生きるんだ。何としても生きたい。カールは朦朧《もうろう》とした意識の中で考えていた。

「眠っちゃダメよ。このまま死んだりしちゃ、承知しないから」

ジェニファーの声が遠くに聞こえる。意識が遠くなるのが分かった。震えが収まらない。カールの身体を摩擦していたジェニファーが立ち上がった。そばにいてくれ。僕から離れないでくれ。切れぎれの意識の中で叫んでいた。

温かい身体がカールによりそった。柔らかい人肌がカールを包んでいる。冷え切った体内に体温が染み込んでくる。震えが徐々に引いていく。次第に気分が落ち着いてきた。やがて、眠りに引き込まれていく。何年かぶりに感じる心地よい眠りだった。

「少し楽になったみたいね」

目を開けると、目の前にジェニファーの顔があった。あれほど重く氷のように硬かった身体が体温を取り戻し、軽く柔らかくなっている。

「僕から離れた方がいい。ダンの傷口に触れた」

カールは思い出したように言った。

「私が滑り落ちるのを止めてくれたときね。触れたんじゃなく、骨が刺さったのね」

ジェニファーがカールの手をとった。手のひらに一センチほどの傷があり、血が固まっている。

「感染していても、一日は症状が出ない」

「何を言ってるの。今さら遅いでしょ」

カールは強い力で抱きしめられた。

「もうどうでもよくなった。あの蒼い水源、その中に眠る古代人たち。彼らは仲間を護るために自分たちを封じ込めた。私たちは精一杯やった。あとは神さまの領域。なるようにしかならない。ねえ、そう考えると色んな事が楽になるでしょ」

ジェニファーが笑っている。今まで見たことのない笑顔だ。窓を見ると吹き付ける風と雪で細かく震えている。唸《うな》るような響きは風の音か。

「スマホは？」

「まだ通じない。天候のせいね。でもしばらくはこのままでいたい」

ジェニファーが欠伸《あくび》をして目を閉じた。

カールはジェニファーを見ていた。薄い光の中のジェニファーは美しかった。柔らかく優しい体温が全身に伝わってくる。今まで感じたことのない感情が湧き起こってくる。いや、感じてはいた。心の奥に封じ込めていただけなのかもしれない。カールはそっとジェニファーを抱きしめた。いつの間にか眠っていた。


カールが目覚めたとき、ジェニファーの姿はなかった。慌てて起き上がると、ストーブで湯を沸かしている。

「やっと目が覚めたの。十時間近く眠ったことになる。少しは元気が出たみたいね」

ジェニファーがカールに向かって笑いかけている。

「これを飲んで。温かいスープ。もっと元気が出るから」

ジェニファーがカールの身体を支えてカップを口に当てる。

「あまり僕に近づくな。感染しているかもしれない」

「ダンは感染していないかもしれない。あなたが言ったのよ。それにもう遅い」

カールの脳裏に洞窟を出てからのことが甦ってくる。小屋にたどり着いてからも、意識は混濁していて記憶は定かではないが、さほど悪いものではない。いや、歓迎すべきものだったような気がする。

小屋にはストーブの燃料と数日分の食料が保存されていた。吹雪はまだおさまりそうにない。カールは何年かぶりにゆったりした気分だった。ジェニファーも同じらしく、仕事の話はしない。今、自分たちにできることは何もない。

翌日の午後になってスマホが通じた。

「足を捻挫してるけど、命に別状はありません。天候が回復したら救助をお願いします」

ジェニファーは救助要請をして位置情報を知らせた。

「ここでしばらくゆっくりしたい。救助はもう二、三日後で良かった」

「私もそう思う。でもあなたの希望通りになりそう」

二人は窓を見た。雪はやや小降りになってきたが、風はまだおさまりそうにない。

落ち着くと山に入ってからのことが夢のように断片的に脳裏を横切った。谷の壁に開いた洞窟の入り口。細い通路と凍土の壁。地底に広がる洞窟と凍った水源。その中に閉じ込められた古代人。懐中電灯の明かりに蒼く幻想的に輝いていた。そしてパルウイルス。

ケナガマンモスの群れが、ベーリング陸橋を渡ってくる姿が浮かんだ。その後を古代人たちが追ってくる。やがて時がたち、マンモスは絶滅の道をたどった。古代人も新たな農耕生活を手に入れたが、パルウイルスによって絶滅の危機に遭遇した。だが我々は生き残っている。古代人たちはあの洞窟で自らを犠牲にするという究極の隔離を行ったのだ。パルウイルスは永久凍土と氷河によって閉じ込められたが、人間の引き起こした地球温暖化で再び目覚めることとなった。ダンはそれを阻止しようとした。

「もう大丈夫そうね。あれから二日がすぎた」

ジェニファーはカールのパルウイルス感染について言っているのだ。カールは頷いた。

「やはりダンは感染してなかった。ただ、あの地を自分の死に場所に選んだ。あの古代人たちとともに」

「終わったのね」

ジェニファーの呟くような声が聞こえた。

「いや、始まりかもしれない」

無意識のうちに出た言葉だった。

「歴史はつながっているということね。いずれまた、新しいウイルスが現れる」

「時の流れとしての歴史はね。でも、人類の歴史はどこかで途切れてもおかしくはない。むしろ、その方が自然なのかもしれない。過去にも何度かあったのかもしれない。氷河期の到来、巨大隕石の衝突、巨大太陽フレアの発生。そして、地球温暖化だ。生命の歴史の中で、多くの生物種が絶滅して、異なる生物が生まれ繁栄した。しかし、ある種は衰え、ある種は消えていった。おそらく消えていった種の方がはるかに多い。その消えていった種の中に人類がいても不思議ではない。すべての生命は生き残るために全力を尽くしているのだから」

ウイルスさえも例外ではない。カールは声には出さず呟いた。

「あの古代人たちは、感染していない仲間たちを護るために、自らあの水源の中に閉じこもった。あなたやダンはそう言いたいんでしょ」

「少なくともダンはそう考えていたと思う。シベリアのマンモスの墓場もそうなのかもしれない。種が生き残るための行動だ。でも、ダンによって再びあの古代人たちは永久凍土の洞窟の中で眠りについた」

「ダンは警鐘のためにあなたにパルウイルスを送ったというの」

「分からない。でも、そう信じたい。ダンは人類を守ろうとしたんだ。決して、滅ぼそうとしたんじゃない」

ダンは起爆スイッチを押さなかった。いや、押せなかったのだ。誰かに自分の遺志を継いでもらいたい。そう、願って押せなかったのかもしれない。

「これからも地球温暖化は進んでいく。それにつれて、永久凍土が融け出し、北極海の氷が融ける。南極の氷が融けて、南極大陸がむき出しになる。そうした状況は新しいウイルスやバクテリアを目覚めさせることになる。すべて、人間の身勝手が引き起こすことだ。お互いに殺し合い、傷つけ合うのは人間だけだ」

「ダンはいつからパルウイルスについて知っていたのかしら」

「僕にも分からない。ただ、アンカレジのマンモスを爆破し、燃やしたのはダンだ。ダンのカレンダーに印が付いていた。あの日、ダンはアンカレジにいた」

「サンバレーのマンモスはどうなの。まだ冷凍保管されている」

「あの時点でダンは、サンバレーのマンモスのウイルスはパルウイルスではないと気付いていた。だからより脅威となるパルウイルスを僕に送ってきた。彼なりのメッセージだった。何とかしてほしいと」

「あなたはダンが自分自身ができなかった時の保険だったということ」

「よそう。僕たちには時間が与えられた。もっと賢く、優しく、柔軟になれば生き残ることができるかもしれない」

カールは窓を見た。陽が差してきた。いつの間にか雪と風が止《や》んでいる。

カールとジェニファーは小屋の外に出た。寒気が二人を包んだ。ジェニファーがカールに身体を寄せてくる。体温を感じ、カールはジェニファーの身体を抱き寄せた。

小屋の前の湖が陽の光を浴びてさざめくように輝いている。その向こうにはチャガック国立森林公園の森が続く。そしてその地下には――。

遠くからヘリの音が聞こえてくる。二人は空を見上げた。青い空の中に小さな点のようなヘリが見える。

# エピローグ

カールは空を見上げた。

青く、どこまでも透明に晴れ渡っている。その中のオレンジ色の輝きがまぶしい。

地上で何が起ころうとも意に介さぬと、この青空は太陽の光を受け入れている。コロナ禍の間は、空の青さ、太陽の輝きなど目に入らなかった。頭にあったのは感染者の恐怖と絶望、家族の嘆きと懇願、直径百ナノメートルの無慈悲なコロナウイルスだけだ。

カールはジェニファーと一緒にニューヨーク郊外の墓地に来ていた。両親の墓参りのためだ。

「前に来たのはいつなの。まさか、お母さんが亡くなってから初めてじゃないでしょうね」

「そうなるのかな」

カールが他人事《ひとごと》のように言う。墓地の前までは何度か来た。しかし、入れなかったのだ。

両親の前で何を語り、何を祈ればいいか分からなかった。

「いいものでしょ、お墓参りも。心が穏やかになり落ち着く」

「反対はしない。マンモスと古代人の墓場を見てきた後だから」

「ほんとにイヤな人ね。笑えない冗談。ところで、ダンの親戚《しんせき》は分かったの」

ニューヨークに帰ってダンの肉親を調べたが、両親は二人ともコロナ・パンデミックの初期に、感染して亡くなっていた。

「驚いたね。だから、ウイルスに対して敵対心というか憎悪というか、執着心、いや、愛着に近いものを持っていたんだ」

「分かりやすいわね。ウイルスに特別な感情を持っていた。だから、一人でも徹底的に戦った。あなたたち、似たところがある」

ジェニファーは結論めいたことを言ったが、全面的には納得していないのは明らかだ。カールも同じ気分だった。ダンが考えていたのはもっと深く、遠い未来を見据えたものだったのだろう。

「勝ったんだろうな、人類が。今のところは、どのウイルスも封じ込めている」

カールはぽつりと言った。だが彼らは、常にどこかで復活を狙《ねら》っている。

ウイルスと人類。ダンは同じようなものだと言ったことがある。どちらも、生き残りたいという生物の本能をむき出しにしていると、ダンは感じ取っていた。ダンにとっては、ウイルスも人と同じパル生命体なのだ。

現在、ＣＤＣはアラスカ州に注意を払っている。特に先住民の村の情報には神経を尖《とが》らせていると、ジェニファーから聞いている。彼女の進言によるものだろう。カールも何人かの政府の要人に会って、経過について話すことになっている。

「ＣＤＣには何も言わなかったのか。核心については」

カールはジェニファーに聞いた。詳しい報告書が求められたはずだ。

「言いようがないでしょ。三万年前、遥《はる》かシベリアからベーリング陸橋を渡ってアラスカまでやって来たマンモス。それを追ってきた古代人。その古代人はマンモスを宿主とするウイルスによって滅ぼされるはずだった。それを救った蒼《あお》い水源に眠る古代人。誰《だれ》が信じると言うの。ダンについても同じ。ただ、人類を滅ぼすほど強い感染力と致死率を持つウイルスの存在はCDCも政府も認識した。パルウイルスの存在によってね。今後の感染症政策に生かされるはず」

ジェニファーが提出した報告書には、ダンと古代人の部分が抜けていた。パルウイルスが軍に利用されるのを恐れたのか。ただ、未知なるウイルスの存在には詳しく触れていた。

「マンモスからエボラウイルスに似た強毒性のウイルスが発見され、そのウイルスはアラスカの村で発生した伝染病と大きく関《かか》わりがある。これで十分じゃないの」

サンバレーのSウイルスについてはスティーブ・ハントが詳しく書いている。

これらのウイルスはCDC本部のあるアトランタの研究所に運ばれ、保管され、詳しく調べられている。

「地球温暖化と永久凍土の崩壊も入れたんだろうな」

ジェニファーはタブレットを出して立ち上げた。

「このまま温暖化が進むと、新たな人類の危機がやってくる。異常気象や海面上昇、氷河の後退や永久凍土の融解ばかりではなく、氷河や凍土の中に封じ込まれている新種のウイルスやバクテリアが活性化されて、地表に出てくる可能性がある。もし、感染力が強く、致死率が高ければ、人類存亡の脅威になる。私たちはコロナウイルスによって、十分な教訓を得て、学んだ。だがコロナウイルスによるパンデミックは、ウイルスとの戦いの序章にすぎない」

ジェニファーは読み上げると、タブレットをしまってカールを見た。カールは墓に視線を向けた。長い時間、無言で墓石に刻まれた両親の名前を見ていた。

二人は並んで歩き始めた。墓地を出て通りを渡り、アメリカハナミズキの下にあるベンチに腰を下ろした。肌寒い風がなぜか心地よく感じられた。ジェニファーが身体《からだ》を心持ちカールの方に寄せてくる。

「どうしてここに来る気になったの。あんなに嫌がっていたのに。それもあなたの方から私を誘うなんて。私には正直に話して」

カールはポケットから折り畳んだ数枚の紙を取り出した。

「三日前に来たダンからのメールだ」

ジェニファーが何を言ってるの、という視線を向けてくる。

「僕のパソコンに入っていた。ダンはこのメールを書いて、自動的に送信されるようにセットしていたんだ」

カールはその紙をジェニファーに渡した。

「私が読んでもいいの」

「きみにはその権利がある」

ジェニファーは戸惑いながらも声に出して読み始めた。

〈今日が何の日か、カール、きみは覚えているか。おそらく覚えていないだろう。僕ときみが初めて出会った日だ。そして、ルームメートになろうとお互いに決めた日だ〉

ジェニファーが紙から目を上げてカールを見た。

「あなたは覚えてたの」

「ダンが覚えていたとは意外だった。少し感動したよ」

ジェニファーは頷《うなず》いて再び紙に視線を戻した。

〈この手紙を読んでいるということは、僕はもうこの世界にはいないということなんだろう。そしてきみは、様々なことをうまく切り抜けたんだと思う。おめでとう〉

「ちょっと待ってよ。ダンがこれを書いたのはいつなの」

「日付は書いてないが、そんなことはどうでもいい。先を読んでくれ」

カールの脳裏にあの洞窟《どうくつ》の岩陰に、古代人たちを見守るように座っていたダンの姿が浮かんだ。

〈僕はコロナウイルスなどには興味はない。アメリカで、世界で、何十億人が感染して、何億人死のうと関心はない。それは自業自得というものだ。これだけ自然を破壊し、大海と大気を汚染し、大地からその細胞である鉱物を盗み取っていく。何億種という生物種を発展と開発という名のもとに、絶滅へと追いやった。この人間が滅んでも、何の痛みも感じない。いやこの地球と、そこに生きる生物にとっては喜ばしいことだ。しかしこの地球の僻地《へきち》で自然と同調し、ひっそりと暮らしている世界の大陸の先住民が、このウイルスに蝕《むしば》まれていくのには耐えられない。彼らにどんな罪があるというのだ〉

「だめ。私にはとても読めない。ダンの考えにはついて行けない」

ジェニファーが紙をカールに返した。コロナウイルスと戦って、多くの犠牲者を見てきた彼女には、ダンの言葉こそ人間の驕《おご》りなのだろう。

「ダンが僕たち人類に宛《あ》てたメッセージだ。彼は自分の命を犠牲にしてパルウイルスを封じ込めたんだ。きみはダンの言葉を聞かなければならない」

カールは紙を取ると、ジェニファーの代わりに読み始めた。ジェニファーは無言で聞いている。

〈僕はアラスカの僻地の先住民の村を訪ねた。コロナの広がりと、コロナ禍での彼らの生活が知りたかったんだ。コロナ・パンデミックが起こった翌年、その実態の幾ばくかを知るためにアラスカの地に行った。そこでは先住民のいくつかの村を回った。最果ての地での彼らの生活は、およそコロナとは無縁だった。僕が訪ねるとおおむね歓迎してくれた。素朴な夕食を囲んで、先住民たちは多くを語ってくれた。だが僕の興味を誘ったのは、コロナが流行《はや》る前にすでに全滅した村がいくつかあるという話だった。州も政府も気にも留めなかったらしいけどね。僕はその村を訪ねた。すでに廃墟《はいきょ》となった村だ。言葉通り人は誰もいない。しかし、墓地はある。墓石を見ていった。もっとも新しいもので二〇一八年。

コロナが流行する二年前だ。その年の墓標は四十以上。人口五十人ほどの村なのに。僕は墓を掘り返し、肉片のサンプルを取った〉

ジェニファーの深いため息が聞こえた。

〈僕たちの組織、グレート・ネイチャーには第一線の科学者も多い。僕はシカゴの仲間が所属する大学で、P3ラボを借りて採取してきた肉片を調べた。そこであるウイルスを発見した。最初はエボラウイルスかと思った。しかし大きさは倍近くあり、三つ目の蒼ざめたウイルスだった。電子顕微鏡写真を撮り、遺伝子解析を行った。驚いたね。遺伝子解析からの推測では、コロナウイルスどころではなかった。おそらく感染力、致死率共に遥かに危険なものだ。蒼い巨大なウイルス。人類に死をもたらす蒼ざめたウイルス、ペイルウイルスだ。だが僕は親しみすら感じた。僕はパルウイルスと名付けた。僕は何としても、パルウイルスの宿主を見つけなければと決心した。そして、アラスカの先住民の歴史と感染症について調べた。そのうちに、シベリアでも同じように先住民の村が消えていることを発見した。地球温暖化については調べていたので、永久凍土の融解とも関係あるのではないかと思い始めた。シベリアにも行かなくてはと思っていた。ちょうどそのころ、ニックがシベリアでマンモスを探していることを知った。それで、僕も彼のチームに参加することにした〉

「やはり気になる。この手紙が書かれた時期。どこかに書いてないの」

ジェニファーが紙を覗《のぞ》き込んでくる。

「ひと月ほど前だ。ダンがパルウイルスの宿主の目処《めど》が付いた頃《ころ》に書いたのだろう。もし自分の身に何かが起こったら、と思ったんだ。でも、書いてあることは二〇二一年の出来事。コロナ禍の真っ最中だ。世界がロックダウンしているとき、ダンはアラスカに行ってる。コロナウイルスを追ってね。さらにシベリアにも向かった」

「そして、ついにマンモスを発見した、というわけね」

カールは頷くと紙に目を移し、読み進めていった。

〈シベリアには何度か足を運んだ。そこで二頭のマンモスに出会ったんだ。僕はニックに内緒でマンモスの肉片を採取して、調べた。そして二種類のウイルスを発見した。危険なウイルスであることは分かった。でも、パルウイルスほどじゃない〉

「ニューヨークとサンバレーのAウイルスとSウイルスだ。ダンはすでに二つのウイルスを知っていたんだ」

〈アンカレジできみとジェニファーを見かけたときは驚いたよ。しかも、ナショナルバイオ社の研究施設所長のアーケーと一緒だった。僕は港のマンモスが保管されている倉庫を爆破し燃やすために、アンカレジに戻っていたんだ。そして成功した。次にサンバレーのマンモスも燃やすつもりだった。でも、きみたちを見て、少し待ってみようという気になった。ジェニファーはCDCのメディカルオフィサーなんだろう。テレビで見たよ。きみたちがサンバレーに行くことは分かっていた〉

「私たちが倉庫の火事を見ていた時に、ダンは私たちを見ていたのね」

「もっと早く気付くべきだった」

〈期待してた通り、きみはサンバレーでのパンデミックを食い止めた。さすが僕が初めて意識した奴《やつ》だと感心したね。それで、サンバレーのマンモスはきみらに任せることにした。政府もコロナの終息に浮かれている場合ではないと思い知っただろう。人類は、もっと危険なウイルスの脅威にさらされている。それを警告するために、僕はパルウイルスをきみに送った。期待通り、きみはパルウイルスに興味を持った〉

ジェニファーの息遣いが聞こえる。CDCのメディカルオフィサーとしては耳の痛い話だろう。

〈僕の知る限り、パルウイルスは最強、最悪のウイルスだ。ただし、人類にとってはだ。こんなウイルスが広まったら、ましてや悪意のある人物や組織の手に渡ったら。僕はウイルスの宿主を見つけようと思った。宿主を見つけ根絶しない限り、いくら感染を抑え込んでも、ウイルスは必ずいつか復活するからね。ひょっとして、さらに凶暴なウイルスとなって。マンモス由来であることは分かっていた。マンモスの移動を調べたが分からない。それで、初心に戻ることにした。最初に話を聞いたアラスカの先住民の村に〉

「メールはここで切れている。そして、ダンはあの洞窟に行った」

いたんだ。そして、ダンはあの洞窟に行った」

カールの脳裏に蒼い水に満たされた水源とその中で眠る古代人の姿が浮かんだ。ジェニファーも呆然《ぼうぜん》とした顔をしている。洞窟のことを考えているのだろう。

「ダンは本当は人間を愛していたんだ。生き残ってほしいと願っている。だから我々に現実を伝え、時間をくれた。自らの行為で滅びるのではなく、もっと賢くなって生き残れと」

無言だったジェニファーがカールに視線を向けた。

「あの洞窟の奥に眠る古代人はいつの日か、人間に掘り出されることがあるのかしら」

カールは凍った蒼い水源の中で眠っているように横たわり、お互いに慈しむように抱き合い、あるいは踊るように絡み合っている古代人たちを思った。彼らが自らを犠牲にして、我々人類をウイルスから救ったのだ。

「もっと人間が賢く、精神的に成熟してからにしてほしいね。我々のルーツを探り、未来を創造するためにも必要なことだろうから」

そんな時は来るのだろうか。カールは思ったが、口には出さなかった。

「きみはこれからどうするんだ」

「私はCDCを辞める気はない。あなたはどうするの。最近、発作はどうなの」

忘れていた。ダンの親戚について調べ、様々な雑用に追われていると、自分の身体を考える時間はなかった。

「CDCに戻るという選択肢もある。きっと大歓迎よ。ただし私の部下としてね」

「僕はそうは思わない。煙たがられるだけだ。ただ――」

次の言葉が出てこない。

「しばらくは生きていることを楽しみたい。できれば、きみと一緒に」

「ただ――どうなの」

冷たい風が二人に吹き付けてくる。ジェニファーがカールに身体を寄せてきた。カールはその身体を引き寄せた。二人の体温が混ざり合うのを感じる。

カールはジェニファーの手を握った。ジェニファーがその手を握り返してくる。

〈参考文献〉

『アラスカへ行きたい』石塚元太良、井出幸亮（新潮社）
『遺伝子技術とクローン』生田哲（日本実業出版社）
『ホット・ゾーン』リチャード・プレストン、高見浩訳（飛鳥新社）
『遺伝子ビジネス 産業化と倫理問題の最前線』奥野由美子、日経産業消費研究所編（日経BPマーケティング）
『謎の感染症が人類を襲う』藤田紘一郎（PHP研究所）
『生物兵器テロ』黒井文太郎、村上和巳（宝島社）
『史上最悪のウイルス そいつは、中国奥地から世界に広がる』（上・下）カール・タロウ・グリーンフェルド、山田耕介訳（文藝春秋）
『ウイルス』児玉浩憲（ナツメ社）
『殺人ウイルス』金子隆一（二見書房）

その他、官公庁をはじめ関連するウェブサイト。
シベリア、アラスカ、マンモスに関する新聞記事、テレビ特集など。

# 解説

郷原宏

来た、来た、来たーッ、やっぱりタカシマが来た！

二〇二三年三月、高嶋哲夫氏の『パルウイルス』が角川春樹事務所から書き下ろし刊行されたとき、私は思わず快哉《かいさい》を叫びました。世界を震撼《しんかん》させた新型コロナウイルスの恐怖を誰《だれ》が最初に物語化してみせるか。これは私たち現代のエンターテインメント小説の読者にとって最大の関心事だったのですが、それを最初に、しかも完璧《かんぺき》なかたちでやりとげてみせたのは、やっぱりあの『首都感染』の作者だったという、驚きと歓喜の叫びでした。

いま本書を手にしているみなさんは先刻ご承知だろうと思いますが、高嶋哲夫氏はなんとも恐ろしい作家です。ご本人はいたって温厚な紳士なのですが、書くものはなぜかみんな恐ろしい。それもお化けや幽霊といった子供だましの恐ろしさではありません。私たちの生存そのものをおびやかす国家的な、あるいは国際的な危機と恐怖の物語なのです。

たとえば『スピカ　原発占拠』（一九九九）では謎《なぞ》のテロ集団が日本の原発を占拠し、『ミッドナイトイーグル』（二〇〇〇）では某国の秘密部隊が密《ひそ》かに日本に上陸し、『TSUNAMI　津波』（〇五）では巨大津波が日本を襲い、『富士山噴火』（一五）ではついに富士山が大爆発を起こします。この人の作品を読みつづけていると、まったく気の休まる暇がない。世に作家多しといえども、これほど物騒で剣呑《けんのん》な作家はまたといないといっていいでしょう。

その恐ろしさは、作品のテーマだけにとどまりません。そこに描かれていた、にわかには信じがたいほどの悪夢が、時ならずしてほとんどそのままのかたちで実現してしまったこと、つまり作者が執筆の時点でそれを予測し、予見していたという事実のほうがもっと恐ろしいのです。

二〇一一年三月に東日本大震災が勃発《ぼっぱつ》したとき、これは高嶋哲夫が六年前に『TSUNAMI 津波』で描いた地獄絵図そのままではないか、当時の政府関係者や東電の幹部が事前にこの小説を読んでいれば、もう少しましな対応や対策が取れたはずだと地団駄を踏んだのは、おそらく私だけではなかったでしょう。

この作家の「予知能力」が最も見事に発揮された作品は、私見によれば、二〇一〇年に書き下ろし刊行された『首都感染』です。

二〇××年、中国でサッカーのワールドカップが開かれ、スタジアムは熱狂の渦に包まれていた。しかし、そのころ、遠く離れた雲南省《うんなんしょう》では、致死率六〇％という強毒性のインフルエンザが猛威をふるっていた。中国当局の必死の封じ込め作戦にもかかわらず、「恐怖のウィルス」は海を越えて日本へ向かった。日本政府は水際での検疫を強化しますが、防戦空《むな》しく都内で患者が発生し、首都はまもなくパンデミックの惨状を呈します。そこで政府は空前絶後の東京封鎖作戦に踏み切ることになったのですが……。

ここまで紹介すればもうおわかりのように、この作品は刊行から十年後に起きた新型コロナウイルスの蔓延《まんえん》をほぼ正確に予見し、その後の危機管理の問題点をあざやかに描き出しています。今回、中国で発生した新型コロナは、ここに描かれたとおりの経過をたどって世界に蔓延し、ここに描かれたとおりの悲劇を巻き起こしました。私はそのときにも、WHO（世界保健機関）の関係者が事前にこの作品を読んでいたらという思いを深くせずにはいられませんでした。

とはいえ、高嶋氏はもちろん宗教的な予言者でもなければ、あやしげな予知能力者でもありません。それどころか、作家になる前は、原研（日本原子力研究所）の研究員として日本原子力学会技術賞を受賞したほどの科学者でした。その優秀な科学者が米国カリフォルニア大学への留学を終えて帰国した直後から、一念発起して小説を書き始めたのです。一九九〇年に短編「帰国」で第二十四回北日本文学賞を受賞したのを手始めに、九四年には『メルトダウン』で第一回小説現代推理新人賞を、九九年には『イントゥルーダー』で第十六回サントリーミステリー大賞と読者賞をダブル受賞して作家的地位を確立しました。

この作家の恐るべき先見性の秘密は、どうやらこのこの特異な経歴に隠されているようです。原子力科学者としての緻密《ちみつ》な頭脳と分析力が、綿密な取材に裏打ちされた豊富な情報量と長い作家生活のなかで培われた自在な想像力と融合して化学反応を起こしたのだといえば、少なくとも比喩としてはわかりやすいでしょう。いずれにしろ確かなことは、この作家がいまや日本を、いや世界を代表する未来予知型科学情報小説の第一人者だということです。

本書『パルウイルス』は、その科学情報小説の第一人者が、新型コロナ以後の新たなパンデミック危機に対して警鐘を鳴らす近未来小説の力作です。

物語は、アメリカのCDC（疾病予防管理センター）で新型コロナ対策を陣頭指揮してきたプリンストン大学遺伝子研究所教授のカール・バレンタインが、旧知のナショナルバイオ社副社長ニック・ハドソンに頼まれて、同社の研究所に保存されている古い肉片の細胞からエボラウイルスに似た未知のウイルスを発見する場面から幕を開けます。「もしこのウイルスが活性化したら……」というカールの懸念はやがて現実化し、次第に感染者が増えていきます。

この作品に日本人は出てきません。つまり、この作品は国境と人種を超えた、文字どおりグローバルな危機の物語なのです。それを象徴するように、この作品のプロローグには、東京で開かれた地球温暖化防止会議において国連事務総長がおこなったという架空の演説が紹介されています。

「今、世界は三年以上にわたり続いたコロナの被害から、やっと脱出しようとしています。（中略）しかし、残念なことに我々の地球には、次なる危機が迫っています。我々が直面している地球温暖化は、コロナウイルスの恐怖とつながるところがあります。見えないところで暗黒の時代が迫っているのです。氷河の後退、永久凍土の融解は続いています。しかもその速度は年々、速くなっています。それに伴い、新種のウイルスが現れることを懸念する科学者の声も上がっています」

本書のテーマは、すべてこの演説に尽くされているといっていいでしょう。この地球の危機に人類はいかに対処すべきか。ここにはその回答のひとつが、きわめてリアルに、ヴィヴィッドに、そして何よりも感動的に語られています。世界がどう変わろうと、高嶋哲夫氏の読者の辞書に、退屈という文字はありません。

(ごうはら・ひろし／書評家)

Haruki Bunko
ハルキ文庫

た 20-4

パルウイルス

著者 高嶋哲夫《たかしまてつお》

2024年5月18日第一刷発行

発行者 角川春樹

発行所 株式会社角川春樹事務所
〒102-0074 東京都千代田区九段南2-1-30 イタリア文化会館

電話 03（3263）5247（編集）
03（3263）5881（営業）

印刷・製本 中央精版印刷株式会社

フォーマット・デザイン 芦澤泰偉
表紙イラストレーション 門坂 流



ISBN978-4-7584-4638-9 C0193 ©2024 Takashima Tetsuo Printed in Japan
http://www.kadokawaharuki.co.jp/［営業］
fanmail@kadokawaharuki.co.jp［編集］　ご意見・ご感想をお寄せください。